汉译世界文学名著丛书

雨果诗选

〔法〕雨果 著

程曾厚 译

Victor Hugo
POÈMES CHOISIS DE VICTOR HUGO

汉译世界文学名著丛书
出版说明

1902年，我馆筹组编译所之初，即广邀名家，如梁启超、林纾等，翻译出版外国文学名著，风靡一时；其后策划多种文学翻译系列丛书，如"说部丛书""林译小说丛书""世界文学名著""英汉对照名家小说选"等，接踵刊行，影响甚巨。从此，文学翻译成为我馆不可或缺的出版方向，百余年来，未尝间断。2021年，正值"汉译世界学术名著丛书"出版40周年之际，我馆规划出版"汉译世界文学名著丛书"，赓续传统，立足当下，面向未来，为读者系统提供世界文学佳作。

本丛书的出版主旨，大凡有三：一是不论作品所出的民族、区域、国家、语言，不论体裁所属之诗歌、小说、戏剧、散文、传记，只要是历史上确有定评的经典，皆在本丛书收录之列，力求名作无遗，诸体皆备；二是不论译者的背景、资历、出身、年龄，只要其翻译质量合乎我馆要求，皆在本丛书收录之列，力求译笔精当，抉发文心；三是不论需要何种付出，我馆必以一贯之定力与努力，长期经营，积以时日，力求成就一套完整呈现世界文学经典全貌的汉译精品丛书。我们衷心期待各界朋友推荐佳作，携稿来归，批评指教，共襄盛举。

商务印书馆编辑部

2021年8月

译　序

从欧洲文学史看，体现一个国家文学最高成就的民族作家，主要是诗人。古希腊有盲诗人荷马（《伊利亚特》和《奥德赛》成书于公元前8世纪），意大利有《神曲》的作者但丁，葡萄牙是卡蒙斯，英国是莎士比亚，德国是歌德，俄国可以是普希金。

代表法兰西文学的作家呢？当然是维克多·雨果。雨果是离我们最近的民族诗人。雨果身后，法国的诗歌，西方的诗歌，开始进入现代的范畴了。

1905年前后，法国一份叫《隐居所》(*Ermitage*)的小刊物采访著名作家纪德："据您看来，谁是法国最伟大的诗人？"纪德的回答，是一声无可奈何的"唉，是雨果！"。这句话的解读："是雨果！"是法国读者和法国作家的共识。"唉"是纪德个人的保留，纪德并不欣赏雨果的诗歌。这是法国文学史上的一则美谈。不喜欢雨果诗歌的大有人在，岂止是纪德，连蓬皮杜总统编选他的《法国诗选》时也表示："肯定地说，雨果的诗歌并不是最让我感动的诗歌。"

雨果的诗，生前雅俗共赏，诗名远播，身后久盛不衰。诗人阿拉贡1952年编选一本"雨果诗选"，书名《你读过雨果的诗吗？》，是向读者提出的一句挑战性的问句。

雨果的一生是漫长的一生。雨果是多才多艺的作家，他对戏剧、小说和诗歌都有巨大的贡献。而雨果这位天才的作家，首先是一位天才的诗人。雨果一生的创作周期很长，首先是他作为诗人的创作周期很长。从他1822年20岁发表《颂歌及其他》，到81岁出版《历代传说集》的最后一集，长达60年。雨果有记录可查的第一首诗《致吕科特将军夫人》，写于1814年1月1日，当年雨果11岁又8个月。雨果逝世前五天的1885年5月18日，诗人又吐出他的最后一句绝妙好诗："此地，白天和黑夜在进行一场战斗。"如此算来，诗人雨果的创作周期可以是71年又5个半月……

1985年，法国诗人克朗西埃来南京大学讲学，称雨果是法国诗歌的"喜马拉雅山"。后来，我们得知，最早是19世纪的诗人夏尔·勒贡特·德·李尔提出这样的比喻。

1985年，雨果逝世一百周年。法国全国，上上下下，热烈纪念和庆祝。笔者在法国报刊上读到一则报道，意思是说：雨果在法国政府的"户口"，从"教育部"转入"文化部"。如何理解这则报道？我们知道，雨果生前拥有的读者，不仅有诗歌爱好者，更有广大的人民群众。雨果身后，雨果的诗歌入选法国的小学教材。小学生是读着雨果的诗歌长大的。雨果的很多诗句，陪伴了一代又一代法国孩子的童年。而从1985年起，由法国文化部负责雨果的全国纪念活动。也就是说，现在，诗人雨果不再仅仅是小学生关心的事情，而是法国全国和全民共同关心的对象。雨果，雨果的诗歌，是法国全国人民心中的爱。

1952年，茅盾先生在《文艺报》上感叹："可以说，除了诗

（因为诗是最难翻译的），雨果的重要作品（小说和剧本）大都有了中文的译本。"① 这半个多世纪以来，经过诗译者和出版界的努力，情况有了根本性的改观。1993年，闻家驷先生编选一册《雨果诗歌精选》（北岳文艺出版社），"精选"了沈宝基先生的《雨果诗选》（湖南人民出版社）、程曾厚的《雨果诗选》（人民文学出版社）、张秋红的《雨果诗选》（上海译文出版社）以及闻家驷先生自己的《雨果诗抄》（外国文学出版社）。其中，闻家驷先生和沈宝基先生两位是老一代的雨果研究家和诗译者，他们也是我50年代在北京大学求学时代的老师。我们记得：闻家驷先生于1986年出版《雨果诗抄》时，没有译本的序言，而是：

《雨果诗抄》代序

闻家驷

笔落惊风雨，

诗成泣鬼神。

今年是法国浪漫派伟大诗人维克多·雨果逝世一百周年，谨录杜句，藉资纪念。译本不另作序，盖观海难言水也。

1985年1月

于北京大学 ②

---

① 茅盾：《为什么我们喜爱雨果的作品》，《文艺报》，1952年，第4号，第6页。

② 《文艺报》，1985年4月20日，第三版。

"笔落惊风雨，诗成泣鬼神"是杜甫写李白的名句。闻家驷先生大概是我国第一个翻译和出版雨果诗歌的译者。他引杜甫写李白的这两句，可见雨果在闻家驷先生心目中的崇高地位了。

我国翻译雨果诗歌规模最大的工作，非柳鸣九先生主编的《雨果文集》莫属。1998年河北教育出版社的这套《雨果文集》二十卷，而"诗歌"占了五卷。柳鸣九先生动员和组织了十位译者，五卷"诗歌"共洋洋三千页有余。十位译者，三千页译诗。如此的规模，如此的气势，前无古人，恐怕也后无来者。这是一件繁重而又繁杂的译诗工程。我们可以看到，如果动员十个译者翻译诸如莫泊桑的短篇小说选，和动员十个译者翻译雨果的诗歌作品选，或许是两件无从比拟的事情。相对而言，翻译五卷"莫泊桑短篇小说选"容易做到，也容易做好。而翻译五大卷"雨果诗选"，其难度只有当事人心中有数。

诗人雨果一生的创作，不仅数量巨大，而且风格多变，诗人不断超越自己。19世纪30年代，雨果是浪漫主义诗坛的旗手，《秋叶集》《暮歌集》《心声集》和《光影集》，主要是抒情诗人的作品。其实，法国文学史上的雨果，还没有诞生。1851年12月2日政变后，雨果被迫流亡海外。1853年，雨果出版《惩罚集》，这是一部讽刺诗的杰作。1856年，雨果出版《静观集》，这是一部抒情诗的杰作。1859年，雨果出版《历代传说集》，这是一部以"小史诗"为名的史诗杰作。《惩罚集》《静观集》和《历代传说集》，这才是法国讽刺诗、抒情诗和史诗的三座丰碑。从某个意义上说，直到19世纪50年代，诗人雨果诞生了。法国文学史家朗松（Gustave Lanson）说得很刻薄，他在权威的《法国文学史》里说："雨果全在这三部诗集中了。他以前所有的作品都包含在这三部诗集里，在此告终。他以后的作品，除了个别的例外，都是这三部诗集的重复或废渣。"[1] 以后编选"雨果诗选"的人可以参考朗松的结论，当然不会拘泥于他的提法。

笔者为人民文学出版社先后编选了三种"雨果诗选"。一是《雨果诗选》，"外国文学名著译丛"，1986年，选诗一百首；二是《雨果诗选》，"世界文学名著文库"，2000年，选诗一百四十余首，八千多行；三是《雨果文集》的"诗歌"卷（第八卷和第九卷两册，将近一万二千行）。五六千行的一卷本，一万多行的两卷本，对诗人雨果的诗歌创作而言，都是尝鼎一脔而已。选本的前提，就是舍弃和割爱。

现在，译者着手编选第四种《雨果诗选》的工作。我们面临篇幅、重点、对象等问题。

这一本《雨果诗选》没有篇幅上的抱负。

对于雨果在讽刺诗、抒情诗和史诗等多方面的成就，以有一个侧重点为好。考虑到篇幅的限制，我们希望突出雨果的抒情诗。雨果自己说："没有自我，就没有抒情诗。"[2] 理解诗人雨果，可以从熟悉雨果的抒情诗开始。但是，在具体选诗的过程中，处理好抒情诗和讽刺诗以及史诗三方面的关系，并不容易。突出抒情诗，当然不能绝对。我们甚至可以说，即使相对处理好三方面

---

[1] 朗松：《法国文学史》，阿歇特出版社，1922年，第1050页。程曾厚编选的《雨果评论汇编》中引用过此评论，安徽文艺出版社，1994年，第281页。

[2] 巴雷尔：《雨果传》，程曾厚译，上海人民出版社，2007年，第192页。

的关系，同样也并不容易。

这样，我们又定下第二个原则：雨果传世的讽刺诗和史诗杰作，只要篇幅不是过于庞大，必须酌情入选。我们甚至考虑还需要有第三个原则：我们选用的十五部诗集，每一部诗集最精彩的一首或两首代表作，也应该介绍给读者。第一个突出抒情诗的原则，经过第二个和第三个原则的补充，最后的选本在选诗上能有更好的平衡。所以，第一是抒情诗，第二是诗歌体裁的平衡。这样，诗选中出现的诗人雨果，既是抒情诗人，又不仅仅是抒情诗人。

确定选诗的原则，相对不是难事。面对雨果抒情诗以外的不容割舍的绝妙好诗，颇费推敲，煞费苦心。最终，在篇幅许可的前提下，以对得起雨果为唯一的标准。这很难，有时真的很难。

具体来说，《静观集》是雨果的抒情诗杰作，也是法国诗歌史的抒情诗丰碑。我们选用了十四首，共六百二十六行。而《历代传说集》属于史诗体裁，我们选了七首。其中四首，仅仅是四首，就有九百一十九行。甚至《天苍苍》一首，就是五百零三行。一首《天苍苍》，几乎占用了这部《雨果诗选》将近十分之一的篇幅！合理吗？没有合理不合理的问题。非选不可吗？非选不可。《天苍苍》是抒情诗吗？不是。要坚持译者自己定下的原则吗？这是原则的最大灵活性。没有灵活性的原则，再好的原则性也是没有生命力的。据目前译者看来，雨果一生写下的最好、最神奇、最不可思议的一首诗，就是这首浩浩然五百零三行的《天苍苍》。

这部《雨果诗选》选诗近百首，将近六千行。这是一部中小型的《雨果诗选》。一册在手，我们认识了诗人雨果的概貌，我们认识了法国文学史最有代表性的作家的创作精华。陪伴法国小学生度过童年的雨果诗句，大多在此。

读过雨果小说的读者，看过由雨果作品改编的电影的观众，应该了解诗人雨果的成就。不知道雨果诗歌的读者，很难说是雨果真正的读者。我们借用阿拉贡的问句："你读过雨果的诗吗？"

程曾厚
2021年9月15日于中山大学

目 录

"雨果少作"（1814—1820） / 1

雨果最早的两行诗 / 3

献给妈妈 / 4

迦拿的婚宴 / 6

献给妈妈 / 7

告别童年 / 8

《颂歌集》（1828） / 17

致星形广场凯旋门 / 19

致谢里济山谷 / 22

想你 / 26

我的童年 / 30

还是想你 / 37

致友人们 / 40

外婆 / 43

鼓手的未婚妻 / 46

《东方集》（1829）/ 53

　　月光 / 55

　　希腊孩子 / 57

　　奇英 / 60

　　出神 / 66

《秋叶集》（1831）/ 69

　　本世纪正好两岁，罗马替代斯巴达 / 71

　　致一位旅行者 / 76

　　只要孩子一出现，全家的大大小小 / 81

　　皮埃弗村 / 85

　　朋友，最后一句话——我要永远地合上 / 91

《暮歌集》（1835）/ 95

　　颂歌 / 97

　　市政厅舞会有感 / 100

　　噢！千万不要侮辱一个失足的妇女 / 103

　　既然我的嘴喝过你还满满的酒杯 / 105

　　既然繁花似锦的五月向我们召唤 / 107

《心声集》(1837) / *109*

致维吉尔 / *111*

致奥×× × / *115*

《光影集》(1840) / *117*

欣悦的景象 / *119*

题佛兰德的一扇玻璃窗 / *122*

1813年斐扬派修道院纪事 / *124*

途遇 / *135*

奥林匹欧的悲哀 / *138*

黑沉沉的海洋 / *148*

《惩罚集》(1853) / *151*

艺术和人民 / *153*

四日晚上的回忆 / *156*

此人在笑 / *160*

寻欢作乐 / *162*

人活着就要斗争；所以，活着的人们 / *171*

皇袍 / *174*

女烈士 / *177*

致人民 / *180*

晨星 / *182*

祖国 / *185*

最后的话 / *188*

光明 / *193*

《静观集》（1856） / *207*

有一天，我正站在浪涛滚滚的海边 / *209*

两个女儿 / *211*

答一份起诉书 / *213*

丽莎 / *227*

她已经脱掉了鞋，她又解开了头发 / *230*

五月春 / *232*

1843 年 2 月 15 日 / *235*

啊！在最初的时候，我几乎疯了一样 / *237*

我到了，我见了，我活过了 / *239*

明天天一亮，正当田野上天色微明 / *242*

乞丐 / *244*

致大仲马 / *246*

桥 / *248*

我要去 / *250*

《历代传说集》（1859，1877，1883） / 259

女人的加冕礼 / 261

良心 / 273

波阿斯入睡 / 277

西班牙公主的玫瑰 / 283

大战以后 / 296

穷苦人 / 298

天苍苍 / 312

《林园集》（1865） / 341

播种季节的黄昏 / 343

六千年以来，吵吵闹闹 / 345

《凶年集》（1872） / 349

引诗 / 351

致维克多·雨果号大炮 / 352

国殇 / 356

致某妇人的信 / 358

突围 / 363

葬礼 / 366

布鲁塞尔的一夜 / 370

他们庆贺我仁慈，唱了一支小夜曲 / *373*

谁的错误？ / *375*

在一座街垒上面，在铺路石的中间 / *379*

"特罗胥"徒有其表，"脱落虚"才是真名 / *382*

向革命起诉 / *386*

《祖父乐》（1877）/ *389*

打开窗子 / *391*

让娜在黑屋子里被罚吃干的面包 / *393*

跌碎的花瓶 / *395*

放鸟 / *398*

《精神四风集》（1881）/ *403*

参观苦役犯监狱有感 / *405*

阿弗朗什附近 / *410*

泽西岛 / *412*

刚才一大堆人在沙滩上围着 / *416*

开始流亡 / *418*

《全琴集》（1888，1893）/ *421*

巾帼胜须眉 / *423*

悼泰奥菲尔·戈蒂耶 / *427*

致敬，女神，将死之人向你致敬 / *432*

二十年后，我狼狈触礁沉没后，重见 / *434*

你会回你伟大的巴黎 / *438*

中国花瓶 / *440*

"雨果少作"

（1814—1820）

雨果最早的两行诗

拿破仑豪情壮志，
战斗时像头雄狮。

【题解】* 这两行诗录自雨果的小女儿阿黛尔·雨果1855年8月6日的《流亡日记》："这就是我父亲最早的两行诗，是为拿破仑写的。"我们转译自阿尔布伊（Pierre Albouy）编的《雨果诗歌作品》（*Victor Hugo, Œuvres poétiques*）第一卷，伽里玛出版社，"七星文库"版。这两行诗当然是雨果自己在家人面前提出来的。我们知道，雨果是制造拿破仑神话的主要诗人，但青少年时代受母亲保王思想的影响，曾一再作诗鞭笞拿破仑这个"篡位者"。现在借回想起这两行最早的诗，可以和以后歌颂拿破仑的诗作在思想上衔接起来。

---

* 所有题解内容为译者所加。

献 给 妈 妈

*祝贺她的生日圣索菲节*①

    我亲爱的好妈妈,你从我童年时候
        把我喂养,把我领大,
    妈妈,请接受你的一个儿郎,请接受
        他把感激之情献上。
5   晚上,不幸徒然地给我造成了伤痛,
        并且剥夺我的自由,
    我会从我的这颗十分喜悦的心中,
        爆发出兴奋和温柔。
    好亲爱的母亲啊,我欠你实在太多,
10   是你把我降生下地,
    是你用乳汁喂我,又是你把我养活,
        全靠你的爱心仔细。
    每当怀着感激的心情,我提醒自己
        你的大恩大德之处,

---

① 雨果的母亲叫索菲·特雷布谢(Sophie Trébuchet),圣索菲节在每年 9 月 29 日或 30 日。

15 　　我赞美你，而我又能以什么回报你？
　　　　一声声温柔的祝福。

【题解】1815年2月13日，雨果的父亲将两个儿子，老二欧仁和老三维克多从其母亲处夺走，送进科尔迪耶寄宿学校。少年诗人因为被剥夺自由，又远离母亲，痛苦不已。此诗应作于圣索菲节前，诗人当时不足14岁。

迦拿的婚宴①

这水中仙女远远看见了耶稣基督,
在她贞洁的脸上,立即有红晕泛出。

【题解】水中仙女属希腊神话,"迦拿的婚宴"是《圣经》故事,两者本无联系。但以贞洁的水中仙女见耶稣而脸红,喻水变成红酒,想象力丰富,构思新奇。雨果对创作的诗句颇为得意,《雨果夫人见证录》第二十八章"雨果先生出世前干下的蠢事"中也录有这两行诗。

---

① 《圣经·新约》载,加利利的迦拿娶亲设宴,酒喝光了。耶稣命人在石缸里倒满水,把水变成酒,这是耶稣的一件神迹。

献 给 妈 妈

1817 年 9 月 29 日，祝贺她的圣索菲节

每年，我的诗琴都急于
歌唱这么幸福的一天；
我是否对你，到了今年，
重复去年说过的话语？
5 　我是否仍然不折不扣，
一行一行，写我的温柔，
写我的欢欣，我的尊敬？
请原谅：我想换个说法，
把我的保证告诉妈妈；
10 　但是，我的心不肯答应。

告 别 童 年

1818 年 8 月。1818 年 9 月 6 日在"文学宴会"上朗读。

第三场

　　别了，童年美好的岁月，
　　转眼间已经高飞远走，
　　幸福啊，你把我们抛却，
　　幸福稀少，来不及享受；
5　　快乐啊，我的灵魂不安，
　　不知为何，曾不感兴趣，
　　你们消失后，我才遗憾
　　地看到你们离我远去！
　　我痛失的年华，请返回，
10　　至少，请返回我的诗篇；
　　我愿意在我逝世之前，
　　以迷人的梦自我安慰，
　　当我的生命即将垂危，
　　再一次梦见我的童年。

15　　朋友们啊，你们的回忆，
　　忠于我们年轻的激情，

我愿相信，让你们想起：
我们无怨无悔的尽兴，
我们一般光荣的游戏。
20 曾记否？我们唇枪舌战，
不如历史上流血而已，
我们有争斗，你追我赶，
虽然没有人为之哭泣，
而胜利同样令人称赞。
25 想起往日的情景美好：
我们翻转手中的手帕，
我们把手帕使劲拧绞，
特意为我们的腰紧扎，
欣然对付果子的冰雹，
30 从邻居苹果树上摘下！
我们用一张木梯古老，
比罗马士兵骄傲自大，
沉甸甸往梯子上乱爬，
我们围攻的这座碉堡，
35 本是一窝兔子的老家！
有初长成的美人[①]上前，
看到我们的争斗微笑，

---

① "初长成的美人"显然指当日和雨果青梅竹马、日后是雨果夫人的阿黛尔·富谢小姐。

必须肉搏时不可开交,
必须勇敢到疯疯癫癫,
40　　　必须仗打得没完没了,
她才不经意望上一眼。

有时发挥灵敏的技巧,
便是更加温和的消遣,
我们打起晃动的秋千,
45　　　弯下双膝,又挺直双脚,
飞起来,母亲们板着脸,
越是恐怖,我们越骄傲,
她们关心又警惕,一边
为我们发抖,一边微笑。

50　　　有时候,怕有外人看见,
我们花园有田野风光,①
再寻找最隐蔽的地方,
私下里准备烽火硝烟。
一会儿,先用沥青建造
55　　　噼噼啪啪的小金字塔,
像闪光的羽毛般喷发
出火花,轻轻响,会燃烧;

---

① 这花园是雨果母亲带三个儿子住过的"斐扬派修道院"的花园,参阅《光影集》中的《1813年斐扬派修道院纪事》一诗。

一会儿，又用火药塞住
　　一条管口窄小的管道，
60　黑乎乎的滚筒内起爆，
　　喷出色彩蔚蓝的花束。
　　正好有人出手时大意，
　　一声震响，有多么幸福，
　　众人的耳朵受到打击，
65　响声直达花园的深处，
　　暴露我们秘密的游戏！

　　光阴啊！你要童年何用？
　　或者说，为何把我改变！
　　我寻觅自己，唉，我只见
70　一个乖乖呜咽的孩童。
　　我十六岁，多谢你挂念，
　　欢笑不再做我的随从。
　　现在，欢乐徒劳而苦涩，
　　使我们生活痛苦不堪，
75　怎比往日神圣的欢乐，
　　让我欣悦的灵魂感叹？
　　你可比得上这般玩耍？
　　学习啊，我曾把你称赞，
　　学习啊，我更为你呐喊，
80　当我把歌唱该拉忒亚、

狄多的歌者①捧读再三，
我叹息，我的话请记住：
幸福随童年一起飞逝；
有人从爱情寻找幸福，
85　　　　　失去天真，幸福也消失。

我太渴求有我的未来，
我催促岁月匆匆向前；
我已经看到云气霭霭，
挡住我命运的地平线，
90　　　　　噢！我为什么青春不再，
不能回忆里一一重见
许许多多往日的精彩！
当此年龄，幸福的凡人
坐在板凳上岁月蹉跎，
95　　　　　我对此红尘不闻不问，
为把无益的桂冠收获，
却对荷马、维吉尔憧憬，
迷恋其响当当的大名，
投掷掉我春天的花朵。

100　　　　永别了，烟云，名誉，荣光，

---

① 古罗马诗人维吉尔著史诗《伊尼特》，写迦太基女王狄多及该拉忒亚等人的故事。

永别了，我的点滴声望，
几多辛劳的菲薄报酬！
这不值得我这般劳累；
不识你们恩宠的无谓，
105　我生活得开心，快活，顺遂，
才赢来我今天的成就。
草地啊，从我曙光初照，
你看我吟诗，诗韵欠顺，
为什么你再不能见到
110　我在你绿地毯上打滚！
树木啊，你曾见我这样
在你树荫下沉思默想，
忆圣贤诗人，有古有今；
我为何不能在你树上，
115　不是倾听枝柯的声响，
而是追逐树上的居民！

不现实的心愿！我叹息，
徒然把臂膀向后伸出，
光阴向前走，迈着大步，
120　带着我此生走东闯西，
并且使我和城门远离，
让我走上大限的归途。
不久，我这漂泊的小舟，

　　　　　唉！将卷进人世的急流，
125　　　卷了进去再不会上来，
　　　　　会被卑鄙的海礁玩弄，
　　　　　滚入贪婪的深渊之中，
　　　　　深渊永远满，又永远空，
　　　　　对我小舟是灭顶之灾。

130　　　母亲！我是幸福的孩童，
　　　　　你支撑我摇晃的脚步，
　　　　　请提防我青春的激动，
　　　　　会头脑发热，误入歧途；
　　　　　从前，没有你，没有欢乐，
135　　　我的烦恼再焦头烂额，
　　　　　到你的膝头化为乌有；
　　　　　今天，如有暴风雨呼啸，
　　　　　我要在你的身边，嘲笑
　　　　　世上的笨蛋、傻瓜之流；
140　　　人生的大海发狂怒号，
　　　　　我应对付起落的波澜；
　　　　　你使我的欢乐更美好，
　　　　　你定会安抚我的苦难。

【题解】雨果16岁，即写《告别童年》。少年诗人追忆天真烂漫的童年，提出献身诗歌的抱负，最后是对母亲的依恋。此外，我们看到：16岁的男孩已有少年老成的思想，对未来的人生不无悲观的预感。《告别童年》的诗韵颇多推敲，预示诗人最初发表的诗集《颂歌集》和《东方集》中对技巧的追求。雨果夫人于1863年发表的《雨果夫人见证录》中，第二十八章"雨果先生在出世前干下的蠢事"曾收录《告别童年》，有删节，题为《遗憾》。

《颂歌集》

（1828）

致星形广场凯旋门①

1

法兰西拥有陵墓,拥有柱廊和宫殿,
拥有古老的城堡,处处有古幡装点,
这都是英勇冒险才能赢来的珍奇;
法国虔诚的身价颇多骄傲的榜样,
5   把外国营帐搬得光光,
  使这些殿堂装饰华丽。

我们看到,有古迹点缀法国的重镇,
孟斐斯有黑黑的陵寝②,罗马有众神③;
而威尼斯的狮子④在城墙上面睡觉;

---

① 凯旋门所在的广场四周有多条林荫大道放射出去,故名为"星形广场"。
② 这两行诗应指巴黎卢浮宫收藏的各国丰富的历史文物。孟斐斯是古埃及首都,多法老陵墓。
③ 可指古罗马以神话人物为主题的雕像。
④ 意大利威尼斯圣马可广场高柱上的著名狮子,曾于1804年至1815年陈列于巴黎伤兵院前的广场上。后归还威尼斯。

10　　　　为把我们巨大的都城打扮得恢宏,

　　　　　　立铜柱如果缺少青铜,

　　　　　　法兰西便向敌人去要!①

　　　　当战斗中闪耀出法国燃烧的盔甲,

　　　　而庄严的军旗上有一朵朵百合花,②
15　　　　军旗驱散骑兵队,军旗驱散步兵队;
　　　　法国战后有礼品可给战败者赠送,

　　　　　　战败者的旗也在其中,

　　　　　　仅仅算是好玩的点缀。

2

　　　　凯旋门啊,当闪电击倒你这位君主,
20　　　　仿佛也击倒了你尚未抬起的头颅。
　　　　你现在又站起来,因为已建立新功!
　　　　我们杰出的军队不愿意有此情况,

　　　　　　此事有关我们的声望:

　　　　　　有一座名胜没有竣工!

---

① 巴黎的旺多姆铜柱于 1810 年建立,铜柱用 1805 年缴获的 1200 门大炮铸成。

② "王政复辟"期间,1820 年爆发西班牙战争,法国王家军队出征西班牙。下文的"建立新功"亦指此事。

25　　　　大军统帅的名字[①]，请告知千秋万代。
　　　　　但愿从你额头上看清楚，只有失败，
　　　　　不是胜利，才能从法国利剑上偷走。
　　　　　高高站起来，直达天顶，胜利的大门！
　　　　　　但愿缔造光荣的巨人
30　　　　经过时，不必弯腰低头！

　　　　　　　　　　　　1823年11月

【题解】1806年2月12日，拿破仑签署文书，决定为纪念法兰西大军的胜利，建造凯旋门，1807年奠基。但1815年帝国失败时，凯旋门远没有完成。1823年，西班牙战争取得胜利，凯旋门的工程才得以继续进行。本诗为纪念续建凯旋门而作。

[①] "统帅的名字"和"缔造光荣的巨人"都指拿破仑。

致谢里济山谷

行路人借你纹丝不动的树荫坐下，
美丽的山谷，独自忧伤，他出神注视
飞鸟在躲避飞鸟，水蛇在河水中爬，
  风吹来使芦苇摇晃不止。

5 唉！人也在躲避人；常常年龄还幼小，
不幸已偷偷溜进高贵、纯洁的心中；
一茎谦卑的芦苇，幸福啊，芦花正俏，
  却被一阵狂风折断葬送！

山谷啊，他离不幸结束还非常遥远；
10 但这行路人已对行程感觉到疲倦，
  正祈求能吹来这阵狂风。
他独自勉为其难，脚下是茫茫前程，
他凄惨的黎明有朦胧的曙光高悬，
  看到未来只是沙漠纵横。

15 他生活中遇到的是厌恶接着厌恶。
虚假的傲慢何必羡慕虚假的财富！

他寻求忠实的心，痛苦时彼此相依；
枉然；他在路途中无人能为他撑腰，
人世间无人能为他有欢乐而欢笑，
20 　　无人能为他流泪而哭泣！

他的命运是遗弃；他的生活很孤独，
如同生长在山谷深处黑黑的柏树。
这贞洁的百合花离他远远地绽开；
从来也没有一株年轻多情的葡萄，
25 　　和他相伴，免他形影相吊。
愿给阴沉的树枝缠上绿绿的彩带。

　　还没有爬上高高的山地，
这行路人一时间在谷中怯步回头。
至少，这寂静无声和他的烦恼相投。
30 他在人群中孤单；此地的乡村美丽，
　　却是孤独伴随他的左右。

树木和草地，都是可爱的人间幽境，
　　如他孤单，比他更加安静，
请你们通情达理，救救这不幸的人！
35 小溪，请他来溪边，打开乖乖的溪水，
冲洗他脚上人间城市留下的征尘。

啊！请你们能给他安慰，并让他歌唱，

歌唱阴暗日子里能有这美梦悠长,
40　　歌唱这额头纯洁、笑得甜蜜的少女!
如果,他徒然呼唤她双双步入洞房,
至少,请你们让他永生的灵魂向往
　　墓中和死亡永恒的相聚!

大地不可能让他永远地唯唯诺诺;
45　　美好的希望使他摆脱回忆的悲哀;
今后,有两个人影会主宰他的生活:
这一个已经过去,那一个属于未来。①

噢!你说,你何时来?由哪位神明引导,
可爱的人儿,来到你可怜人的地方?
50　　　　我的明星啊,你何时照耀,
如同新生的太阳,他孤零零的时光?

亲爱、可贵的对象,为获得你的芳心,
他决然不会放弃无法忘却的情操;
他可以让灯芯草在风中低头频频;
55　　他是一棵大橡树,每当暴风雨来临,
　　　他可以折断,他不会弯腰。

他看到她在走近;他看她并不害怕。

---

① 一种理解:"这一个"指上个月刚逝世的母亲,"那一个"指未婚妻。

别了，纯洁的清波是摇篮，
　　美丽的山谷，谷中呻吟有回声应答，
　　　幸福的林中，痛苦也平安！

身处孤独的山谷，能在父辈的地里
出世、生活和死亡，这样的人真幸福；
　　他对大地丝毫没有认识，
　　　他看到的只是天有穹庐！

1821年7月

【题解】1821年6月，雨果未来的岳父富谢一家在巴黎以西60公里的德勒过夏天。20岁不到的雨果丧母不久，父亲远在他方，未婚妻犹豫不决，他正经历着不幸的生活考验。诗人无钱乘马车去看望未婚妻，徒步去德勒，途经德勒东的小镇谢里济，借景抒情。

想　　你

懒懒散散的诗琴，请你快快地苏醒。
阳光已升起，我们要歌唱旭日东升，
　　今天为她芳名而庆幸，①
　　今天这一天十分神圣！

5　　少女啊！上帝把你送给了我的童年，②
你美丽清纯；幻想自己神秘的命运，
我童年伊始，看到是你在我的天边，
如一颗纯白的星，却蒙上一片乌云。③

我曾经对你说过：——你呀，是我的希望，
10　来吧，请你来分享不该已完的幸福。
因为，在我一生中此刻无知的时光，
未来丝毫没有被从前的黑暗遮住。

---

① 请见"题解"。
② 雨果八九岁时和阿黛尔是青梅竹马的游戏伙伴。
③ "乌云"指诗人自己不幸的童年。

这甜蜜倾向①变成不可阻挡的热情；
　　　而我为此时哭泣，时光一去不回返，
15　　　　生活对于我这颗心灵，
　　　是个孩子的好梦，爱意是梦的摇篮。

　　　今天，脸色阴沉的不幸横在我路前，
　　　正当我才有向往已经很久的幸福，
　　　并当着我为善意心神不宁的愁脸，
20　　发出了一声狞笑，使我惊醒又糊涂！

　　　唉！生活孤苦零丁，处处有礁石狰狞，
　　　这杯苦酒要喝完，而酒杯还是满满，
　　　　　不为心上人流泪不停，
　　　　　这孤儿还有什么企盼？

25　　如幸福者某一天在头上插上鲜花，
　　　他会马上走，脸上抹黑灰，身穿破衫；②
　　　　　而这节庆的酒杯对他
　　　　　像是坟墓前的骨灰罐。

　　　他在活人中像是一盏灯灭了火花。
30　　这世界乐于让他独自把痛苦领受，

---

① 指雨果对诗歌的热爱。
② 古罗马人习俗：人们在欢庆时相互在头上戴花冠；古代人在头上撒灰，表示有丧事。

　　　　　他只有对天抬起眼睛而不必害怕，
　　　　　他眼睛里饱噙的泪水却不会下流。

　　　　　可你，请给我安慰，来吧，请你跟着我；
　　　　　请你从我的心中把这支毒箭拔出；
35　　　　请你为我而活着，让我为你而生活；
　　　　　少女，为了有人爱，我已经受够了苦！

　　　　　噢！用你的微笑让我的生命美丽！
　　　　　人生最大的幸福还在于获得爱情。
　　　　　我的光明从没有被偷走一点一滴；
40　　　　来吧，我在黑暗中，但我能见到光明！

　　　　　我的歌并无追求出人头地的考虑；
　　　　　如果非要我接受命中的声名远扬，
　　　　　你别怕，你的丈夫不会让他的光荣
　　　　　　　对他的幸福产生影响。

45　　　　让我们对贞洁的婚姻两个人品尝。
　　　　　别让局外人看见我俩的幸福美妙。
　　　　　　有蛇躺卧在地面之上，
　　　　　不会听见空中有飞翔的一对小鸟。

　　　　　如我多变的命运让你有正当担忧，
50　　　　如我年轻的生命起伏和波澜很多，
　　　　　那曾是我亲爱的贤妻，我请你快走；——

而我的母亲，请你等我。

　　我不久进入梦乡，再不会触目惊心，
　　幸福啊！漫漫长夜笼罩在我的周围，
55　　如有陌生人经过，对我被忘的诗琴，
　　在我荒寂的坟上，抛洒下几滴眼泪！

　　而你，你再也不会和其他挫折相遇！
　　但愿你能在自己伤心欲绝的时候，
　　无需怀念那个人，他没有呻吟死去，
60　　他曾爱你，深情又温柔！

1821年12月

【题解】雨果在其《致未婚妻的信》中，1821年12月13日和14日提及，小两口闹了一场误会。雨果半年前丧母，父亲有名无实，仅有通信联系。他虽和阿黛尔正式订婚，但未婚妻仍然在犹豫。她表示雨果对她估计过高，还担心他对诗歌事业的追求会影响未来的家庭幸福。15日，雨果给阿黛尔写信，恰逢她的圣名瞻礼日，在信中附了这首《想你》。信中说："这几行诗是为你的圣名瞻礼日而作，正是忧伤和沮丧的时候。也许，我本不该把这首诗给你，但这首诗可以向你证明，我有多么想你。"诗人还在诗中向未婚妻做了安慰和解释。

我 的 童 年

1

我不安的心灵中战争梦壮丽雄奇；
如果我不是诗人，我早就穿上征衣，
我喜欢军人战士，你不必感到奇怪！
我有无声的痛苦，时常为他们哭泣。
5 战士的松柏①要比诗人的桂冠可爱。

一名士兵要缝制我摇篮里的襁褓，
就从一面破旗上撕扯下几茎布条，
他让我在枪架的荫庇下安然入睡。
一面战鼓上放下我幼年时的马槽②。
10   钢盔里盛我洗礼的圣水。

战车是风尘仆仆，刀剑在挥舞铿锵；

---

① 原文作柏树，是墓前栽植的树种。
② 马槽源出《圣经·新约》，耶稣出生在马厩内，即盛于马槽中。

是一位诗神把我带进行军的篷帐，
我在致人死命的大炮炮架上睡觉；
我爱马刺把马镫踢得噔噔地作响，
15 　我爱鬃毛飞扬的战马神气又骄傲。

我爱攻而不克的堡垒有炮声隆隆，
我爱长官的利剑出鞘，队伍就服从；
我爱在孤树林中消失的巡逻哨兵；
我爱东征西战的老战士戎马倥偬，
20 　　　举着破旗在城市里巡行。

我是多么地羡慕轻骑兵奔驰飞快，
他大无畏的胸前挂满金黄的饰带，
而机灵的枪骑兵头戴白色的翎毛，
而龙骑兵头盔有虎毛的斑驳色彩，
25 　和军马的乌黑的鬃毛相配得真好。

我恨自己年纪小——唉！别人热血沸腾，
我让年轻纯洁的血液却变得冰冷，
我是在无声无息之中生活和成长！
我殷红的血只要能有殊死的斗争，
30 　　　也会抛洒在铁甲之上。

我祈求发生场面令人骇怕的战争！
我希望平原之上能有震天的杀声！

看到左翼和右翼压上去,两军相交,
厮杀得难解难分,彼此都陷阵冲锋,
　　人声多嘈杂,马声在嘶叫。

我听到铙钹声在颤抖而声声清脆,
战车声隆隆而来,子弹声呼啸相追;
我看到远处一排一排的人在搏击,
交锋的都是金光闪闪的骑兵纵队,
　　留下斑斑血渍,尸体山积!

2

我还不懂事,就在被制服了的欧洲
随着我们得胜的营帐而东奔西走。
当我还乳臭未干,老人们不胜喜悦,
倾听我侃侃叙讲自己虽十分年幼、
却已经度过轰轰烈烈的峥嵘岁月!

我从小在征服的民族间随意穿行,
他们胆怯的尊敬叫我这孩子吃惊;
在受怜悯的年龄,我似乎当了靠山。
连亲爱的法兰西还牙牙说得不清,
　　我就使异族人闻声丧胆。

我访问的这岛屿①有黑色矿石出产，
　　　后来是这位大将陨落时的第一站。
　　　雪崩轰然的巢穴有雄鹰展翅高翔；
　　　被我幼小的双脚登上的塞尼高山②，
55　　听到千年的冰雪被压得吱吱作响。

　　　我从罗讷河③河边来到阿迪杰河畔④。
　　　我见到了西方的巴比伦⑤，气象不凡，
　　　罗马城在墓穴里仍然是生机兴旺，
　　　宝座可以断了腿，紫锦袍已经破烂，
60　　　　但仍然是全世界的女王。

　　　而都灵，佛罗伦萨，这寻欢作乐之乡，
　　　那不勒斯的海岸春光明媚花飘香，
　　　维苏威火山⑥却把热灰向空中播撒，
　　　犹如妒忌的战士来到庆宴的中央，
65　　把他血污的翎毛摔向一丛丛鲜花。

---

① 指厄尔巴岛，有丰富的金属矿。拿破仑逊位后，曾软禁于此。
② 塞尼山是阿尔卑斯山脉的高峰之一，海拔 3170 米。从法国去意大利要经过塞尼山口。
③ 雨果诞生于贝桑松，靠近罗讷河上游。
④ 阿迪杰河为意大利第二大河，流入威尼斯湾，从法国去罗马一般不会经过此河。
⑤ 巴比伦是古代两河流域的大城，这里借指罗马。
⑥ 维苏威火山位于那不勒斯东南方仅 10 公里处。

被占领的西班牙也接待我的来到。
贝尔加尔山①被我跨越时狂风呼啸；
远望埃斯古里亚②，我以为是座坟墓；
我走过神态高贵威严的三层水桥③，
70 　　却还要低下自己的头颅。

我看到孤城之中摇摇欲坠的断墙，
在行军做炊时候被黑烟熏得够呛；
军旅的帐篷已经涌进教堂的门槛；
在圣洁的寺院里，通过一阵阵回响，
75 　　士兵的笑声仿佛是对亡灵的呼喊。

3

我回来了。我曾在远方的国土游逛，
我似乎带回一束迷迷糊糊的闪光。
我常发遐想，仿佛逝去的年华似水，
途中遇见神奇的泉水真令人难忘，

---

① 贝尔加尔山在法国和西班牙交界处的巴斯克地区。
② 埃斯古里亚是西班牙古王宫，建于16世纪，离马德里40公里。
③ 指建于罗马时代的西班牙中部城市塞哥维亚的引水渠。

80 　　　　这泉水呀永远使人沉醉①。

西班牙有修道院和城堡让我熟悉；
布尔戈斯②教堂有哥特式尖顶竖起；
维多利亚有塔楼，伊伦为木瓦自豪；③
巴利亚多利德城④城中望族的府邸
85 为庭园里的铁链⑤锈得发黄而骄傲。

我兴奋的心灵里回忆在不断喷涌；
我一边走路，一边把诗句低声咏叹；
母亲暗中注视着我的一举和一动，
她含着眼泪笑道："仙女在和他交谈，
90 　　　但是这仙女却无影无踪！"

　　　　　　　　　　　　　　1823 年

【**题解**】雨果的童年是在兵荒马乱的战争年代度过的。雨果的父亲莱奥波特·雨果是拿破仑手下的将军。诗人

---

① 古希腊有以泉水比喻诗歌灵感的传统。
② 布尔戈斯是卡斯蒂利亚王国的古都，其哥特式大教堂建于 1569 年。
③ 维多利亚和伊伦是西班牙巴斯克地区的城市。
④ 巴利亚多利德是西班牙西部城市，古代曾繁荣一时。
⑤ 据雨果父亲的《回忆录》载：古代卡斯蒂利亚的国王准许贵族在接待国君时用铁链锁庭园。

一两岁时随父亲去过科西嘉岛和厄尔巴岛，6岁时去意大利，9岁时全家来到了西班牙。雨果从小记忆力惊人，童年时代的回忆对诗人一生的创作都有影响。这首诗中对童年的不无夸张的追忆，反映了新兴的浪漫主义诗歌喜欢自我暴露、倾吐衷肠的特点。虽然雨果当时还是一个保王党人，但诗中流露了诗人对拿破仑武功的怀念。

还 是 想 你

想你！否则我的琴唱什么？总是想你！
给你爱情的颂歌！给你婚姻的祝福！
还能有别的名字可唤起我的痴迷？
我还唱过别的歌？我还会走别的路？

5　　是你的目光把我深沉的黑夜照透；
是你，是你的形象在我甜梦里闪亮；
是你拉着我的手在黑暗之中行走，
从你的眼睛对我洒下天国的阳光！

保护着我的命运是你温柔的祈祷；
10　　当我的天使在睡，这祈祷把我守护；
你谦逊而自豪的声音被我心听到，
此心向命运挑战，为生命拼搏比武。

没有听到天上有声音在把你寻找？
你这朵鲜花岂非人间的田野不开？
15　　天使的姐妹，你的灵魂对我的灵魂

传达天使的歌声，反映天使的光彩！

当你温柔的黑眼对我说话和注目，
当你的衣袍窸窣有声地把我触及，
我以为已经碰到某座庙堂的帐幕，
20　　我像多比①一样说：我夜里有个天使！

当你把我的愁云惨雾都驱散干净，
我知道你我两人从此会心心相印，
如同神圣的牧人，倦于长途的旅行，
见到有个童贞女正向泉水边走近！

25　　我爱你，如爱在我生命之上的畏友，
如爱古代的先祖，她有预言的言辞，
如爱胆小的姐妹，总对我恶习迁就，
如爱老来生下的那最后一个孩子。

唉！我太爱你，听到你的名字便哭泣！
30　　我哭泣，因为生命充满太多的苦恼！
你在这座荒漠里没有自己的府邸，
而此地坐下的树向彼方伸出枝条。

我的上帝，请给她欢乐，请给她安宁。
不要打搅她生活，她的生活属于你。

---

① 多比是《圣经》中的人物。

38

35   你要祝福她,因为她那忠实的心灵,
         主呀!正在向美德询问幸福的秘密。

1823 年

【题解】《还是想你》是"颂诗"中不以技巧见长,而以感情动人的诗篇。诗集一出版,当时和雨果还未谋面的圣伯夫著文:"请大家憧憬一下乘着祈祷的翅膀向天国偷来的销魂吧!"认为是"其味无穷"。《雨果传》的作者莫洛亚:"确实,这些诗情深意切。""颂诗"第五卷第四首为《想你》,所以本诗题作《还是想你》。

致 友 人 们

  写诗的诗人才思耗尽,
  却未在凯旋车上一站:①
  时代离他的成就太近,
  看不出他的水平超凡。
5 贝利萨②留在神殿无奈:
  人群向某个偶像涌来,
  并向旗开得胜的乞丐,
  顺手扔过来一枚铜板。

  我已告别你们的不幸,
10 友人们,我的幽居可爱。
  我深居简出,生活安定。
  我为每个神立有祭台。
  香桃木被我系上月桂,③

---

① 罗马将军胜利归来时,坐在凯旋车上穿过全城。
② 相传罗马将军贝利萨两度保卫罗马有功,失宠后沦为乞丐。
③ "香桃木"指"爱情","月桂"指"诗歌"。

	在橡树荫下青绿葱翠；
15	贺拉斯、梅塞那斯聚会，①
	请高乃依、黎世留走开。②

    我的缪斯朦胧中降临，
    眼神骄傲，而面容朴实，
    这形象模糊而又清新，
20   是凡人不相识的天使。
    缪斯身披神秘的光芒；
    她贞洁而寂寞的翅膀
    绝对不允许人间地上
    把她裸露的白脚触及。

25   我婚后已有子息在家③；
    就着我家好客的门槛，
    父亲啊！有时你来坐下，
    如同古代的骑士一般；
    我家是你帝国的一角；
30   我的儿郎脸带着微笑，

---

① 贺拉斯，拉丁诗人；梅塞那斯是文学艺术的保护人，曾庇护过贺拉斯等诗人。

② 高乃依是法国悲剧诗人；黎世留是法国红衣主教，曾指示法兰西学士院批评高乃依的悲剧《熙德》。

③ 1823年7月13日，雨果第一个儿子出世，可惜同年夭折。

我的新诗琴催他睡觉，
你的旧盾牌是他摇篮。

1823年8月

【题解】本诗注明创作日期，雨果此时的生活已大为改观。1822年10月12日，诗人和未婚妻阿黛尔结婚，《颂歌集》出版后，得到国王的补助年金，又和父亲恢复父子关系，1823年7月初为人父。诗人初次尝到安居乐业的幸福，希望步贺拉斯后尘，做一个淡泊名利的诗人。

外　婆

"你睡着了？……醒醒吧，我们母亲的母亲！
你在睡觉的时候常和祈祷时一样；
你的嘴会不停动，其实你已经安寝。
可怎么今天晚上，你呼吸没有声音，
5　　你的嘴唇不在动，如一尊圣母石像。

"为什么你把额头垂下来，低成这般！
我们做错什么事，会不再疼爱我们？
你看，炉膛里闪光冒烟，灯越来越暗；
如果你不再说话，火在慢慢地烧完，
10　　灯会灭掉，我们俩就都会变成死人！

"你会发现我们在灭火的灯边死去。
那你会大吃一惊，当你醒过来以后！
两孩子会听不见你的呻吟和唏嘘。
想要我们活过来，嘴里唤你的圣女，
15　　要把我们在你的怀里抱很久很久！

"好，把你的手放在我们暖和的手里。

给我们唱上一首行吟诗人的老歌。
给我们讲讲那些骑士有仙女效力,
把战利品作鲜花献给高贵的佳丽,
20 他们求爱的表白是一声铁马金戈。

"讲讲哪个神圣的符号让鬼魂哆嗦;
是哪位隐士看到魔王在空中飞驰;
是哪颗红宝石在侏儒王额上闪烁;
说说黑色的魔鬼躲在自己的鬼窝,
25 既怕罗兰的长剑,更怕杜尔班唱诗。①

"给我们看看你的《圣经》,美丽的插图,
看看金的天,蓝的圣人,有圣女跪下,
看看马槽和三王,看看新生的耶稣;
点点指头,教我们在书页中间读读
30 叽里咕噜拉丁文,向天主谈谈大家。

"外婆啊!……唉!灯光在一点点力竭气衰;
黑黑的炉灶四周,影子在跳上跳下,
也许,茅屋里快要走进精灵和鬼怪……
让你的祈祷停止,从你的梦境出来;
35 噢!你曾安抚我们,现在让我们害怕?

---

① 法国史诗《罗兰之歌》中,主人公罗兰是查理曼大帝的十二勇士之一,杜尔班是大主教,罗兰的战友。

"天哪！你的手冰凉！张开眼睛……几天前，
你和我们说，生命尽头的世界好大，
你又说浮生若梦，又说坟墓，又说天，
你还谈到死……你说，啊，外婆，再说一遍，
40　　死到底什么意思？……你不说话，不回答！"

他俩悲叹的声音久久在独自啼哭。
新一天黎明没有唤醒这位外祖母。
教堂的钟声响起，像是一声声哀悼；
傍晚，透过半开的家门，有行人看见
45　　在一本《圣经》旁边，在空荡荡的床前，
两个幼小的孩子跪在地上在祈祷。

1823年

【题解】"歌行"多写传说题材，《外婆》是个例外。雨果的母亲索菲从小是孤儿，所以"母亲的母亲"应是伪托。雨果在诗中写外婆之死，更多的是自己对母亲之死的伤心回忆。母亲1821年6月27日午前逝世，死时只有雨果和二哥欧仁在身边。

鼓手的未婚妻

"布列塔尼①的公爵大人,
为了浴血拼搏的争战,
召集全体将士和藩臣,
从南特②到莫尔塔尼③镇,
包括平原,也包括高山。

"各位男爵家都有碉堡,
士兵在周围挖了壕沟;
勇士们在警报中衰老,
掌盾兵在骑士前奔跑;
我的未婚夫也是下手。

"他出征阿基坦④那地方,
他是鼓手。但请别奇怪,

---

① 布列塔尼是法国西部地区名,又是古省名,旧时设行省。
② 南特是布列塔尼南面的城市。
③ 莫尔塔尼是小城,在布列塔尼之北。
④ 阿基坦是法国西南部行省,与西班牙接壤。

　　　　　看到他神气多么轩昂，
　　　　　紧身上衣有金饰闪光，
15　　　　会以为他是一位统帅。

　　　　　"从此以后，我心惊胆战，
　　　　　我俩的命运系在一起。
　　　　　我向娘娘圣碧姬^①祝愿：
　　　　　'请保护天使好好照管，
20　　　　让天使对他寸步不离！'

　　　　　"我对我们神甫说：'老爷，
　　　　　请为我们的战士祈祷！'
　　　　　对圣吉尔达^②灵位祝谢，
　　　　　点了三支大蜡烛，而且，
25　　　　神甫需要，这大家知道。

　　　　　"当我愁眉苦脸的时刻，
　　　　　就对罗莱托圣母许愿^③，
　　　　　要让我领饰上的皱褶，
　　　　　佩戴香客佩戴的贝壳^④，
30　　　　戴了领饰免得人偷看。

————————————

① 圣碧姬是14世纪女圣人，原籍瑞典。
② 圣吉尔达是苏格兰人，公元6世纪渡海来布列塔尼传教。
③ 罗莱托是意大利海滨朝拜圣母的圣地。
④ 香客朝圣回来，胸前佩戴圣地出产的贝壳，以示纪念。

47

"他出征在外，无法写信，
安慰我们的忧心忡忡。
要情书往返，心儿连心，
男陪臣身边无人值勤，
女的没有自己的侍从。

"今天，他随公爵的征尘，
应该从战场返回家园；
他不再是平庸的情人；
抬起往日低垂的眼神，
我感到骄傲，幸福美满！

"公爵凯旋而归，他带回
饱经战火的军旗一幅。
大家过来，门下站成堆，
观看亮晃晃的仪仗队，
看殿下，看我的未婚夫！

"这大喜日子，请看分明，
他骑的战马盔甲齐全，
载着他嘶鸣，走走停停，
马头插着红色的羽翎，
马走时，马头甩个没完。

"姐妹们，你们打扮太慢！

　　　　　我的情郎身边，请看清：
　　　　　一面面战鼓，金光灿烂，
　　　　　总在他手下抖抖颤颤，
55　　　　鼓声一响，将士就拼命！

　　　　　"首先，请把他本人看清，
　　　　　他穿的是我绣的外套。
　　　　　他多美！我只对他钟情！
　　　　　他的头盔像王冠一顶，
60　　　　头盔上下缀满了鬃毛！

　　　　　"昨天，亵渎的埃及女人①，
　　　　　把我拉到柱子的背后，
　　　　　对我说（上帝保佑我们！）
　　　　　把军乐队的乐师细认，
65　　　　就会发现少一名鼓手。

　　　　　"老太婆的眼睛像蝮蛇，
　　　　　她指着一座坟对我讲，
　　　　　这是她那藏身的黑窠：
　　　　　'你明天来我那儿做客！'
70　　　　我不停祈祷，我有希望！

———————
①　古时流浪的埃及女人常从事占卜，被认为懂得巫术。

49

"快去！不吉利的事不提！
我听到鼓声咚咚敲响。
瞧这些夫人你推我挤，
紫红色帐篷搭得整齐，
75　　　鲜花香，旗帜迎风飘扬。

"队伍拐过来，排成两行。
步伐沉重的矛兵先到。
舒展的军旗也已在望，
男爵们穿丝绣的戎装，
80　　　戴无边的天鹅绒软帽。

"教士穿祭帔，各就各位；
传令官骑着白马从容。
人人举着主人的盾徽，
画在钢铁胸甲上生辉，
85　　　是为了纪念先人祖宗。

"圣殿骑士①们所向无敌，
欣赏他们的波斯甲胄。
而把长戟高高地举起，
身佩利剑，穿水牛胸衣，
90　　　都是洛桑来的弓箭手。

---

① 圣殿骑士是十字军东征时组织的宗教兼军事团体。

　　　　"公爵快来了，他的军旗
　　　　飘扬在骑士们的前后；
　　　　几面缴获的旗帜一起，
　　　　走在最后，都低声下气……
95　　　姐妹们！后面就是鼓手！……"

　　　　她说着，唉！张望的目光，
　　　　往急走的队伍里直钻，
　　　　倒在冷漠的人群中央；
　　　　气息奄奄，已全身冰凉……
100　　 鼓手一个个先后走完。

1825年10月8日

【题解】 这是一首"歌行体"的名作：有中世纪的历史情节，有爱情故事，又是悲剧结局。诗人对中世纪的民俗和服饰都有具体的描写。每节五句，ＡＢＡＡＢ的韵式是对点点鼓声的模仿。中世纪贵族没完没了的征战，给人民带来无数痛苦，在诗中有生动的揭露。

《东方集》

(1829)

月　光

　　月色明净而皎洁，月光在水上嬉戏。
　　窗子终于被打开，迎进习习的凉风，
　　苏丹的贵妃一看，海浪似乱雪纷纷，
　　远处有银涛涌起，向黑色小岛拍击。

5　　她手指间流出的吉他声颤颤悠悠，
　　她听着……那低沉的声音是又低又沉。
　　是不是土耳其船回航，沉重的船身
　　曾划着鞑靼① 船桨，在希腊群岛漫游？

　　是鸬鹚纷纷跳入海水中，咕咚咕咚，
10　劈开水面时，翅膀溅满了水珠晶莹？
　　还是天上有一个厉声鸣叫的奇英②，
　　把塔楼上一座座雉堞推入了海中？

　　是谁惊扰后宫水，闺阁就在水附近？

---

① 土耳其人和鞑靼人同出突厥斯坦。
② 奇英是阿拉伯民间传说中的精灵。

不是黑色的鸬鹚在水浪之上浮沉,
15　　不是城墙的石头,不是沉重的船身
以有节奏的声音在划桨徐徐行进。

这是沉重的口袋,袋中有声音抽泣。
如果仔细看,口袋在海里随波漂行,
看得见袋里动的东西似乎像人形……
20　　月色明净而皎洁,月光在水上嬉戏。

1828 年 9 月 2 日

【题解】这首小诗是《东方集》的名篇之一。雨果取材于巴黎报刊上一则报道苏丹把囚禁的基督徒投入海中的轶闻,也参考了英国诗人拜伦的长诗《邪教徒》。拜伦在诗中记述哈桑苏丹溺死妃子莱伊拉的故事。

希 腊 孩 子

  土耳其军队一到，一片瓦砾和哭叫。
  希俄斯岛①产美酒，已成凄凉的海礁，
    希俄斯昔日千金榆青青，
  水中照出岛上的座座宫殿和小山，
5   照出高大的树林，而有的时候夜晚，
    是一队少女婆娑的舞影。

  满目荒凉。不，一个希腊孩子孤零零
  坐在焦黑的墙边，长着一双蓝眼睛，
    他低垂脑袋，受尽了屈辱；
10 孩子紧紧依偎着一朵山楂的白花，
  一朵和他同样被灾难遗忘的山楂，
    现在成了他仅有的保护。

  可怜的孩子！你的光脚下岩石狰狞！
  唉！为了从你眼中把泪水抹擦干净，
15   眼睛蓝得像天空，像大海，

---

① 希俄斯岛是希腊爱琴海中的岛屿，东面和土耳其隔海相望。

为了让你哭泣的碧眼能破涕为笑，
让欢乐和喜悦的光芒在眼中闪耀，
　　为了抬起你金发的脑袋，

你要什么？好孩子，要给你什么才行？
20　你才能在白皙的肩头上高高兴兴，
　　高高兴兴地整理好卷发，
你的头发并没有经受铁剪的凌辱①，
却飘撒在美丽的额头四周在哀哭，
　　仿佛是柳树的柳叶飘下。

25　又有谁能够驱散你的愁云和惨雾？
是要这朵百合花，蓝得像你的眼珠，
　　生长在伊朗的深井边旁近？

是突巴树②的神果？那树呀高大无比，
有一匹快马向前跑呀跑，马不停蹄，
30　　一百年跑出突巴树树荫？

为了你对我一笑，可要林中的翠鸟，
小鸟的歌声要比双簧管更加美妙，
　　响亮得能和铙钹声一般？
要什么？要花？神果？奇鸟的歌声悠悠？

---

① 指被俘的囚犯要被剃成光头。
② "突巴树"是伊斯兰教天堂里的神树。

35　　　那蓝眼睛的希腊孩子告诉我："朋友,
　　　　我只要火药,我还要子弹。"

1828年6月8—10日

【题解】1822年,希腊爱琴海中的希俄斯岛爆发了民族独立斗争,遭到土耳其的残酷镇压。经过一场血洗,全岛9万人中2.5万人被杀,5万人作为奴隶被出卖。欧洲为之震惊。1824年,浪漫主义画家德拉克洛瓦创作《希俄斯岛的屠杀》,影响很大。

奇 英

高墙,城市,
以及港口,
现在都是
死的范畴,
5　　大海昏冥,
微风消停,
万物入静,
长夜悠悠。

平原的上空,
10　　传来了声息。
这可是一种
黑夜的呼吸。
声音在哀鸣,
仿佛是精灵,
15　　有火身后叮,
叮得紧又急!

声音渐渐高起,

好像铃铛轻摇。——
又像脚步轻移,
20　　这是矮人在跳。
矮人又逃又冲,
站在波涛之中,
舞步叮叮咚咚,
一只小脚高翘。

25　　吵闹声开始临近,
听见有回声荡漾。
像是寺院里使劲
把钟声怪怪敲响;——
又像是人群嘈杂,
30　　又是轰鸣又喧哗,
一会儿声音不大,
一会儿更加高扬。

主呀!是奇英的声音!……
有多么的阴森可怕!
35　　让我们快快地躲进
螺旋形的楼梯底下。
灯火已灭,昏昏冥冥,
瞧那栏杆上的黑影,
正顺着墙角在爬行,
40　　一直向天花板升爬。

大群的奇英赶路前进，
嘘嘘有声，并上下滚翻！
紫杉像着了火的松林，
哗啦啦作响，纷纷折断。
45 急奔快走的大批精灵，
在空旷的天空里飞行，
像一团乌云，面目狰狞，
怀中夹带着电光闪闪。

奇英已经逼近！——快快应付，
50 把藏身的大厅关得紧紧。
外面什么声音？吸血蝙蝠
和凶龙的丑恶大军入侵！
屋顶已裂开，大梁已倾倒，
像是一茎湿漉漉的小草；
55 古老的大门虽锈得很牢，
快要挣脱铰链，摇晃频频！

地狱的喊声！是嗥叫，也是哀鸣！
北风呼啸，把这支可怕的队伍，
天哪！大概吹落在我家的屋顶。
60 墙在乱军的践踏下弯腰屈服。
屋子在呼叫，跟跟跄跄要摔倒，
像是大风要把房子连根拔掉，
把房子当成枯叶使劲地抽扫，

并一起在精灵的旋涡里飞舞！

65　　先知哪！如果你伸出贵手，
　　　把我从这些恶煞中救出，
　　　我一定到你圣炉前叩头，
　　　我的光脑袋要叩头无数！
　　　请把奇英喷火星的气息，
70　　在我们信徒的门前浇熄；
　　　让翅膀的爪子徒然拍击，
　　　无法把黑黑的大窗抓住！

　　　奇英过去了！——这伙精灵
　　　一飞就飞走，神出鬼没，
75　　两腿已不再乒乒乓乓，
　　　在我的门上乱踢乱跺。
　　　空中充满铁链的声音，
　　　奇英曳着火光正飞临
　　　四周一片一片的森林，
80　　高大的橡树都在哆嗦！

　　　它们正远去的翅膀，
　　　拍击声已渐渐模糊，
　　　在远处的平原上方，
　　　声音又微又弱，似乎
85　　听得见有蝗虫在叫，

63

这鸣叫声又细又小,
又像屋顶上落冰雹,
毕毕剥剥,听得清楚。

我们还可以听到
90　稀奇古怪的音响;——
当阿拉伯人号角
吹起,的确是这样,
在沙滩上面有时
会传来歌曲一支,
95　做梦的孩子已是
进入金色的梦乡。

阴森森的奇英,
是死亡的儿女,
夜色无止无境,
100　急急向前奔去;
队伍还在喧闹:
如深深的波涛,
我们无法见到,
还在窃窃私语。

105　这模糊声音
已淡而又淡,
是碧波粼粼,

　　　　轻拍着边岸；
　　　　是一名修女，
110　　在低声稀嘘，
　　　　又断断续续，
　　　　为死者哀叹。

　　　　人们怀疑，
　　　　夜深人静……
115　　我听仔细：——
　　　　无踪无影，
　　　　一切告终；
　　　　声音种种，
　　　　都在空中，
120　　被抹干净。

1828 年 8 月 28 日

【题解】"奇英"是阿拉伯民间传说中的一种精灵，诞生于火，级别低于天使，有善恶两种。据考证，雨果笔下的"奇英"与《古兰经》中的"奇英"很少相似之处。《奇英》是以声律技巧闻名的"奇"诗，节奏变化，出神入化。

出 神

星光灿烂的夜间，我独自站立海边。
天上没有一片云，海上没有帆一点。
我正极目眺望着现实世界的前方。
重重森林和山峦，整个浩大的乾坤，
都似乎唧唧哝哝，都在小声地询问
  天上的星光，海上的波浪。

金光闪闪的繁星多得数也数不清，
此声高而那声轻，和谐地遥相呼应，
星星在回答，并把闪光的冠冕压低；
蓝色的滚滚波浪，无拘无束而逍遥，
波浪在回答，浪花从浪尖向下弯腰：
  "是主呀，主呀，我们的上帝！"

1828 年 11 月 25 日

【题解】这是雨果写自然的第一首诗。诗人没有描写自然本身,只是描写自然在诗人心中唤起的感情。雨果赋予大自然以某种神秘的生命,反映了不少浪漫主义作家具有的泛神论思想。

《秋叶集》

(1831)

本世纪正好两岁,罗马替代斯巴达

  本世纪正好两岁①!罗马替代斯巴达,②
  拿破仑脱颖而出,本来只是波拿巴③,
  首席执政的冠冕已经显得太窄小,
  多处已经被戳穿,露出皇帝的头角。
5 这时候在贝桑松④,一座西班牙古城,
  有个布列塔尼和洛林⑤的孩子诞生,
  有风刮起,他像颗种子便落地安身,
  孩子脸上无色,嘴里无声,眼中无神;
  他简直是个怪物,这般羸弱和消瘦,
10 人人见了都摇头,只有母亲肯收留,
  小脖颈东倒西歪,细得如芦苇一般,
  无奈只好一边做棺材,一边做摇篮。

---

① 雨果诞生于1802年2月26日。
② "罗马"指罗马帝国的政制,象征拿破仑帝国的时代;"斯巴达"是古希腊的城邦,象征法国大革命后建立的共和政体。
③ 西俗帝王用名。波拿巴将军1804年称帝,成为拿破仑皇帝。
④ 贝桑松历史上曾被西班牙占领。
⑤ 雨果父母亲分别是布列塔尼人和洛林人。

这个已被命运从大书上勾掉名字，
这个甚至连明天都活不成的孩子，
15　　　就是我。——

　　　　　　　　我有一天也许会对你讲明，
对于我刚出世就注定夭折的生命，
她倾注多少乳汁，多少祝愿和爱心，
给我两次生命的，是我固执的母亲，
天使脚边拖着的三个儿子①都很小，
20　　　母亲播撒爱心时，可从不计较多少！
啊！慈母的爱心啊，人人不忘的春晖！
这是神奇的面包，由神仙制作分配！
父亲家中的餐桌，饭菜永远很丰盈，
人人都会有一份，都吃得高高兴兴！

25　　　有朝一日，我成了老人，会喜欢闲聊，
外面的夜色沉沉，我说个没完没了，
皇帝所到处，世界跟着他地覆天翻，
威风凛凛的命运，使人人心惊胆战，
毫不费力地把我夹走，如狂风呼啸，
30　　　将我的童年随风在各处颠簸飘摇。
因为，当北风吹起阵阵急促的波澜，
骚动的大海，不问大船有三层甲板，

---

①　雨果母亲生有三子：阿贝尔、欧仁和维克多。雨果是幼子。

不问岸边飘下的树叶是又轻又小，
　　　都一一卷进波涛，一起翻滚和咆哮。

35　　现在，我虽然年轻，却有严峻的考验，
　　　我思绪纷繁，额头有条条皱纹出现，
　　　皱纹深处刻印着许许多多的回忆，
　　　从中还可以看见以往不少的经历。
　　　要知道，几多老人头发已秃得光光，
40　　他们都心灰意冷，他们都饱经沧桑，
　　　如有人见到我的心像海中的深渊，
　　　是个住满了形形色色思想的大院，
　　　看到我百般挣扎，看到我苦难尝遍，
　　　看到像烂果子的谎言曾对我欺骗，
45　　看到我虽是未来向我微笑的年华，
　　　看到我内心的书每一页密密麻麻，
　　　看到我大好时光已一去不复再来，
　　　青春有喜怒哀乐，他准会脸色发白！

　　　如有思想和歌曲从我的胸中飞升，
50　　思想会有人附和，歌曲会有人应声；
　　　如果，我喜欢借助嬉笑怒骂的小说[①]，
　　　作为藏匿爱情和痛苦的某个场所；

---

① 雨果1823年发表小说《冰岛凶汉》。

　　　　　　如果我驰骋想象，动摇了当今舞台①，
　　　　　　如在为数不多的有识之士者看来，
55　　　　我会是与我同声相应、并借我声音
　　　　　　向人民说话的人相互争斗的原因；
　　　　　　如果我的头颅是点燃思想的火炉，
　　　　　　炼出青铜的诗句，不断地翻腾飞舞，
　　　　　　加上深沉的节奏是铸模，奇妙无穷，
60　　　　出来的诗行张开翅膀，就飞向天空；
　　　　　　这是因为：爱情和坟墓，光荣和生命，
　　　　　　前浪被后浪推着，一个个奔流不停，
　　　　　　任何声息和闪光，也不论是吉是凶，
　　　　　　都使我这颗水晶之心闪耀和颤动，
65　　　　崇敬的上帝把我铿锵有声的灵魂，
　　　　　　如同一个响亮的回声，放进了乾坤！

　　　　　　再说，我已度过的苦日子光明磊落，
　　　　　　我如不知道去向，我知道来的线索。
　　　　　　党派之间的纷争，可真是如火如荼，
70　　　　我灵魂虽被触动，却没有受到玷污。
　　　　　　我心中没有肮脏，所以也没有污泥
　　　　　　在风吹草动之时搅乱明澈的心底。

　　　　　　我曾经歌唱，现在，我要倾听和思考，

---

① 1830年2月，雨果上演剧本《埃尔那尼》，这是法国浪漫主义胜利的标志。

我为下野的皇帝暗中把庙堂建造，
我爱自由，是因为自由已开花结果，
我爱国王，是因为他不幸失去王座；
我忠于父母的血，血在我身上流淌，
我父亲是个老兵，母亲是个保王党！

1830 年 6 月 23 日

【**题解**】本诗是《秋叶集》的首篇。所有为雨果写传的作者都要引证诗中的有关诗句。"一个响亮的回声"是诗人对自己的总结。雨果年届三十，成家立业，在文坛确立了浪漫主义领袖的地位。诗人抚今追昔，回忆自己从诞生到事业有成的过程，也表露了自己从保王党思想向共和思想过渡时的思想矛盾。

致一位旅行者

朋友,你做了一次远游,回来才不久。
远游催人老,却使我们在童年以后,
  长了学问,思路大开。
你跋山涉水,走遍世界各地的海洋,
5 你船后的一条条浪花,唉!简直就像
  给地球围上了腰带。

东西南北的大海使你的生活成熟。
你到处浪迹,你的愿望不知道餍足,
  你到处捡,又到处撒,
10 你像个先是播种后又收获的农民,
你从各地方带走东西时漫不经心,
  又自己把它们留下;

你朋友没你幸运,也没有你的学问,
他坐等夏至冬至,也不管春分秋分,
15 厮守着同一个天空,
他好像长在门外可以远望的绿树,
也在自己家门口牢牢地扎下基础,

76

　　　　日子过得天天相同。

　　你累了，你见过的人真是成千上万！
20　你终于返回家乡，对人世感到厌烦，
　　　　想向上帝寻求安息。
　　你向我哀叹，东奔西走，却无所作为，
　　新旧大陆的尘埃也和我家的炉灰，
　　　　在你脚上混在一起。

25　现在，高深的道理充满了你的胸怀，
　　你抚摸着孩子们长满金发的脑袋，
　　　　一边谈话，我在倾听，
　　你向我提出问题，这关怀叫人伤心：
　　"你父亲呢？儿子呢？还有你那位母亲？"
30　　　　"他们三人也在旅行！"

　　在他们的旅途中没有太阳和月亮；
　　谁富有黄金万两，又不肯让人分享，
　　　　也带不走一分一毫！
　　他们所做的旅行无边无际而幽深，
35　人人都踽踽而行，脸上都死气沉沉。
　　　　这旅行谁都会轮到！

　　你走之后他们走，每一次我都在场，
　　三个人一个接着一个都飞向天上，
　　　　有前有后，季节不同。

77

40 　　唉！我曾亲手，也是在此崇高的时刻，
　　安葬了我这三个亲人，虽然我吝啬，
　　　　却把财宝埋入土中。

　　我看着他们出发。我软弱，感到恐怖，
　　我三次看见一块泪痕斑斑的黑布，
45 　　　　挂上我们这条走廊；
　　他们的手已冰冷，我哭得像个女人。
　　灵柩盖上，我灵魂看见他们的灵魂
　　　　张开了金色的翅膀。

　　我看着他们出发，如同是三只飞燕，
50 　　为了在远方寻找更加温暖的春天，
　　　　为了夏天更加美好。
　　我母亲飞到天上，是她第一个旅行，
　　她弥留之际，眼中洋溢的一种光明
　　　　别的地方从未见到。

55 　　接着是儿子，最后是父亲，这个老兵
　　驰骋沙场，已经有四十余年的军龄，
　　　　军装都缀满了饰条。
　　现在，他们三人在幽冥中长眠不醒，
　　但是他们的亡灵正在九泉下旅行，
60 　　　　去我们要去的目标。

如果你愿意，可在月色西沉的时分，
我们两个人登上山岗①去看看祖坟。
　　夜色朦胧，我们一到，
我将把这座死城让你这朋友看清，
65　　另一边是沉睡的夜城，并向你说明
　　哪座城市睡得更好？

请过来，我们一声不响地伏在地上，
当巴黎已听不见它的喧嚣和叫嚷，
　　我们就会不约而同，
70　听到千百万死者，如今都已是亡灵，
从墓穴里冒出来，这声音模糊不清，
　　像是田沟里的麦种。

多少人理应要为亲人们永远哭泣，
这些兄弟姐妹却生活得欢欢喜喜，
75　　时光的威力真厉害！
死者们倏忽即逝，让他们墓中安休，
唉！他们很快会在棺材里化为乌有，
　　但在我们心中更快！

旅行者呀！旅行者！我们有多么荒唐！
80　谁知道每天会有多少死者被遗忘？

---

① 指巴黎的拉雪兹神甫公墓，地势有高低。

都是亲人,都是好人。

谁知道,痛苦如何被淡忘,云散烟消?

谁知道,每天地上会长出多少野草?

又盖掉了多少荒坟?

1829 年 7 月 6 日

【题解】这是一首悼念双亲及长子的抒情诗。雨果母亲死于 1821 年,父亲死于 1828 年。诗人第一个儿子 1823 年 7 月出生,3 个月后夭折。诗中的"旅行者"不明,可能是伪托。

只要孩子一出现，全家的大大小小

只要孩子一出现，全家的大大小小，
大声地拍手欢叫。他的小眼睛一笑，
　　　大家也都喜笑颜开。
伤心屈辱的脸容，愁眉苦脸的额头，
5　看到孩子一出现，天真活泼看不够，
　　　会把烦恼统统忘怀。

不论是时当六月，家门口葱葱茏茏，
还是在寒冬腊月围着这炉火熊熊，
　　　椅子被排成了一周，
10　孩子一来，欢乐也到。人人精神饱满，
又笑又叫，大家呼宝宝，而母亲一看
　　　孩子走，吓得直发抖。

有时，我们拨弄着炉火在高谈阔论，
谈祖国，也谈上帝，谈诗人，也谈灵魂
15　　　在祈祷时飞升轻轻。
孩子一出现，别了，老天，而祖国，再见！

再见，神圣的诗人！一本正经的谈天，
在笑声中说停就停。

夜深人静的时候，神思进入了梦乡，
20 听得见芦苇丛中水浪叹息的声响，
仿佛是哭泣的声音；
如果曙光像灯塔照耀，出现在天际，
黎明的光辉会在各地的田野唤起
鸟语嘤嘤，钟声不尽。

25 孩子，你就是黎明，我的心灵是原野；
你们亲一亲原野，原野借红花绿叶，
会熏香自己的气息。
我的心灵是森林，为了让你们喜欢，
林中的枝叶虽然幽深，现在却充满
30 金光灿烂，细语甜蜜。

因为，你们有无限柔情的美丽眼睛，
因为，你们的小手没做过坏的事情，
天生活泼，纯洁，可爱。
你们的小脚未受我们污泥的侵蚀，
35 金发的儿童！戴着金色光轮的天使！
啊！神圣的小小脑袋！

你们在大人中间,是方舟①里的白鸽,
你们纯洁的嫩脚未到行走的时刻,
　　　一对翅膀其蓝无比。
40　你们望着这世界,对世界一片茫然。
身体是干干净净,灵魂是一尘不染,
　　　白璧无瑕,无瑕白璧!

孩子轻轻地一笑,孩子是多么可爱:
他什么都信,说话没有一点点掩盖,
45　　　他才哭,又马上开心;
惊讶入迷的神情浮现在他的眼窝,
他把童稚的心灵献给周围的生活,
　　　他的嘴谁都可以亲!

主啊!千万别让我,别让我爱的人们,
50　兄弟、亲戚和朋友,主啊!甚至我敌人,
　　　扬扬得意做着坏事,
别让我们在夏天见不到枝头花俏,
蜂窝里没有蜜蜂,鸟笼里没有小鸟,
　　　别让家里没有孩子!

　　　　　　　　　　　　1830年5月18日

---

① 据《旧约·创世记》:洪水退时,挪亚从方舟放出鸽子,衔回橄榄枝,知陆地已近。

【**题解**】雨果一生写儿童的诗很多。这首诗是诗人早期写孩子的名篇。1830年,雨果已是三个孩子的父亲。本诗应是见到第三个孩子弗朗索瓦-维克多一岁半时学走路产生的灵感。有人说:云雀之于雪莱,鲜花之于彭斯,和儿童之于雨果,都是诗人心中最美好的事物。

皮埃弗村①

献给路易丝·贝小姐②

1

对,正是这块谷地!安静、幽邃的谷地!
此地盛夏更凉爽,树荫下花草美丽,
此地,人间已败的芳菲仍欣欣向荣。
此地,心灵在倾听,崇敬,希求,注视,
5 心灵会可怜那个狭隘、疯狂的尘世,
凡人一天一天把上帝不放在眼中!

远处,是一条河流,两岸有林木高高。
那儿的小榆树上缀有攀附的葡萄;
草地上的刈草者晒黑有力的臂膀;
10 那儿,一棵棵柳树在水边沉思哭泣,
让自己细又长的柳丝沉浸在水里,

---

① 皮埃弗村(Bièvre)在巴黎西南约40公里处,有塞纳河的支流皮埃弗河流经。
② 指路易丝·贝尔坦(Louise Bertin)。详见"题解"。

仿佛慵懒无力又天真的沐浴女郎。

那儿，有闹哄哄的鱼儿游弋的浅水，
向过路行人展露晒草机的几条腿；
一方方麦田金黄，波光明亮的池塘；
树荫下一垛白墙，几家黑黑的屋顶；
沟壑中赭黄石头被雨水化整为零；
远处，引水渠仿佛架在空中的桥梁。

而比这些葱绿的山岗上更加高耸，
是极目望去无遮无拦的浩浩天空，
天空是上帝亲手建造的蓝色穹顶，
白天，蔚蓝的褶皱在整个世界铺开，
似乎给运行中的太阳支撑起华盖，
夜间看清华盖上有一枚枚的金钉。

对，这个好地方使我们的心灵感到，
天国有什么使人陶醉的东西飘摇；
此地是我童年时喜爱、幻想的地方，
此地宁静、温馨的美多得取用不尽，
能使尘世和凡人一切的海盗海淫，
都被我们崇高的心灵彻底地遗忘。

2

如果清早沿林边前走，
有小孔雀隐藏在林中，
林边的路上铺满石头，
把孩子们的小手割痛，
35　此时，旭日正冉冉上升，
树木感到有树汁旺盛，
谷地像一个美丽的梦。
浓雾撩起自己的面纱。
醒来的自然处处欢畅；
40　粉红、大红的花在开放；
轻风把蜜蜂给花送上；
而朝露把一滴水给花！

在这优美的景色之中，
神思恍惚，而目光远望，
45　天上的飞鸟，荆棘丛丛，
颤抖的青草闪闪发亮，
老树被年岁压得弯腰，
有磨坊可倚靠的碉堡，
小溪如同丝绸在闪耀，

50 这田野里有先辈安寝,
不论是微笑,或是哭泣,
不论是歌唱,或是叹息,
不论是话语,或是呼吸,
共同组合成一个和音!

3

55 如果我们黄昏时把条条小径走遍,
我们的思绪纷纭,我们的浮想联翩,
我们从山岗下来,我们走向这个家,
家里的你一整天都在沉思和默想,
我们往下看到你身在草坪的中央,
60 　　如看到一朵美丽的花;

如果你是在家中,你一双火热的手
借琴键把你心灵之中的语言弹奏;
如果正是这时分,这时分神秘愉快,
音乐有令人陶醉、令人兴奋的灵感,
65 音乐的翅膀热情,声音如诗琴一般,
在你歌中映照出你眼睛里的光彩;

如果年幼的孩子都过来不断找你,

孩子欢笑，和你的琴声交混在一起；
如你高贵的父亲笑对孩子的嬉闹，
70　同时在倾听着你刚唱的颂歌声响，
他是智者和福人，他有年轻的思想，
　　却为满头的白发笼罩；

于是，面对窗前这星光灿烂的夜空，
为听到这般沁人心脾的歌声激动，
75　我们这才相信有家庭、温馨和幸福；
心儿化成了欢乐，化成爱情和祈祷；
我们感到有泪水滚动在我们眼角；
我们向天伸出手，高呼道：我们的主！

4

我们不再去沉思，因为我们的灵魂
80　已在自然中，也在诗歌中，悄然沉沦，
而巴黎这个巨人就躺在我们近旁，
越过一片片树林，越过一条条沟壑，
我们说几十里路，其实是唾手可得，
　　翻过一列蓝色的山岗！

85　我们不再去询问这座命定的大城，

> 这座熔融的世界首都有热气腾腾,
> 给冒烟的火山口打开或关上大门;①
> 此时此刻,国王们以何种表情在看
> 是由人所组成的这座维苏威火山
>   有历史的熔岩在沸滚!

1831 年 7 月 8 日

【题解】1831年夏天,雨果全家应友人贝尔坦的邀请,来皮埃弗村的"石居城堡"避暑。皮埃弗村风光旖旎,主人一家对诗人的招待热情友好。以后,雨果每逢夏天,常来此地消夏。贝尔坦的女儿路易丝有音乐天赋。1835年,由小说《巴黎圣母院》改编的歌剧《爱丝梅拉达姑娘》由路易丝作曲,由雨果亲自撰写脚本,当年在巴黎上演。"石居城堡"现已改建成"雨果文学之家"。

---

① 1830年"七月革命"后,巴黎多次爆发起义斗争。

朋友,最后一句话——我要永远地合上

朋友,最后一句话——我要永远地合上
这和我思想今后并不相关的篇章。
我不听闲人会有什么议论和嘲笑。
因为,这对涓涓的水源有什么重要?
5 因为,这于我何妨?我一心想着未来,
未来刮起的这阵秋风会干燥难耐,
秋风过处,就用它焦急不安的翅膀
吹走树上的落叶,吹走诗人的诗行。

不错,我是还年轻,虽然我额头正中
10 将会有许多激情和许多作品萌动,
如同我处在这一动荡不安的年代,
我这思想的犁刀把一条田沟挖开,
每天都会有一条皱纹刻印上额头,
可是毕竟还没有度过三十个春秋①。
15 我是世纪的儿子!每年有一个错误

---

① 雨果作此诗时29岁。

从我思想里消失，错得自己也糊涂。
我虽然看破一切，对你们崇敬依旧，
你呀，神圣的祖国！你呀，神圣的自由！

我十分憎恨压迫，憎恨得无以复加。
20　因此，当我一听到酷烈的天宇底下，
在被残暴的国王统治的世界一角，
有被扼杀的人民正在呼喊和哭叫；
当我们母亲希腊被基督教的国王
让土耳其刽子手肢解得濒于死亡；
25　当流血的爱尔兰在十字架上咽气；
当条顿① 在十王的铁链下挣扎不已；
当昔日的里斯本② 欢天喜地又漂亮，
如今被米古埃尔③ 踩着，吊在刑架上；
而当加图④ 的国家由阿尔巴尼⑤ 治理；
30　当那不勒斯又吃又睡；而当奥地利
用胆怯者才尊为神圣的可耻节杖，
狠狠打断威尼斯这头狮子的翅膀；

---

① 条顿是日耳曼民族的古称。
② 里斯本是葡萄牙首都。
③ 米古埃尔，葡萄牙国王，1828 年篡权执政。
④ 加图，古罗马政治家，以清正和反对腐化著称。
⑤ 阿尔巴尼，1831 年时是意大利权势显赫的红衣主教。

　　　　当摩德纳①大公国被掐得奄奄一息；

　　　　德累斯顿在老王床上挣扎和哭泣；

35　　当马德里又呼呼大睡得不省人事②；

　　　　维也纳攫住米兰③；当比利时的雄狮④

　　　　弯腰曲背，不得不像耕牛耕地犁沟，

　　　　现在都没有牙齿咬断自己的辔头；

　　　　正当穷凶极恶的哥萨克⑤丧心病狂，

40　　强奸披头散发的华沙⑥，她已经死亡，

　　　　他玷污了她贞洁神圣的破烂尸布，

　　　　还趴在处女身上，脚边是她的坟墓；

　　　　于是，我诅咒兽窟、宫中的这些国王！

　　　　连他们的马匹上也都有鲜血直淌！

45　　我感到诗人就是审判他们的法官！

　　　　感到愤怒的诗神以强有力的手腕，

　　　　可以把他们绑上当作刑柱的王座，

　　　　他们怯懦的王冠就是他们的枷锁，

---

① 摩德纳，意大利北部城市，奥地利国王曾镇压摩德纳公国争取自由的革命运动。

② 指西班牙国王斐迪南七世借助法国军队恢复绝对君主制的统治。

③ 奥地利从1815年起占有米兰公国。

④ 比利时用狮旗，1810年至1830年隶属荷兰王国。

⑤ 指沙皇俄国。

⑥ 波兰于1830年11月29日爆发反抗沙皇统治的革命斗争，因孤立无援，1831年9月被残酷镇压。

93

50　　还可以赶走这些有人祝福的国王，
　　在额头印上一句抹擦不掉的诗行！
　　诗神对被宰割的人民应牢记心中。
　　啊！于是我忘却了爱情、家庭和儿童，
　　忘却健康的情趣，忘却柔和的歌吟，
　　我把青铜的琴弦添加上我的诗琴！

1831 年 11 月

【题解】雨果在《秋叶集》的序言中表示，《秋叶集》"写家庭的诗，写家园的诗，写私人生活的诗；写心灵深处的诗"。其实不尽然。法国 1830 年"七月革命"对整个欧洲产生广泛而深刻的影响。《秋叶集》以政治抒情诗告结束，下一册《暮歌集》以政治抒情诗开篇，证明诗人是"世纪的儿子"，是时代"响亮的回声"。

《暮歌集》
(1835)

颂　　歌

　　他们都是为祖国虔诚死去的同胞,
　　有权让群众来到他们灵柩前祈祷。
　　他们的名字要比最美的名字更美,
　　任何伟人和他们相比是昙花一现;
5　　　　如同母亲在摇篮的旁边,
　　全体人民在他们墓畔正同声安慰。

　　　　光荣归于不朽的法兰西!
　　　　归于为她而战死的兄弟!
　　　　归于烈士们! 归于英雄们!
10　　　归于受他们榜样的激励,
　　　　想在庙堂内有一席之地,
　　　　和他们同样捐躯的子孙!

　　正是为这些灵魂在受悼念的兄弟,
　　巍峨的先贤祠在城楼重重的巴黎,

15　　　　　这能与巴比伦和推罗①匹敌的皇后，
　　　　　向云天碧霄献上这铜柱上的花环，
　　　　　　每天的早上，当阳光灿烂，
　　　　　是铜柱上的花环重又金黄的时候！

　　　　　　　光荣归于不朽的法兰西！
20　　　　　　归于为她而战死的兄弟！
　　　　　　归于烈士们！归于英雄们！
　　　　　　　归于受他们榜样的激励，
　　　　　　　想在庙堂内有一席之地，
　　　　　　和他们同样捐躯的子孙！

25　　　　　所以，当这些死者已经长眠在墓中，
　　　　　遗忘是沉沉黑夜，万物都在此告终，
　　　　　但在我们致哀的墓前却无所作为；
　　　　　每天清晨，光荣这不断更新的黎明，
　　　　　　　为永远照亮他们的英名，
30　　　　　为他们流芳百世放出忠实的光辉！

　　　　　　　光荣归于不朽的法兰西！
　　　　　　归于为她而战死的兄弟！
　　　　　　归于烈士们！归于英雄们！

---

① 推罗是古代地中海东岸繁荣昌盛的大城市。

　　　　　归于受他们榜样的激励，
35　　　想在庙堂内有一席之地，
　　　　　和他们同样捐躯的子孙！

1831 年 7 月

【题解】 1830 年 7 月，巴黎人民起义，推翻波旁王朝，史称"七月革命"。1831 年 7 月，路易-菲利普在先贤祠举行纪念"七月革命"的隆重仪式，悼念在"七月革命"中死难的烈士。路易-菲利普政府邀请雨果作此颂歌，由作曲家埃罗尔特谱曲，在纪念仪式上颂唱。

市政厅舞会有感

是这样,市政厅的屋顶上灯火辉煌。
亲王,每一把火炬,上上下下在发光,
晚会将在明亮的顶楼上大放光彩,
如同神圣的诗人脸上闪耀出文采。
5 不过,朋友们,这个舞会可没有思想,
法兰西所急需的并不是什么宴飨,
这一大堆的苦难,人们称之为城市,
现在需要的不是开舞会,真的不是!

权贵们!我们最好把某些伤口包扎,
10 沉思的哲人此刻正为之感到害怕;
最好是撑住地下通往上面的楼梯,
最好是减少绞架,扩大工场的场地,
最好是想想孩子没有面包和阳光,
对忧伤、不信神的穷人还他以天堂,
15 不是点亮华丽的吊灯,也不是夜间
让疯子围着一点声音而彻夜不眠!

城里的名媛淑女，啊！是圣洁的女人，
又是一朵朵鲜花，熏香我们的家门。
你们呀，幸福规劝你们要保持节操，
20　你们没有为对付罪恶而受到煎熬，
这无耻的害人精——饥饿从未对你们
说过："肉体卖给我！"——即卖你们的灵魂！
你们的心里天真而纯洁，充满欢喜，
你们的羞耻心会包裹上层层外衣，
25　裹得比戴面纱的女神伊希斯①更多，
晚会对你们像是黎明，有星光灿烂！
你们笑着去赴会，但却有人在哀哭！
你们美丽的心灵并不知道有痛苦；
出于偶然，你们的地位才至高无上；
30　你们幸福和娇媚，眼前是一片光亮，
直看得眼花缭乱，甚至都没有看见
踩在脚下的东西就躺在你们下边！

不错，是这样。——亲王，富人和上流社会，
只求让你们快乐，你们有荣华富贵。
35　你们有天生丽质，打扮得花枝招展；
晚会嘈杂的闹声使你们都飘飘然，
你们扑向洞开而金碧辉煌的大门，

---

① 伊希斯是古代埃及的女神，是温柔的妻子的象征。

像是轻盈的飞蛾向着灯火处飞奔!
你们参加今晚的舞会,就不会想到,
40 大群的行人站在马路两边看热闹,
他们赞叹车马和号衣,中间还站着
别的女人,打扮得也不比你们逊色,
给抹上脂粉,陈列在路边等候主顾。
这群幽灵,青春的心在流血和啼哭,
45 和你们赴会一样,美丽而袒胸露肩;
她们特意走来看你们经过的容颜,
并以嘲弄的叹息,掩饰可怕的悲哀,
头上鲜花,脚下污泥,仇恨充满胸怀!

1833年5月

【题解】1830年"七月革命"后,代表金融资产阶级的路易-菲利普亲王上台。雨果在这首诗中,如同在中篇小说《死囚末日记》第二版序言中,也如同同一时期创作的另一篇中篇小说《克洛德·格》,提出了社会的贫富问题。七月王朝初期曾对雨果做过拉拢工作,但诗人对权贵们纸醉金迷的生活提出了警告。

噢！千万不要侮辱一个失足的妇女

噢！千万不要侮辱一个失足的妇女！
谁知道什么压力才使她受此委屈！
谁知道她和饥饿斗争了多少时间！
这些憔悴的妇女，我们谁没有看见，
5　　灾难的风一阵阵动摇她们的贞操，
她们疲惫的双手把贞操紧紧握牢！
如同枝头有一滴雨水，晶莹而可爱，
雨水在闪闪发光，映出天空的光彩，
摇摇树，雨滴一抖，挣扎着不肯下坠，
10　　落下以前是珍珠，以后成污泥浊水！

错误在我们；在你，富人！你为富不仁！
这一滴污泥浊水所包含的水很纯。
为了让水珠能从尘埃中脱身而出，
重新变成最初时容光焕发的珍珠，
15　　如同万物少不了对于光明的依赖，
只要有一线阳光，有一点温暖的爱！

1835 年 9 月 6 日

【题解】这首小诗使我们想起《悲惨世界》的芳汀，也使我们想起雨果的情人朱丽叶·德鲁埃。她在和雨果结合以前，私生活不够检点。据路易·巴尔杜在其《一个诗人的爱情》中载，朱丽叶"在自己身上贴胸藏着一张纸，上面由诗人为她写着如下动人和宽容的诗句：噢！千万不要侮辱……"。

既然我的嘴喝过你还满满的酒杯

既然我的嘴喝过你还满满的酒杯；
既然我苍白的脸曾偎在你的手中；
既然我有时闻到你心灵里的芳菲，
这一阵暗香已经消失得无影无踪；

5 既然你曾经对我把话儿说得悄悄，
话里不可思议的心儿在跳得轻轻；
既然我见你哭泣，既然我见你微笑，
笑时嘴唇对嘴唇，哭时眼睛对眼睛；

既然我见到你的星星总是被隐藏，
10 但一线星光在我欣喜的头顶生辉；
既然我见到掉进我的生命的波浪，
是从你的年华里摘下的一片玫瑰；

我现在可以告诉匆匆流逝的光阴：
"流吧！不停地流吧！我不会早生华发！
15 你们快快和落英缤纷去同归于尽；
我心中开着一朵采撷不去的鲜花！

让我解渴的水罐已盛得又满又多，
光阴的翅膀想要拨翻它绝对不行。
光阴冰冷，冷不了我这满腔的热火！
光阴健忘，忘不了我心灵里的爱情！"

1835年1月1日夜半12时半

【题解】这是雨果著名的爱情诗之一，歌颂爱情的无穷威力。此诗的创作日期和创作时间表明：雨果对自己和朱丽叶的爱情充满信心，这对为自己天才横溢的年轻情人提心吊胆的朱丽叶，当然是莫大安慰。

既然繁花似锦的五月向我们召唤

既然繁花似锦的五月向我们召唤,
来吧!请你和良辰美景要朝夕相伴,
乡村里的小树林,美妙迷人的绿荫,
月色溶溶,流泻在更深夜静的水滨,
5　走完大路的尽头,便是通幽的小径,
春天的空气新鲜,地平线没有止境,
谦卑而又欢乐的世界借助地平线,
如同是一片嘴唇,吻着茫茫的蓝天!
来吧!愿眨着眼睛而羞答答的星星,
10　星星透过重重的面纱向大地照映,
愿树林里有鸟声婉转,有花香四溢,
愿中午田野上空赤日炎炎的气息,
浓荫和绿草如茵,流水和阳光灿烂,
愿有那容光焕发整个美丽的自然,
15　愿万物让两朵花能开得欣欣向荣:
美丽开在你脸上,爱情开在你心中!

1835年5月21日

【**题解**】这首美丽的爱情小诗是献给朱丽叶的,并有手稿赠她,但诗句不尽相同。雨果这几年的每年夏天,经常陪朱丽叶在乡野的大自然里散步。

《心声集》

(1837)

致 维 吉 尔

啊！维吉尔！啊！诗人！啊！我神圣的老师！
来吧，我们离开这怪声怪气的城市①。
这座巨大的城市眼睛从来不阖上，
滚滚的热流不断发自石头的胸膛，
5 吕泰斯②，早在恺撒时代是何等渺小，
今天却车水马龙，今天又多么热闹，
比罗马更加嘈杂，比雅典更加灿烂，
全世界以响亮的名字在把她叫唤。

你让林中的片片绿叶飘下，就成为
10 神秘的诗行，犹如天上洒下的雨水，
你，正是你的思想占有了我的梦想，
我在阴凉的地方，欢笑的草木喷香，
在布克、默东③之间，能远离市喧人烟，
——当我说默东，诗人，请把蒂沃利④思念！——

---

① 城市指巴黎。
② 吕泰斯是巴黎的古称。
③ 巴黎以西的两处地名。
④ 维吉尔的诗友贺拉斯的住地。

15 　　我为你找到一处河谷,清白而干净。
　　一座座山坡错落其间,都宜人幽静,
　　对于相爱的恋人,真是藏身的福地,
　　这儿流水静无声,这儿枝柯垂得低,
　　中午虽阳光无情,不照洞窟和森林,
20 　　在清凉的幽境里,处处是密密浓荫!

　　清晨,我为你寻找这河谷,十分庆幸,
　　我心中怀有爱情,我眼中迎来黎明;
　　我由心上人陪伴,为你把此地寻找,
　　她熟悉我隐藏在心中的所有奥妙,
25 　　她独自和我一起,树上有万缕千丝,
　　如果我是加卢斯,她就是莉各丽思。①

　　因为,她心中拥有这朵纯洁的鲜花:
　　隐隐爱着古代的大自然美如图画!
　　她也和你我一样,喜爱温柔的声响,
30 　　和暗林中欢乐的鸟巢里鸣声悠扬,
　　而在狭小的河谷尽头,当天色已暝,
　　也爱湖光水色中群山粼粼的倒影,
　　而当落日已暗淡,褪尽鲜红的颜色,
　　也爱游人走过时怒不可遏的沼泽,
35 　　也爱寒碜的茅屋,绿草封口的山洞,

---

① 加卢斯是维吉尔的友人,莉各丽思是加卢斯追求的女友。

它公然张开大口，叫我们好不惊恐，
　　也爱溪水和草地，山顶的小屋好看，
　　爱开阔的地平线是一片光辉灿烂！

　　老师！既然长春花花季现在已到来，
40　如果你愿意，我们每晚把树枝撩开，
　　我们大家共三人，就是说我们一双，
　　可不要惊醒回声，当心别随便乱闯，
　　我们会忽发遐想，在这荒野的山谷，
　　会悄然发现孤独究竟是什么面目。
45　褐色的林中，树上尽是疙瘩的虫瘿，
　　到了晚上仿佛是奇奇怪怪的人影，
　　我们会让篝火在金雀花一旁冒烟，
　　火灭了，因拨火的牧羊人已经不见，
　　在月光下，暗影中，我们正穿过荆棘，
50　伸长耳朵聆听着林神[①]的歌声低低，
　　我们可能会津津有味地偷偷看到
　　阿斐齐贝[②]模仿的林神放肆的舞蹈。

18××年3月23日

[①] 罗马神话中的森林之神，人身羊足，头上长角，行为放荡轻佻，以追逐林中仙女为乐。

[②] 阿斐齐贝是维吉尔《牧歌》中的人物。

【题解】雨果幼年饱读拉丁诗文,其中尤以维吉尔对雨果的思想影响最大。这首诗受维吉尔《牧歌》的启发,写出大自然的静谧和柔美,更歌颂以大自然为背景的牧歌式爱情。诗中的"她"当然指情人朱丽叶。

致奥×××[①]

诗人啊！我要在你受过创伤的心中，
把你心底深处的思想兜底地翻动。

当时，你还并没有见过她；那个傍晚，
正当星星开始在天幕上金光闪闪，
5　她鲜艳美丽，突然出现在你的近旁，
那地方虽然辉煌，有了她黯然无光。
她的头发里，但见万千颗钻石闪耀；
她的一举和一动，使乐队慌了手脚，
年轻，高大，白皮肤，黑眼睛，满面春光，
10　令大家目瞪口呆，使人人如醉似狂。
她全身都是热情在笑，是热火在烧。
有时，她说一句话，她的话机智美妙，
像拾穗者袋子里掉下的金黄麦穗，
又像明亮的烟雾，离开她那张小嘴。

[①] "奥×××"指"奥林匹欧"。这是雨果自拟的化名，源出希腊众神的居住地奥林匹斯山。"奥林匹欧"的含义是要表明诗人已摆脱琐碎而无谓的烦恼，达到了某种大彻大悟的至高境界。"奥林匹欧"的名字，现已成为抒情诗人雨果的别名。

15　　　人人都在对她的额头惊叹和赞赏，
　　　　额头上充满了先爱情而开的思想，
　　　　她嫣然一笑，如同曙光在大放光明，
　　　　她那光亮的肩膀，更加光亮的眼睛，
　　　　仿佛光彩夺目的大楼里两扇小窗，
20　　　眼睛里能看见她火热的心在闪光。
　　　　她走过来，走过去，如同是一只火鸟，
　　　　在多少心里播下火种，自己不知道，
　　　　大家随她迷人的舞步忽东又忽西，
　　　　人人盯着的眼睛都看得目眩神迷！

25　　　你，你虽然凝视她，你却不敢靠近她，
　　　　因为，满桶的火药对于火星就是怕。

1837 年 5 月 26 日

【题解】雨果在这首爱情诗里回忆初次见到朱丽叶·德鲁埃的情景和感受。朱丽叶和雨果在 1832 年 5 月的一次舞会上相遇，诗人深为这位女演员的美貌所震动。经过一番波折，两人终于结合。

《光影集》

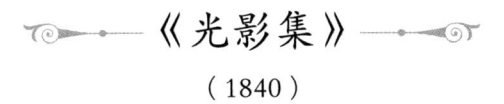

(1840)

欣悦的景象

    万物是欢乐，又是光明。
    蜘蛛的小脚多么勤劳，
    把银色圆网，又薄又轻，
    用丝在郁金香上系牢。

5   一只哆哆嗦嗦的蜻蜓，
    对着壮丽辉煌的水池，
    照看自己圆圆的眼睛，
    水中有大千世界繁殖。

    玫瑰又恢复青春，仿佛
10   在和红红的花蕾交尾；
    树丛间太阳光彩夺目，
    小鸟的欢唱多么清脆。

    鸟声祝福心灵的上帝，
    上帝活在纯洁的心中，
15   他创造黎明——火的眼底，

是为了天空——蓝的瞳孔。

林中的声音越传越轻，
胆小的小鹿边玩边想；
金龟子是金子在爬行，
在青苔的绿毛里闪亮。

白天的月亮温和苍白，
像病愈的人高高兴兴；
月亮把乳白眼睛张开，
传将下来上天的柔情。

紫罗兰和傻蜜蜂逗弄，
故意和破墙亲亲爱爱；
被不起眼的萌芽一拱，
暖暖的裂缝欢然醒来。

阳光照上打开的门槛，
水影闪过流逝的涟漪，
蓝天衬着绿色的坡岸，
多彩的万物充满生机。

平原幸福，纯洁，很温暖，
青草发花，而树林闲聊。

35 　　　　"人啊！不必害怕！大自然
　　　　可胸有成竹，正在微笑。"

　　　　　　　　　　　1839年6月1日

【题解】这是一首歌颂生命的小巧玲珑的颂歌。

题佛兰德[①]的一扇玻璃窗

我爱你古色古香城里特有的钟乐[②],
古国的古风遗俗,历经悠久的岁月,
高贵的佛兰德啊!你懒洋洋的北方
在卡斯蒂利亚[③]的阳光下拥抱南邦!
5 钟乐声响,是突如其来的疯狂时分,
眼前仿佛能看到空中打开了天门,
在清晰而明亮的缺口处,蓦然出现
一个西班牙女郎,女郎在起舞翩翩。
她走来,在屋顶上对昏沉沉的诸君,
10 不停抖动她盛满神奇音符的银裙,
无情吵醒梦中人,再不能安稳睡觉,
她蹦蹦跳跳,如同一只欢乐的小鸟,
抖抖颤颤,像一支击中目标的飞箭;

---

① 佛兰德是欧洲北海沿岸的平原,北部属比利时,南部在法国境内。
② 佛兰德从中世纪开始,钟楼和教堂有设置排钟的传统。排钟通常有四架钟组成一套,可以奏出和谐响亮的钟声,是谓钟乐。
③ 佛兰德在1558年至1713年曾被西班牙占领过,因此具有西班牙文化色彩。卡斯蒂利亚是西班牙中部地区,诗中泛指西班牙。

15　　她从纤巧的水晶楼梯，为人眼不见，
　　　跳着舞从天而降，慌慌张张的神态，
　　　跳去跳来，一忽儿上去，一忽儿下来，
　　　这不寐的人睁大眼睛，在洗耳恭听，
　　　她的脚步声正在楼梯上咚咚叮叮！

1837 年 8 月 19 日作于马林—卢万①

【题解】1837 年 8 月 10 日，雨果偕朱丽叶·德鲁埃历游法国北部及比利时各城市。诗人半夜闻钟乐醒来，被钟乐带进一个美妙神奇的幻想世界。诗人发挥想象力，把接二连三的听觉效果化为一个个色彩缤纷的视觉形象。原诗节奏富有音乐性。

---

① 马林和卢万是比利时两座城市，均以钟乐闻名于世。

1813年斐扬派修道院①纪事

孩子们②,你们天真美丽,凑在我周围,
"为什么?"问不完的是有贝齿的小嘴。
你们向我问到了一个个重大问题,
对于每一件事情,有的我都不熟悉,
5　你们要一清二楚,问一个水落石出,
这纷纭的思绪中什么问题都接触。
——所以,孩子们,你们一走,我愁眉苦脸,
在心灵深处思考,这一想就是半天,
重新整理我计划考虑的种种事物,
10　重新整理我沉思默想的永恒题目:
上帝,人类和未来,理智,荒唐和妙计,
一大堆东西,层层叠叠,又庞大无比,
只为一个幼稚的问题,提得又偶然,
这也不是你们的过错,马上被打乱!——

---

① 斐扬派修道院是1622年创建的女修道院,大革命时废除,改为私人宅邸。
② 1839年时,雨果有四个孩子:长女14岁,长子12岁,幼子10岁,幼女8岁。

15 既然你们现在要问我已往的经历，
既然你们要和我谈我童年的一页，
我最初有的禀性和希望也都谈到，
什么都想要知道，乖乖们，那请听好！

在我满头金发的童年，唉！可惜太短！
20 有三个老师：母亲，老神甫①，一个花园。

花园深邃而神秘，简直又大得无边，
围着高墙，挡住了好奇者们的视线。
园中有花朵开放，就像眼睛在张开，
红色的小甲虫在石头上跑得飞快，
25 充满嗡嗡声，充满模糊的声响一片。
花园深处像树林，中间就像是农田。
神甫饱读荷马和塔西佗②，博古通今，
老人家和蔼可亲，母亲——就是我母亲！

我就在这三方的关怀下成长、学习。

30 有一天……啊！戈蒂耶③如能借给我画笔，
我能一笔给你们把他的丑脸画好，
他那天走进我们家里，倒霉的预兆！

---

① 指拉里维埃尔神甫，当时在斐扬派修道院附近主办一所小学。
② 塔西佗（55—120），古罗马历史学家，著有《历史》及《编年史》等。
③ 戈蒂耶（1811—1872），法国作家，雨果的挚友，早年曾是画家。

一个秃顶的学者，他举止庄重威严。
我会看到在你们没有恶意的嘴边，
35 你们无忧无虑的心灵大门的一角，
浮起这种美妙的使我着迷的微笑！

正当此人进来时，我在花园里玩耍，
一看见他，我马上把一切事情放下。

这个人乃是某某中学的一位校长。

40 夸贝①笔下的鱼尾海神在海螺两旁，
华托②人身羊足的牧神在林中迷路，
伦勃朗③画过巫师，而戈雅④画过侏儒，
形形色色的鬼怪，都是僧侣的噩梦，
卡洛⑤笑着借鬼怪将圣安东尼⑥戏弄，
45 这些东西都很丑，但可爱，虽是丑鬼，
而且还有使脸上神采奕奕的光辉，
使两眼炯炯有神，使目中灵光闪闪。
我们这位也很丑，但他却是个笨蛋。

---

① 夸贝（1628—1707），法国画家。
② 华托（1684—1721），法国画家。
③ 伦勃朗（1606—1669），荷兰画家。
④ 戈雅（1746—1828），西班牙画家。
⑤ 卡洛（1592—1635），法国雕刻家，有名作《圣安东尼的诱惑》。
⑥ 圣安东尼（251—356），基督教隐修士。

真对不起，我说话像小学生在淘气。
50　这不好，刚才的话，请你们全都忘记。
你们这年纪幸福，这教书先生烦人，
我有当年的愤怒，没有当年的天真。

此人穿一身黑衣，秃发，很叫我害怕，
连我母亲一开始也有点恐惧，但她
55　忙不迭恭恭敬敬，一大套繁文缛节。
他带来了如下的一些意见和关切：
"孩子以前没有人指导；而有的时候
胡思乱想，夹着书在树林子里逗留。
他在这样的孤独之中盲目地成长；
60　这应该好好思量，要有深院和高墙，
要暗一点，才会使学习变得很刻苦。
要使满屋的学生快写字，又快阅读，
只有把孤灯一盏挂上阴暗的屋梁，
才能把贺拉斯和维吉尔更好照亮，
65　能把更美的光辉洒向孩子的心灵，
比在花丛嬉戏的太阳会更加光明。
总而言之，孩子要远离自己的母亲，
要枷锁，功课繁重，要他们哭得伤心。"
话说到这儿，校长很得意，又很客气，
70　他轻轻地笑一笑，提议给喜欢游戏、
喜欢玫瑰，及渴求自由空气的小孩，

沉闷的长廊一条，硬木的板凳一排，
上了闩的教室里，每一根木柱完全
被学生用生锈的钉子刻满了厌倦，
75 教师在废纸堆里，用罚不完的作业，
把游戏时间吞噬干净和彻底消灭，
铺了石板的大院，又围着高墙四垛，
没有水，也没有草，没有树，没有野果。

母亲打发走这人，对他的话很吃惊，
80 她变得愁容满面，整天都心神不定。
怎么办呢？怎么办？到底谁更有道理？
还是阴沉的学校？还是幸福的家里？
是爱吵闹的学生？还是孤独的小孩？
谁更善于把生活大事妥善地安排？
85 都是些难题！都是问号！她犹豫万分。
现在事情很严重。她是谦逊的女人，
教育她的并不是几本书，而是命运，
怎么好意思拒绝这预言者的教训？
他举止何等自信，语调像在下命令，
90 和母亲谈话，口口声声是希腊拉丁。
神甫也许有学问；不过，我怎么知道？
要有知识，到底靠师长？还是靠学校？
终于，——我们常常是这样取得了胜利！——
最粗的男人也会说出深刻的道理：

95 　"这个少不了！这个可以！这个很重要！"
　　使最坚强的女人思想也产生动摇。
　　可怜的母亲，两条道路中如何选取？
　　儿子的命运正在她手里掂来掂去。
　　她发抖的手握着这杆沉重的天平，
100 　她不时以为看到天平静静地已经
　　倒向了学校，唉！她把我未来的幸福
　　和我现在的幸福看成对立的事物。

　　她想得废寝忘食，她日夜都在思量。

　　这是在夏天，正当即将要升起月亮，
105 　那一天傍晚，黄昏和白昼一般美丽，
　　光线要暗些，但却充满了诗情画意。
　　她还是那么发愁，她还是那么犹豫，
　　在光和风嬉戏的花园里走来走去，
　　她低声地询问着池水、天空和森林，
110 　听着任何能传进耳朵里来的声音。

　　此时此刻，大花园在一片寂静之中，
　　有看不见的甲虫拱来拱去的树丛，
　　金龟子喜欢能与绿叶交友，而蜥蜴
　　月光之下在旧的枯井里奔跑不息，
115 　栽粗壮植物的是蓝花图案的陶盆，

军医学院①东方的圆屋顶昏影森森,
修道院里的回廊虽残破,还是好景,
一株株栗树,花蕾金黄的绿色小径,
树影在上面无声无息摇曳的石像,
120　雏菊是白得可爱,旋花则苍白心伤,
荆棘丛中、树枝上及芦苇里的百花,
正用各自的花香对鸟儿诉说情话,
有的花藏身草丛,有的花池水照镜,
或者挂满金雀花树上高贵的脖颈,
125　在明净的池水边和枫树打成一片,
成一串串金花在水波中时隐时现,
还有在树丛后面闪闪烁烁的天空,
还有屋顶上吐出袅袅炊烟的烟囱,
正如我已经说明,此时此刻这地方,
130　整个美丽的花园,这座绚丽的天堂,
这些新开的玫瑰,这些古老的墙基,
这些沉思的事物,这些温柔的东西,
都借着水声、风声在和我母亲谈论,
向她轻轻地说道:"把孩子留给我们!

135　"把孩子留给我们,心事重重的母亲!
这双发亮的眼睛,天真而星光隐隐,

---

① 军医学院建于17世纪,靠近斐扬派修道院。

这个纯洁的额头，没有哀伤的阴影，
母亲，请留给我们他还幼小的心灵！
别把他随随便便往人群里面一推，
140 人群是滚滚激流，卷进去会被压碎。
孩子们如同小鸟，也会害怕和发抖。
请把他从来没有说过谎话的小口，
请把他出自孩子天真稚气的微笑，
留给我们明净的空气和烟波缥缈，
145 留给我们如梦般翅膀轻盈的呻吟，
把孩子留给我们，啊！你仁慈的母亲！
我们给他的只有善良健康的思想；
我们把他初现的黎明会变成太阳；
上帝会在他惊异喜悦的眼前出现；
150 因为我们是花朵、树丛和阳光洒遍，
因为我们是自然，是源泉永远流淌；
可以止任何饥渴，可以洗任何翅膀，
而森林以及田野，只有智者能领悟；
造就古往今来的每一个伟大人物！
155 让这孩子在我们天籁声声中成长。
天国的呼吸会在美好的地方飘荡，
化成幽幽的馨香，可以使人人产生
希望、爱情和祈祷，如同诗琴的歌声，
如同炉中的香烟，直达上帝的身边！
160 我们以此幽幽的馨香把孩子熏遍。

我们要他的眼睛看清人间的流弊，
看着他脚边略见端倪的一切秘密。
我们使孩子长大，使大人成为诗人，
使他的感情成为待放的花蕾新嫩。

165　选择应该选我们，我们会使他知晓：
生命有千姿百态，在绿草丛中欢笑，
从黎明直到傍晚，从飞虫直到橡树，
都是生命：闪光和色彩，气息和烟雾。
我们会使他单纯，对苍天赞叹不已。

170　我们将使他不论观看到什么东西，
全身上下透发出这种怜悯的感情，
可怜的人被多少问题蒙住了眼睛！
把孩子留给我们！我们将使他的心
会很好理解女人；将使他从不骄矜，

175　梦想和幻想也就很容易——萌发，
以上帝作为书本，以田野作为语法。
心灵是深情厚意涌流的清澈源泉，
又会在每个沉思默想的额头闪现，
心灵把阵阵光辉洒向每一个思想，

180　如照耀在受孕的花朵之上的太阳！"

在城市静下来的时分，草木和星星
在这样诉说，——而我母亲在仔细倾听。

它们对神圣诺言是不是言而无信？
孩子们，我不知道。但我敬爱的母亲
185　相信了它们，免了我去监狱的厄运，
让我的童心接受它们愉快的教训。①

从此以后，每一天夜晚，我思想集中，
规规矩矩坐下来准备学习和用功，
而白天，我独自在天宇下快活自由，
190　我可以在迷人的花园里随便闲游，
对急流或对池水，或对金黄的水果，
树林，草地，灿烂的星星，欢笑的花朵，
都看得出神；晚上，是维吉尔的诗集
使我像在镜子里又看到这些东西。

195　孩子们，要爱田野，要爱水泉和山谷，
要爱晚上那人声隐隐约约的小路，
要爱流水，爱田沟，它从来不要安睡，
在田沟里萌动的有思想，也有麦穗。
你们要手携着手，一起在草中行走，
200　观看农夫们抱着金色麦束在丰收；
你们拼读满天的字母都又亮又大，
只要有鸟儿啼叫，请听上帝在说话。
人生，以及生活里对立情绪的斗争

---

① 事实上，1815 年 2 月，雨果和二哥还是被送进了寄宿学校。

在等着你们，要善，要真，要兄弟相称；
205　要团结一致，反对思想堕落的小人，
要彼此头挨着头，阅读同一册书本，
可千万不要忘记，谦恭高尚的心灵
生来是为了诗歌，生来是为了光明。
神秘意义激发的声音，有各种各样，
210　上帝在我们心中都有认真的回响，
每听到一声鸣叫，一个模糊的叹息，
就是整个大自然一个一个的建议！

1839年5月

【题解】雨果的父亲戎马倥偬，常年不在巴黎。雨果母亲带了孩子两次住在斐扬派修道院，第一次从1809年5月至1811年3月，第二次从1812年4月至1813年12月。本诗的"纪事"应指第二次。雨果对这座由修道院改成的住宅终身保持十分美好的回忆。

途　遇

　　他先把施舍的钱给了最小的小孩，
　　想一想，为了看看他们，又停下步来。
　　长期吃不饱，他们脸形瘦削又憔悴。
　　他们四个人已经在地上坐成一堆，
5　　把从我们泥浆里捡的一块黑面包
　　大家平分，天使才相互间不会计较，
　　他们吃着，都无精打采，都十分难过，
　　女人看到这景象，准会眼泪往下落。
　　他们在我们这个世界上无人过问，
10　　孤零零四个孩子，四周却都是大人！
　　对！没有父亲母亲！——也没有住的安排。
　　无处栖身。光着脚，只有最小的例外，
　　可怜的宝贝，两脚走路时摇摇晃晃，
　　套着破旧的大鞋，只用一根线系上。
15　　夜里，他们常常在沟渠里躺下睡觉。
　　因此，清早，当大树听到云雀的鸣叫，
　　颤颤抖抖向蓝天竖起高大的黑影，

　　　　他们都冷得够呛，只为风刮个不停！
　　　　孩子们冻红的手本是粉红的嫩手。
20　　星期天，他们来到一处茅舍旁走走，
　　　　想捞几个臭外快。病态苍白的幼童，
　　　　唱一首下流歌曲，其实自己并不懂，
　　　　只为博取小酒店门口的脏老头子
　　　　一笑——唉！而他自己暗地里只是哭泣！——
25　　所以，有时候，感到开心的肮脏酒店，
　　　　给他们饿得慌的头上扔一枚小钱，
　　　　这地狱里扔来的罪恶的施舍发臭，
　　　　这魔鬼又在臭钱上面吐了痰一口！
　　　　此时，他们都躲在树丛后吃着东西，
30　　却比胆战心惊的孔雀更颤抖不已，
　　　　因为，不时被别人殴打，处处被驱逐！
　　　　天真无辜的孩子每天都受罪受辱，
　　　　都饿着肚子，经过我家和你家门口，
　　　　大孩带三个小孩，没有目的地瞎走。

35　　于是，他一边沉思，一边又望望天上。
　　　　眼中只见氤氲的大气暖和而安详，
　　　　阳光和煦，金色的翅膀在空中飞舞，
　　　　碧蓝碧蓝的天穹是一片祥和静穆，

40　　　落在这些孩子的头上,是天上小鸟
　　　的鸣叫,小鸟幸福而又得意的欢笑。

　　　　　　　　　　　　　　1839年6月
　　　　　　　　　　　（手稿:1837年4月3日）

【题解】《途遇》标志着雨果诗歌创作中一个新的方向,即社会主题的方向。这个方向以后在《惩罚集》和《静观集》中更有发展。《途遇》的内容具体,是社会现实的写照,反映诗人对穷人、对穷苦孩子真心实意的同情。

奥林匹欧的悲哀

　　田野一点不黝黑，天空一点不阴沉；
　　不！蓝天一望无际，和大地不相区分，
　　　　头顶上有阳光灿烂，
　　空气里香烟缭绕，草地上绿草如茵，
5　　他重睹这些地方，可是在他的内心，
　　　　处处创伤，哀愁不堪。

　　秋天正满面笑容，刚刚转黄的树木，
　　从山坡上向平原俯下身，赏心悦目，
　　　　天空是金黄的颜色；
10　小鸟儿面对万物同声相呼的上帝，
　　也许正向他叙讲人间的什么话题，
　　　　在唱着自己的圣歌。

　　他什么都想重见：那泉水边的池塘，
　　他们那为了施舍掏空钱包的旧房，
15　　　那老栗树歪歪斜斜，
　　那些树林尽头的幽会处十分幽深，

在那棵树下①，他们心心相印的灵魂
　　　亲吻时忘记了一切。

他在寻找那花园，那孤零零的人家，
20　那座栅栏看得见有小径上上下下，
　　　和那些果园的斜坡。
他走着，脸色苍白，他看到每棵树上，
随着跨出的每个脚步，沉重而忧伤，
　　　往事浮起，影影绰绰！

25　他听到他心爱的那一片森林之中，
那轻风吹来，又使我们的心灵颤动，
　　　在心里唤醒了爱情，
这阵轻风，或吹拂玫瑰，或摇动橡树，
犹如万物的灵魂，吹临每一件事物，
30　　　在上面一一地留停！

孤林之中，点点的枯叶躺满了一地，
给他的双脚一踩，努力从地上爬起，
　　　在园子里四处奔跑；
这样，当心中有时悲哀，我们的思绪
35　此刻会借助枯叶受伤的翅膀飞去，

---

① 指一棵栗树。雨果和朱丽叶时常在此交换书信。一天倾盆大雨，一对情人在此躲雨，两情相对，彼此永记不忘。

>
> 然后又突然地跌倒。
>
> 他久久地在端详，那大自然的丰采，
> 在和平的田野里变幻成千姿百态，
> 　　他直到傍晚在沉思；
40　他整天四处漫步，顺着溪沟和山涧，
> 他又在一一欣赏：天空是神的容颜，
> 　　而湖水是神的镜子。
>
> 唉！他回想起种种幽会的甜蜜情趣，
> 他站在围墙外面张望，而没有进去，
45　　　那副样子像个瘪三，
> 他漫步整整一天，夜幕降下的时分，
> 他内心感到悲哀，好像是一座荒坟，
> 　　于是，他发出了呼喊：
>
> "痛苦啊！我的心中好难受，我想知道，
50　酒坛里是否还有一些剩下的美酒，
> 我想看一看这条幸福河谷①的面貌，
> 心中留下的一切是否是面貌依旧！
>
> "事物已今非昔比，时间却如此短暂！
> 安详的大自然啊，你就如此地健忘！

---

① 凡尔赛东南方的皮埃弗河谷，以风光旖旎著称。

55　　　你可以瞬息万变，你轻易地就割断
　　　　把我们的两颗心系住的神秘线网！

　　　　"我们用荆棘编的凉棚已经被拆开！
　　　　刻有我俩名字的树已倒下或死亡；
　　　　我们园里的玫瑰，已经被一群小孩
60　　　跨越过沟渠，毁坏殆尽，糟蹋得精光。

　　　　"天热时，她去饮水，走下林中的小路，
　　　　憨笑着用手舀水，如同是仙女一样，
　　　　从指缝间掉下来一串一串的珍珠，
　　　　现在，这水泉已经被砌了一座围墙！

65　　　"她长着一双处处奚落别人的小脚，
　　　　这可爱的脚印在细沙上，清清楚楚，
　　　　行走在我的脚边，仿佛就是在嘲笑，
　　　　现在，石块铺上了这条崎岖的小路。

　　　　"那路边的里程碑已经有很多年岁，
70　　　她从前喜欢坐在这块石碑上等我，
　　　　现在，咯吱咯吱的大车在晚上返回，
　　　　因路黑撞上界石，使石头磨损很多。

　　　　"东边的森林消失，西边的森林葳蕤。
　　　　我们的一切现在几乎都变了模样；
75　　　如同是火灭之后冷却的火灰一堆，

这一大堆的回忆正随风四处飘扬！

"韶光不再？我们可有过自己的时光？
我们徒劳地召唤，这时光永远消失？
我哭泣时，枝条在和轻风嬉戏摇晃；
80　我的屋子望着我，却对我不再认识。

"我们相逢的地方，别人也会来相逢，
我们盘桓的场所，别人也会来盘桓。
由我们两颗心灵开始的这个美梦，
别人会继续下去，但是不可能做完！

85　"因为，人世间无人能做最后的安排；
纵然是酒囊饭袋，和英雄豪杰相同；
做梦到同一地方，我们人人会醒来。
万物在此地开始，万物到彼岸告终。

"不错，别人也会来，对对纯洁的男女，
90　到此幸福迷人的所在，安宁而幽静，
来品尝大自然给幽会男女的赠予，
那种梦幻的魅力，那般庄严的意境！

"别人将会来占有我们相爱的旧址。
亲爱的，你的树林已归陌生人所有。
95　别的女人也会来沐浴，会冒冒失失，
搅乱你那双光脚洗过的神圣溪流！

"怎么说！我们在此相爱是一场春梦！
我们在此地曾经热情奔放和陶醉，
如今，这片开花的山坡已一无所剩！
100 　无动于衷的自然已经把一切收回。

"啊！请告诉我，沟壑，洞窟，清澈的水渠，
上有鸟窝的枝条，森林，成熟的葡萄，
你们是否也将要为别人窃窃私语？
你们是否也将要为别人歌声缭绕？

105 "作为你们的知音，听到你们有声响，
我们的回声同样温柔、严肃和敏感！
我们曾洗耳恭听，你们如有话要讲，
也从不打扰你们神秘深刻的交谈！

"先请你回答，幽谷，也请你回答，孤独，
110 　啊！你隐蔽在这片世外桃源的自然，
当我们这对死者一旦沉思着入土，
在墓中长眠不起，并从此朝夕相伴；

"当你们知道我们已带着爱情死去，
是否真的会冷漠无情到如此地步，
115 　是否继续会心平气和地纵情欢娱？
不停地笑靥迎人？不停地歌唱欢呼？

"我们成了你山山水水认识的幽灵,
你路上遇见我们这对昔日的朋友,
你感觉到我们在你们怀抱里飘零,
120　你就不会对我们说些悄悄话叙旧?

"当你看到我们的鬼魂来旧地重游,
看到她在忧伤的拥抱后和我同来
一条有泪水潸潸、低声抽泣的溪流,
你既不感到伤心?你也不感到悲哀?

125　"如果某处树荫下,一切都已在安息,
有一对恋人躲在你的花丛后亲热,
你就不会走上去对他们耳语低低:
'你们是活人,要请你们想一想死者!'

"上帝有时也会给我们草地和水泉,
130　深邃冷漠的石窟,高大战栗的树林,
给我们蓝天、湖水以及葱绿的平原,
借以盛放我们的爱情、美梦和痴心!

"他再把一切收回,吹灭我们的激情。
他把我们闪亮的洞穴推进了黑夜;
135　他叫深深刻上我们心灵的小径,
把我们名字忘却,把我们痕迹磨灭。

"好哇!唱吧,鸟儿!流吧,溪水!长吧,树荫!

　　　　好哇！请忘却我们，树林、花园和家门！
　　　　野草啊，盖住门槛！荆棘啊，抹掉脚印！
140　　被你们忘怀的人决不会忘怀你们。

　　　　"因为，对我们来说，你们曾祝福爱情！
　　　　你们是沙漠途中有幸遇见的绿洲！
　　　　幽谷啊，你这地方真是人间的仙境！
　　　　我们曾在此哭泣，曾彼此手携着手。

145　　"年龄一长，种种的激情都逐渐消退，
　　　　有的带走了面具，有的带走了刺刀，①
　　　　像一大群卖唱的江湖艺人在巡回，
　　　　走到了山坡后面，人数会越来越少。

　　　　"爱情，你无法抹掉！你真使我们迷恋！
150　　你是火把，是火炬，把我们迷雾拨开！
　　　　你以欢乐、但更以眼泪使我们思念，
　　　　青年人对你诅咒，老年人对你崇拜。

　　　　"垂暮之年，岁月使我们低下了头颅，
　　　　我们会既无打算，也无目的和志向，
155　　感到自己已成了一座倒塌的坟墓，
　　　　墓里躺着自己的种种品德和幻想；

---

①　诗中把激情的消退比作艺人的流散，以"面具"喻喜剧，以"刺刀"喻悲剧。

"一旦我们的灵魂沉思着进入肺腑，
来到了我们终于完全冰凉的心底，
清点每个破灭的梦想，倒下的痛苦，
160　　如同是在战场上清点一具具尸体，

"如同有人手拿着一盏油灯在寻找，
远离欢笑的世界，远离事物的真相，
顺着昏暗的栏杆慢行，便一直走到
内心深渊的底层，这儿是满目荒凉；

165　　"这儿可是漆黑的没有星光的夜空，
灵魂感到有什么被掩盖着的东西，
还在空空荡荡的阴暗角落里颤动……
是你睡在黑暗里，啊，你神圣的回忆！"

18××年10月

（手稿：1837年10月21日）

【题解】雨果的友人贝尔坦在凡尔赛附近皮埃弗村有"石居城堡"。1834年9月1日，雨果全家应邀前去小住，并在附近菜梅村租了一处农舍，安置情人朱丽叶·德鲁埃。雨果几乎每天步行去和朱丽叶相会。他们在大自然的怀抱中度过了一段心醉难忘的日子。1837年10月，雨果又去"石居城堡"。诗人怀着虔诚的心情，独自重访三年前和情人欢会的旧居，发现作为他幸福见证的自然环境已面目全非，感慨系之。雨果回到巴黎，惆怅不已，于10月15日至21日，写下这首长诗。《奥林匹欧的悲哀》是法国浪漫主义抒情诗的名篇。和这首诗齐名的，有拉马丁的《湖》、维尼的《牧羊人的小屋》和缪塞的《回忆》。

黑沉沉的海洋

唉！有多少的船长，又有多少的海员，
高高兴兴出航的地方是很远很远，
却在阴沉的天边再也没有能回来！
多么悲惨的命运：黑夜里没有月亮，
有多少人消失在深不可测的海洋，
永远地被埋葬在盲目无情的大海！

又有多少的船主及船员一起死去！
他们的生命已经被风暴完全夺取。
风暴一吼，把一切在海上吹得乱抖！
谁也不知道他们掉进深渊的结果。
每一个波浪打来，都有战利品夹裹：
这个浪花是小舟，那个浪花是水手！

可怜的死者！无人知道你们的命运。
你们是沉沉大海之中翻滚的一群，
你们无知的头颅撞上无名的海礁。
唉！多少年老父母只存有一个希望，

每天在沙滩等啊，等啊，直等到死亡，
　　　　返回的人始终没有等到！

　　　有时候晚上，大家守夜时谈起你们。
20　　生锈的锚上坐着一大堆欢乐的人，
　　　提起你们的名字，但多少有点忘记，
　　　一边欢笑和歌唱，一边在高谈阔论，
　　　在和你们美丽的未婚妻偷偷接吻，
　　　而你们在绿色的海藻里长眠不起！

25　　有人问："他们人呢？在岛上治理国家？
　　　他们莫非找到了乐土，把我们撇下？"
　　　以后，连对你们的回忆也完全消亡。
　　　躯体消失在海里，名字消失在心中。
　　　时间投下的阴影一个比一个更浓。
30　　无情的海洋不够，加上无情的遗忘。

　　　不久，你们的形象在大家眼里消失。
　　　此人忙他的铁犁，那人忙他的船只。
　　　每当在狂风暴雨作威作福的夜晚，
　　　你们头发已花白、等得绝望的寡妻，
35　　拨动炉火的时候翻动心头的回忆，
　　　　才会对你们又说个没完！

　　　待到连她们最后也在坟墓里安睡，

149

連冷清的公墓里也没有一块小碑，
也没有秋天落叶纷纷的一簇柳枝，
40　　连乞丐在断桥的角落里断断续续
唱起的又是单调又是乏味的歌曲，
都再也没有留下你们从前的名字！

沉没在黑夜里的水手究竟在何方？
你们知道有多少凄惨的故事，波浪！
45　　波涛，双膝跪下的母亲害怕的波涛！
你们在涨潮时刻把故事相互叙讲，
这就是为何每到黑夜你们的声响，
在向海边涌来时竟是绝望的哀嚎！

1836年7月

【题解】雨果在1834年第一次见到大海。1835年8月及1836年7月，又在诺曼底一带海边旅行，对海洋有了更深切的体验。从此，大海在雨果的诗歌中咆哮不已，流亡后尤其如此，包括《惩罚集》《静观集》及《历代传说集》中的《穷苦人》。1866年，雨果还创作了长篇小说《海上劳工》。雨果的绘画作品中，大海也是最有表现力的主题之一。

《惩罚集》
（1853）

艺术和人民

1

艺术，这是欢乐和光荣；
艺术照亮蓝色的天空，
在暴风雨中大放光明。
艺术是全世界的骄傲，
在人民的额头上闪耀，
像上帝额头上的星星。

艺术是支美妙的歌曲，
使恬静的心感到欢愉。
这歌曲男人献给女人，
这歌曲城市献给森林，
用心灵的每一个声音，
齐声合唱出歌曲阵阵。

艺术，这是人类的思想
砸烂一切枷锁的力量。

15   艺术要征服，但不可怕，
  莱茵①、台伯②被艺术左右。
  它使奴隶的人民自由！
  它使自由的人民伟大！

2

  啊！法兰西，你战无不胜！
20   请唱起你和平的歌声！
  请你注视着天空歌吟！
  你欢乐而深沉的歌喉，
  把希望带给整个地球！
  啊！你伟大、友爱的人民！

25   人民啊！向着黎明歌唱！
  从白天一直唱到晚上！
  劳动使人们愉快不愁。
  嘲笑旧世纪已成泡影！
  低声细语地歌唱爱情，
30   大声响亮地歌唱自由！

---

① 莱茵河是德国第一大河，也是欧洲重要河流之一。
② 台伯河是意大利流经罗马的河流。

要歌唱神圣的意大利，

歌唱波兰已奄奄一息，

唱那不勒斯热血滔滔，

唱匈牙利正濒临死亡[①]……

35 暴君们！当人民在歌唱，

这像是雄狮大声吼叫！

1851年11月6日于巴黎

（手稿：1851年7月）

【**题解**】雨果在诗中阐明了艺术的重要作用，特别是歌曲和人民斗争的关系。诗人在《惩罚集》中为自己规定了明确的光荣使命。歌曲在19世纪是群众喜闻乐见的艺术形式。

---

① 法国1848年爆发的二月革命及六月革命，在欧洲各国促发一系列要求民族独立和自由的革命斗争。

四日晚上的回忆

    这个孩子在头上被打了两颗子弹。
    屋子里清洁安静,陈设普通而简单,
    一幅肖像前插着教堂分发的嫩枝[①]。
    年老的外祖母在屋子里哭泣不止。
5   我们静静地给他脱衣服。他的嘴唇
    苍白微张,死亡已夺去倔强的眼神;
    像请求有人扶持,他两手颓然垂落。
    他口袋里还放着一个黄杨木陀螺。
    两颗子弹的伤口比手指还要大些。
10 你们可见过桑葚在篱笆上面淌血?
    他的脑壳被炸开,像是开裂的木柴。
    老人望着孩子的衣服被脱了下来,
    说道:"他身上多白!把灯光挪近一点!
    天主!可怜的头发和他的两鬓粘连!"
15 衣服脱完了以后,她把他抱在膝头。

---

① 复活节前的星期天,教堂分发黄杨嫩枝,教徒带回家中,置于镜前或肖像前。

黑夜是多么凄惨,听得见就在街口,
有阵阵枪响,有人在杀害别的儿童。
战士们都说:"应该把孩子葬入墓中。"
大家从胡桃木的衣柜里取出白布。
20 外祖母于是抱着孩子走近了火炉,
仿佛让他僵硬的手脚能暖和暖和。
任何东西被死神,唉!冰冷的手摸过,
人世的火炉再也无法使它们温暖!
她要给孩子脱去长袜,把身子下弯,
25 用她枯干的双手握住尸体的双脚。
"这样的事情还能不使人心如刀绞!"
她喊道:"先生,他还不满八岁的年纪!
他在学校里上课,老师们都说满意。
先生,有时我需要写一封什么书信,
30 总是要由他代笔。是不是他们如今,
啊!我的上帝!现在要把孩子都杀掉?
我要向你们请问,他们都是些强盗?
是今天早上,孩子在窗子前面游戏,
他们把我可怜的小家伙打死在地!
35 孩子一走到街上,他们就朝他开枪。
先生,他又乖又好,就像小耶稣一样。
我反正老了,要死就死我这个老太;
开枪可以打死我,不要打死我小孩,
这对波拿巴先生可没有什么不好!"

40　　　她已经泣不成声，不得不停止哀号。
　　　　大家围着老人家流泪，她接着又说：
　　　　"现在我孤苦一人，我以后怎么生活？
　　　　今天，请你们给我解释，为什么如此？
　　　　唉！他母亲就给我留下这一个孩子。
45　　　干吗非要打死他？要给我讲讲原委。
　　　　孩子他可并没有喊过共和国万岁。"
　　　　我们都脱帽站着，沉痛得无从开口，
　　　　面对无法安慰的伤心事瑟瑟发抖。

　　　　老母亲，你一点也不懂什么是政治。
50　　　拿破仑先生，这才是他真正的名字①，
　　　　他很穷，又是亲王，他也爱高楼大厦，
　　　　他也想要家中有仆人，马厩有骏马，
　　　　他要吃喝和嫖赌，他要寻花和问柳，
　　　　这都要花钱，与此同时，他还要拯救
55　　　家庭，要拯救教会，最后要拯救社会；
　　　　他夏天在圣克鲁②要有盛开的玫瑰，
　　　　要有省长和市长来对他顶礼膜拜；
　　　　正是为了这一切，才要年老的奶奶，

---

① 普通人以姓氏称呼，但帝王的号用名字。所以诗中外婆用"波拿巴先生""拿破仑先生"反映出他称帝的野心。
② 圣克鲁是巴黎郊区拿破仑三世夏天行宫的所在地。

用因为年迈而已颤抖的灰白手指，
60　　　给七八岁的孩子把裹尸的布缝制。

　　　　　　　　　　　1852年12月2日于泽西岛
　　　　　　　　　　　（手稿：1852年12月2日）

【题解】本诗是本集中的名篇。1851年12月2日，路易-拿破仑·波拿巴发动政变，下令军队对违反"戒严令"的百姓"格杀勿论"。4日正是镇压的高潮。一个姓布尔西埃的7岁男孩上街购物，被枪杀在蒙马特尔区的蒂克托讷街。雨果在《拿破仑小人》一书中对这件亲眼目睹的惨事有具体的记述。本诗叙事为主，用家常语言，自有一种感人的力量。

此 人 在 笑

"维克多·雨果先生不久前在布鲁塞尔出版了一本书,题为《拿破仑小人》,书中对亲王总统极尽污蔑之能事。

"据说,一位官员在上星期的某一天把这本攻击性的书带至圣克鲁。路易-拿破仑见到此书,取来翻阅一下,嘴唇上挂着轻蔑的微笑;然后,他指指这本书,对左右说道:'瞧,先生们,这是维克多·雨果大帝写的《拿破仑小人》。'"

(1852年8月总统派报纸)

好哇!你迟早总会发出嗥叫的,混蛋!
你犯下弥天大罪,你还在吁吁直喘,
你这次胜利又惨又快,你手舞足蹈,
我逮住了你。我在你脸上张贴布告;
5   现在群众赶来了,在对你尽情嘲弄。
当惩罚把你按在刑柱上钉住不动,
当枷锁在逼着你非要抬起你下巴,

当历史把你外套上面的扣子扯下，
在我的身旁撕下你肩头一块上衣，
10　你说："我才无所谓！"你在笑我们，滑稽！
你对我的名字哈哈大笑，吐沫四溅，
可我手拿着烙铁，看你皮肉在冒烟！

1852年8月于泽西岛
（手稿：1852年10月30日）

【题解】雨果从报上见到路易-拿破仑·波拿巴对新出版的《拿破仑小人》加以嘲笑，即写下这首小诗，作为回答。诗前小记摘自1852年8月20日的《祖国报》，只字未动。

寻 欢 作 乐

1

　　好哇，笨蛋和权贵！好哇，骗子和强盗！
　　请快快入席，围着山珍和海味坐好！
　　　　快跑！人人都有座位！
　　主子们，喝吧，吃吧，人生一刻值千金。
5　全体征服的人民，全体吓呆的人民，
　　　　统统由你们去支配！

　　把国家卖掉！口袋要掏，而森林要砍！
　　把水库抽得空空，把泉源汲得干干！
　　　　这个时机终于来到。
10　抢走最后一枚钱，轻松松等闲视之，
　　抢走劳动者的田，和劳动者的城市！
　　　　抢吧，笑吧，其乐陶陶！

　　快去哇！大吃大喝！享受丰盛的筵席！
　　穷人的全家却在草堆上奄奄一息，

15　　　　　家里既无门，又无窗。
　　　　父亲身子哆嗦着，要去屋檐下乞讨；
　　　　母亲在家里穷得再也拿不出面包，
　　　　　　孩子的奶已经喝光。

2

　　　　腰缠万贯，国家元首年俸①！高楼城堡！
20　　　一天，我来到里尔，走进城里的地窖②；
　　　　　　目睹这凄惨的地狱。
　　　　地底下的房间里住着一个个幽灵，
　　　　脸色灰白，弯着背；佝偻病铁掌无情，
　　　　　　把他们的四肢扭曲。

25　　　人们在地洞受苦，空气里似乎有毒；
　　　　瞎子摸索着在给痨病患者端水壶；
　　　　　　脏水像小溪般在流；
　　　　二十岁仿佛儿童，三十岁已是老人，
　　　　活人每天都感到无孔不入的死神
30　　　　　在钻进自己的骨头。

---

① 拿破仑三世称帝后，年俸从1600万法郎增至2500万法郎。
② 1851年2月20日，雨果和经济学家杰罗姆·布朗基参观北部城市里尔的地窖，工人生活之悲惨，使雨果大为震惊。

绝无灯光；雨水在天窗上泛滥成灾；
不幸在地下室里向你们为非作歹，
　　　劳动者啊，张开眼睛，
看到正在转动的纺车和纱线近旁，
35　　眼泪汪汪的气窗透出阴森的暗光，
　　　一条条蛆虫在爬行。

贫穷啊！男人望着女人却不发一言。
父亲感到无耻的烦恼就在他身边
　　　搂住了妇女的贞操，
40　他看见女儿回来，阴沉沉站在门下，
却不敢开口问她："你是从哪儿回家？"
　　　只看她带回的面包。

地底下，绝望披着肮脏的破衣打盹；
地底下，别处温暖、明媚的人生阳春，
45　　　此地像凄凉的冬季；
阳光下处女红润，黑暗中发紫变丑；
地底下，瘦骨嶙峋，只剩下皮包骨头，
　　　穷得精光，衣不蔽体；

地底下，他们却比街上阴沟更低下，
50　从生活里、太阳下消失的一个个家，

　　　　一群群人，哆哆嗦嗦；
　　我走进了地底下，一个矮小的女孩，
　　凶狠得像墨杜萨①，而脸上又像老太，
　　　　"我十八岁！"她对我说。

55　地底下，母亲可怜，都没有一张木床，
　　只好挖一个窟窿，把她的孩子安放，
　　　　孩子像小鸟在颤抖；
　　这些无辜的儿童，目光像白鸽一般，
　　唉！刚刚来到世上，找到的不是摇篮，
60　　　　却是一座一座坟头！

　　你里尔的地窖啊，人在石壁下死亡！
　　我两眼啼哭，目睹他们咽气的情状，
　　　　老人家枯瘦的身躯，
　　眼神惊恐的女儿，只能以长发蔽身，
65　麻木的母亲怀里，孩子仿佛是鬼魂！
　　　　但丁啊，人间的地狱！

　　你们的财富来自这地底下的呻吟，
　　亲王们！这般苦难供你们一掷千金，
　　　　你们胜利！你们征服！

---

① 墨杜萨，希腊神话中的女妖，头上无发，长一窝蛇，谁正面见她，会化成石头。

165

70　　　从地窖的墙壁上，从地洞的石缝下，
　　　　从奄奄一息者的心中，在滴答滴答，
　　　　　　　渗流出你们的财富。

　　　　在称之为暴政的这丑恶齿轮下面，
　　　　在赋税这个恶鬼拧紧的螺栓下边，
75　　　　　　日以继夜，无穷无尽，
　　　　在当今的世界，从早到晚，从晚到早，
　　　　有人在压榨穷人，如同在压榨葡萄，
　　　　　　　榨出来的却是黄金。

　　　　正是从这般垂死挣扎，从这般绝望，
80　　　正是从这般心头永远冰凉的地方，
　　　　　　　连希望也从不颤动，
　　　　正是从这般充满揪心烦恼的陋室，
　　　　正是从这些一批又一批呼天抢地
　　　　　　　的父亲和母亲手中，

85　　　对，正是从这大堆大堆的赤贫景象，
　　　　滚出丑恶、闪亮的沉甸甸百万大洋，
　　　　　　　向着权贵，向着宫阙，
　　　　一路上铺金撒银，一路上屈膝爬行，
　　　　这些开开心心又头戴玫瑰的妖精，
90　　　　　　全身上下沾满鲜血！

3

天堂啊！金碧辉煌！请给主子们斟酒！
盛宴映红了花窗，乐队在欢笑不休，
　　　餐桌爆满，流光溢彩；
黑暗在他们脚下；门都已经被关上；
处女去出卖皮肉，因为有辘辘饥肠，
　　　今天夜里哭得悲哀！

你们都分享这些丑恶的佳肴盛馔，
士兵讨钱，议员卖身，法官是同谋犯，
　　　厚颜又无耻的主教；
贫穷在你们这座卢浮宫地下战栗！
疾病、饥饿和死亡加在一起，这就是
　　　你们的节日和良宵！

大群的宠妃正在圣克鲁作乐寻欢，
在花下嬉戏，手摘茉莉、雏菊的花瓣，
　　　玉臂赤裸，酥胸敞开，
宴会上火树银花，大吊灯百枝千枝，
美人一个个微笑，嘴里雪白的牙齿

　　　　　吃着活生生的小孩!

　　　那又怎么样! 笑吧! 怕有人一再抱怨?
110　难道当皇帝,当亲王,当公主,当官员,
　　　　　就不能去享受人生?
　　　这帮啼哭的人民备受饥饿的痛苦,
　　　也理应知足,既然看得到你们跳舞,
　　　　　也听到你们的笑声!

115　那又怎么样! 得了,把钱柜钱包装满。
　　　特罗隆,西布尔,巴洛什,①高歌又把盏!
　　　　　这番景象令人欣慰。
　　　人民和饥饿挣扎,你们吃得要呕吐,
　　　在无边又无际的贫穷之上,摆一桌
120　　　无际又无边的宴会!

4

　　　他们欺凌你,人民! 啊,阴森森的街垒,
　　　昨天曾高高筑起,冲锋时百折不回,
　　　　　你抬起流血的头颅,
　　　他们的轿式马车光灿灿,疾如闪电,

----

① 这些人都是拿破仑三世的高官和帮凶。

125 锃锃发亮又飞驰而过的车轮下面,
　　　你是石头,又在铺路!

人民,你的钱给恺撒;给你的是饥饿。
你不就是一条狗,任人抽打和呵斥,
　　　跟在老爷后面奔走?
130 给恺撒皇袍;给你背篓和破衣烂衫。
这些美人,你们的闺女,由恺撒霸占,
　　　给你耻辱,给你出丑!

5

哈哈!会有人说话。缪斯,这就是历史。
会有人在黑夜里高声地呐喊不止。
135 　　　笑吧,小丑兼刽子手!
会有人为你报仇,法兰西,我的母亲,
你在受苦!大家会听到天上有声音,
　　　传下来催命的怒吼!

这帮混蛋比明目张胆的强盗可恶,
140 他们贪婪的牙齿对人民吸髓敲骨,
　　　毫不留情,无动于衷,
卑鄙得没有心肝,却有阴阳两张脸,

169

说道:"得了吧!诗人!诗人可待在云间!"

好。云间有雷声隆隆。

1853年1月

(手稿:1853年1月19日)

【题解】 1851年2月,雨果访问里尔,并参观里尔的地窖。3月,雨果起草为里尔地下的不幸家庭说话的辩护词:《里尔的地窖》。详见人民文学出版社的《雨果文集》第十一卷。这首诗揭露的内容并无夸大其词,而是和同时代专家学者有关里尔地窖的报道是一致的。这首长诗和另外一些同一题材的诗,构成了雨果诗中的一幅"悲惨世界"图。

人活着就要斗争；所以，活着的人们

  人活着就要斗争；所以，活着的人们
  在脸上抖擞精神，在心里充满热忱，
  他们要攀登高尚命运的险峰峻峭，
  他们沉思着前进，胸怀崇高的目标，
5 不论黑夜或白天，他们的眼里只见
  某种伟大的爱情，某个神圣的考验。
  这是匍匐在约柜①前面的神圣先知，
  他们的心地善良，他们的生活充实；
  这是劳动者，工匠，又是族长和牧人，
10 他们才活着，主啊！其他人叫我怜悯。
  因为，其他人空虚，所以才烦恼很多，
  最沉重的负担是存在而没有生活。
  他们都无所用心，晃晃悠悠地活命，
  因为从来不思考，活得就无聊透顶。
15 他们叫芸芸众生，他们叫乌合之众，
  他们也赞成，反对，来往，又咕咕哝哝，

---

① 约柜传为古代犹太人存放和上帝所立之约的柜子。

鼓掌，顿足，打呵欠，又说好，又说不好；
从来也没有名字，从来也没有容貌，
这群人来来去去，也评判，宽恕，开会，
20　　破坏，支持马拉①或提比略②都无所谓，
快活人身穿锦袍，可怜虫袖口翻卷，
乱哄哄地被推着走向未知的深渊。
这些人类的底层，过眼就化成云烟，
冷漠的过客，没有年龄、知己和主见；
25　　他们不被人认识，也从不被人信任，
他们浪费别人的口舌、脚步和精神。
他们的周围一片漆黑，又隐晦莫测；
烈日当空时，他们只有遥远的暮色，
因为，他们随便地乱喊、乱哼和乱叫，
30　　他们徘徊漂泊在黑夜阴森的周遭。

什么！什么都不爱！没精打采地行走，
不追求梦想于前，不悼念死者于后，
什么！既向前面走，又不知走向何方！
嘲笑朱庇特③，却对耶和华④没有信仰，
35　　毫无敬意地看待星星、鲜花和女人！

---

① 马拉，法国大革命时的革命家。
② 提比略，罗马皇帝。
③ 朱庇特是罗马神话中的天神，相当于希腊神话里的宙斯。
④ 耶和华是《圣经》里上帝的名字。

一心只想着肉体，从来不寻找灵魂！
为了徒然的结果，做出徒劳的努力！
对上天一无所求，把死者完全忘记！
不行啊，我可不是这种人！他们即使
40　躲进肮脏的黑窝，或有财有权有势，
我避开他们，怕走他们可憎的小道；
可悲的行尸走肉，卑劣的鸡鸣狗盗，
小爬虫啊，我宁愿做棵林中的小树，
也不要吵吵嚷嚷跟着你们去充数！

1848年12月于巴黎

（手稿：1848年12月31日子夜）

【题解】 这首诗是《惩罚集》的名篇之一。1848年是法国，也是雨果自己多事之秋的一年。诗人表达了对不讲原则、只谋私利者的谴责，也表明了自己绝不同流合污的决心。坚持信仰，勇于斗争，是雨果一贯的信条。

皇　袍

啊！欢乐就是你们的劳动，
天上的呼吸是气幽香浓，
这就是你们的掠夺对象。
十二月①一到，你们就逃避，
5　　你们给人间酿成的蜂蜜，
来自从百花偷来的花香。

童贞女②把露水③制成佳酿。
你们就如同那一位新娘，
去看山坡上的百合盛开，
10　　啊！你们金红花冠的伴侣，
蜜蜂，你们是光明的闺女，
请从这件皇袍上飞下来！

女战士们，向他发动冲锋！

---

① "十二月"一语双关，既指冬天，又指发动政变的月份。
② 采蜜的工蜂为雌性，但不承担生育职能。
③ 欧洲古代相信蜜蜂采天上的露水而成蜜。

  啊！你们都是高贵的工蜂，
15 你们是责任，你们是美德，
  金色的翅膀，发火的飞箭，
  纷纷飞到无耻者的面前！
  对他说："你看我们是什么？

  "我们是蜜蜂，你这个畜生！
20 山间木屋有葡萄的凉棚，
  屋顶下住着我们的蜂群。
  我们在蓝天下出生，飞到
  玫瑰花绽开的朵朵花苞，
  也曾飞临柏拉图①的嘴唇。

25 "谁从泥中来，复回泥中去。
  去黑窝里和提比略相聚，
  阳台上把查理九世②找寻。
  去吧！你那紫金色的皇袍，
  不要伊梅特③的蜜蜂，只要
30 隼山④上黑色的乌鸦一群！"

---

 ① 相传柏拉图童年时一天入睡，有蜜蜂飞来，将蜂蜜置于他嘴唇上，喻其言辞有迷人的魅力。
 ② 传说查理九世于1572年8月23日夜，曾站在卢浮宫阳台上，观看他亲自指挥的对新教徒的大屠杀，史称"圣巴托罗缪节屠杀"。
 ③ 伊梅特为希腊雅典附近的山名，古代以产蜜著称。
 ④ 隼山是中世纪巴黎郊区的行刑地，绞架林立。

　　　　大家都来刺他，你咬我追，
　　　　让发抖的人民感到羞愧，
　　　　把卑鄙骗子的眼睛戳瞎，
　　　　要狠狠地对他猛刺猛扑，
　　　　让成群的蜜蜂把他驱逐，
　　　　既然做人的都对他害怕！

　　　　　　　　　1853年6月于泽西岛
　　　　　　　　　（手稿：1853年6月）

【题解】本诗是本集中的杰作之一。拿破仑的皇袍以红色天鹅绒制成，袍上用金线绣成蜜蜂，象征帝国繁忙的工作。拿破仑三世沿用旧制。此诗以对蜜蜂的歌颂开始，继而号召蜜蜂飞出皇袍，以对穿皇袍的暴君狠狠刺咬告终。手法新奇，效果出人意外。

女 烈 士

　　这些妇女都要被送往遥远的监狱,
　　人民,她们是你的姐妹,是你的妻女!
　　她们的弥天大罪,人民啊,就是爱你!
　　屈从、阴沉的巴黎在流血,无声无息,
5　　目睹这种种罪行却死也不肯开口。

　　这个女人嘴巴里塞了东西被押走,
　　她高呼:"打倒叛徒!"(这就是她的罪行。)
　　这些妇女是信仰,是美德,也是理性,
　　这些妇女是公平,廉耻,正义和骄傲。
10　圣拉撒路①——要彻底铲平这一座监牢!
　　迟早一定要把它拆除得片瓦无存!——
　　把她们收下,吞噬,轮到她们的时分,
　　打开丑恶的大门,把她们再吐出来,
　　扔进可憎的囚车,把她们运往国外。
15　她们去何方?无人会知晓,只有坟墓
　　才会向乌鸦叙讲,告诉墓前的柏树。

---

① 圣拉撒路是法国19世纪主要关押女犯的监狱,1935年废。

一位神圣的母亲，也是中间的女囚①。
那一天她被带走，要去可怕的非洲，
她的孩子们都在，都想要和她拥抱，
20 却被人轰走，母亲看到儿女被赶跑，
伤心地说道："走吧！"人民流着泪求情。
囚车的门又狭窄，又低矮，一个宪兵
嘲笑她长得丰腴，显出高兴的模样，
用手使劲地一推，把她推进了车厢。

25 她们就这样走了，带着病，关进车中，
关进黑色的马车，关进污秽的牢笼。
囚犯没有空气和阳光，也没有泪痕，
只是个坐在自己棺材里活的死人。
一路上都能听到她们绝望的声音。
30 发呆的人民望着受难的女人行进。
她们到土伦，走下囚车，被囚船接住。
她们除了挨棍棒，没有面包和衣服，
孤零零成了寡妇，漂洋过海的女犯
捧着肮脏的饭匣就用手指在吃饭。

1852年7月于布鲁塞尔
（手稿：1852年7月8日）

---

① 指保琳娜·罗兰。

【**题解**】政变当局把成千上万的人民流放海外。据官方数字,仅流放阿尔及利亚南方的人就近万人。

致 人 民

大海和你一样；大海可怕，大海和平。
大海又无边无际，于动荡中见宁静；
大海有波澜起伏，大海有浩瀚恢宏。
为一线阳光平静，为一阵微风激动，
有时是和谐协调，有时是大叫大嚷。
青蓝色的海底里，海兽都心情舒畅；
海上有风暴生成；海里有无底深渊，
谁胆敢来此冒险，谁就会命丧九泉；
茫茫大海上，巨人站立不稳会头晕；
大海把船只倾覆，如同你倾覆暴君；
大海之上有号灯，如你头上有思想；
上帝才知道大海为何盛怒或慈祥；
听到有海涛激荡，如铁甲碰撞，终于
漆黑的夜晚充满可怕的窃窃私语，
我们感到，这滚滚大海犹如你人海，
今晚已经在咆哮，明天把大口张开。
浪尖很锋利，正和锋利的刀剑相同；
晨星升起，大海唱其大无比的赞颂；

大海浩浩的四周是蔚蓝色的宇宙，
20　　在自己镜中收下满天的大小星斗；
　　　大海有威力无穷，大海有风光妖娆；
　　　大海把山崖拔起，却留下一茎小草；
　　　大海也和你一样，把浪花抛洒高山，
　　　人民啊；只是我们站立在神圣海滩，
25　　我们在凝目沉思，等待海潮的到来，
　　　大海从来不骗人，从不骗人是大海。

　　　　　　　　　　　1853年7月于大海之滨
　　　　　　　　　　　（手稿：1853年2月23日）

【题解】水能载舟，也能覆舟。雨果深信这个道理。诗人一比到底，大海的每一个特性都可以有所指。大海有涨潮，而人民没有起来。在诗人笔下，大海不仅是一个比喻，是一个象征，大海对沉睡的人民，还是一个沉痛的责备。

晨　星

夜里，我在沙滩上入睡，一旁是大海。
一阵风把我吹醒，我就从梦中醒来，
我张开我的眼睛，看到启明的晨星。
这颗晨星闪耀在又远又高的天顶，
5　　洒下柔和的白光，无穷无尽又可爱。
北风已经挟带着风暴偷偷地走开。
明亮的星把乌云化成了鹅毛轻轻。
这一点光明正在沉思，它也有生命；
这颗星使波涛在海礁上不再翻滚；
10　　我们仿佛能透过珍珠① 看到有灵魂。
天色尚黑，黑暗的统治已好景不长，
上帝的嫣然一笑，使天空豁然开朗。
歪斜的桅顶染上银色的晨光熹微；
船帆已经在发白，船身还仍然很黑；
15　　几只海鸥站立在悬崖峭壁的绝顶，
聚精会神，严肃地注视着这颗星星，

---

① 珍珠指色泽白而淡的晨星。

如对闪光幻成的这只天鸟在凝望；

像是人民的大海对星星多么向往，

大海在轻轻呼啸，看着星星在照耀，

20　似乎是非常害怕把星星吓得飞掉。

无法言传的爱情充满了茫茫海空。

青草丛如痴如醉，在我的脚下乱动。

鸟儿们待在窝里交谈；有一朵花蕾

醒了过来，对我说："这颗星是我姐妹。"

25　正当黑夜把皱褶长长的帷幕揭开，

我听到一个声音从星星传了下来，

星星在说："我这颗星星只是个先驱。

我出来了，有人说我已在墓中死去。

我在西奈山①照耀，在泰格特山②升起，

30　我是金光闪闪的小石子，我被上帝

仿佛用弹弓击中深夜黑暗的额头③。

一个世界毁灭时，我又会重返地球。

我是热血沸腾的诗歌啊！各国人民！

我曾照亮过摩西，我曾照亮过但丁。

35　大海是一头雄狮，它对我爱慕不已。

我来了。站起来吧，美德、信仰和勇气；

---

① 西奈山是上帝启示希伯来人的先知和立法者摩西的地方。
② 泰格特山是希腊南部山脉名，相传是阿波罗和众位诗神喜爱的居住地。
③ 这个形象取自《圣经》中以色列王大卫和巨人歌利亚斗争的故事。

思想家，仁人志士，请登上塔楼，哨兵！
快快点亮吧，眼珠！快快张开吧，眼睛！
生命，把声音唤醒；大地，叫田沟掀动；
你们在沉睡，起来；——因为，我有人陪同，
因为，第一个派我出来的人，他其实
是光明这位巨人，是自由这位天使！"

1853年7月于泽西岛

【题解】《晨星》也许是《惩罚集》中最受人称道的作品。全诗不着一字影射时事，只从身边景物写起，而以宇宙万物的象征结束。诗人对自由的渴望，对光明的追求，其境界和风格与本集中其他的讽刺诗大异其趣。

祖　国

（贝多芬曲）

　　天上，谁笑脸盈盈？
　　　这是一个精灵？
　　　这是一个女人？
　　这额头忧郁、温馨！
5　　　请跪下，啊，人民！
　　　是我们的灵魂
　　　在向我们走近？

　　这张哀伤不已的脸
　　出现在我们家面前，
10　而我们古老的尊严
　　　死后返回人间。
　　他胜利、骄傲的眼睛
　　把我们每颗心唤醒，
　　唤醒树丛里的鸟巢，
15　　唤醒齐声鸣叫。

　　这位天使管白昼；
　　　这沉思的心头

有希望，有爱情；
　　　这是大地在着迷，
20　　　而且光明无比。
　　　法兰西是其名，
　　　也可以叫"真理"。

　　　我的天使，当你来到
　　　自己镜前揽镜自照，
25　　时运不济，月黑风高，
　　　你的形容枯槁。
　　　你对世界说：向前进！
　　　整理好队伍，向前冲！
　　　而全世界无比激动，
30　　　同声回答：放心！

　　　这位天使管黑夜，
　　　在你身后追蹑，
　　　君王啊，早已经
　　　在天书里面写下，
35　　　何时找你回家。
　　　法兰西是其名，
　　　也可以叫"惩罚"。

　　　五月间，有碧波清流，
　　　翠鸟成群，来去悠悠，

40　　　各国人民啊，请携手
　　　　　在光明里畅游！
　　　　天使的手伸向天宇，
　　　　关上黑漆漆的过去，
　　　　关上地狱可怖、阴森
45　　　　的一重重铁门。

　　　　这是上帝的天使。
　　　　　她巨大的双翅，
　　　　　从蔚蓝的天顶，
　　　　把全人类和地球
50　　　　搂在自己胸口。
　　　　法兰西是其名，
　　　　也可以叫"自由"！

1853年9月于泽西岛

【题解】本诗作于1853年，初版未收；1870年重版时，在普法战争的历史背景下收入，雨果有原注："这首歌颂法兰西的歌有两位作者；法国人作词，德国人作曲，这是国王们永远摧毁不了的法国和德国之间兄弟情谊的象征。下面是贝多芬精彩的曲谱。(略)"

最后的话

  人类的良心已经死亡；他扬扬得意，
  骑在上面，这死尸真使他大喜过望；
  红红的眼睛，高高兴兴，他好不神气，
  不时地回转身来，给死者一记耳光。

5 法官已成了妓女，挣钱要出卖自己。
  神甫们使正派人都吓得脸色发白，
  他们把钱包埋进制陶工人的田里[①]，
  犹大出卖的上帝又被西布尔[②]出卖。

  他们说道："上帝在恺撒统治的时候，
10 便选中了他。人民，你们也应该服从。"
  当他们握着双手一边唱，一边行走，
  大家看见有金币藏在他们的手中。

  [①] 《新约·马太福音》载：犹大出卖耶稣后感到后悔，把存放叛卖所得金币的钱包扔在寺庙里。神甫们即用金币买下了"制陶工人的田"充作墓田。
  [②] 西布尔是巴黎大主教。

  只要看到这无赖,啊!坐在宝座之上,
  这土匪式的君主受到教皇的祝福,
15 亲王一手拿铁钳,一手又拿着节杖,
  撒旦造的芒德兰①披查理曼②的衣服;

  只要他躺在地上耍赖,贪婪的嘴中
  吞噬了宗教信仰,吞噬美德和宣誓,
  醉鬼吐出的耻辱玷污我们的光荣;
20 只要在天底之下看到有这些丑事;

  即使卑鄙无耻的风气会有增无减,
  竟对罪大恶极的骗子手顶礼膜拜,
  即使英国和美国都不敢仗义执言,
  也会对流亡者说:"滚!我们怕得厉害!"

25 即使我们真会像飘零的落叶一般,
  有人为讨好恺撒,对我们翻脸不认;
  即使流亡者只好挨家挨户地避难,
  有人像钉子扎破衣服般中伤他们;

  即使连上帝向人发出抗议的沙漠,
30 赶走被赶走的人,放逐被放逐的人;
  即使坟墓和别人一样无耻和懦弱,

---

① 芒德兰是法国历史上著名的大盗。
② 查理曼先是法兰克国王,后是西罗马帝国皇帝。

竟然也会把死者扔出坟墓的大门；

我也决不会屈服，我的心里有丧事，
但我嘴里无怨言，对畜群心平气傲，
35　　祖国啊，我的祭台！自由啊，我的旗帜！
在无情的流亡中，我要把你们拥抱！

我高贵的伙伴们，我对你们很崇敬；
流亡者，共和国是我们团结的基础。
凡是别人凌辱的，我就会视作荣幸；
40　　凡是别人祝福的，我就要加以羞辱！

我将要穿起丧服，我将要披上麻衣，
我是嘴，要说："倒霉！"我是话，要喊："打倒！"
你的仆人们指给你看卢浮宫府邸，
而我指给你看的，是你恺撒的监牢。

45　　面对低垂的脑袋，面对背信和弃义，
我叉起双手，义愤填膺，将头脑清醒。
忠于倒下的事物，要忠得死心塌地，
这才是我的力量，欢乐，使我更坚定！

对，只要他在，不论有人坚持或让步，
50　　法兰西啊！我爱你，永远要为你哭泣！
你纵有我爱情的金屋，先辈的坟墓，
我永不返回你那可爱忧伤的土地！

我永远不会返回你吸引人的海边①，
法兰西！我会忘记一切，但责任为大，
55　我将把我的营帐扎在不幸者中间，
我始终是流亡者，但永远不会倒下。

我接受流亡生涯，即使它没有尽头；
我根本不想知道，我也不想去思量，
是否有人本指望留下，却已经远走，
60　是否某人本以为坚定，却已经投降。

如果还有一千人，那好，就有我一份！
即使还有一百人，我要和暴君拼命！
如果剩下十个人，我就是第十个人！
如果仅有一个人，我就是最后一名！

1852年12月2日于泽西岛
（手稿：1852年12月14日）

【题解】1852年12月，第二帝国对流亡者实行部分大赦，条件是写悔过书，保证不反对帝制。702名流亡者思乡心切，返回法国。雨果作为回答，写下这首气壮山河的

---

① 泽西岛与法国本土隔海相望，相距不足30公里。

《最后的话》。1859年8月8日,雨果对新的大赦的回答是:"自由回国之日,就是我回国之时。"雨果在孤岛上度过了冷冷清清的19年流亡生活之后,于1870年9月5日,即第二帝国覆灭的第三天,第三共和国成立的第二天,返回祖国。

光　明

1

未来的时代！春暖花又开！
各国人民都已脱离苦海。
走完了沉闷的沙漠茫茫，
黄沙过后，会有茸茸青草；
大地如同新娘一般美好，
而人类将是定亲的新郎！

从今以后，那张望的眼睛，
清楚看到这美丽的梦境
有朝一日定将成为现实；
因为，主会打开一切牢门，
因为，从前的名字叫仇恨，
而爱情却是未来的名字！

从今以后，各国兄弟人民
是患难知己，要结亲联姻；

15 　　　这只神秘的蜜蜂——这进步，
　　　如同在黎明醒来的时候，
　　　飞舞在我们阴暗的枝头，
　　　用我们的苦难酿制幸福。

　　　啊！请看正在消逝的黑夜；
20 　　　这个赢得了解放的世界，
　　　把恺撒和卡佩遗忘干净；
　　　在成年的各个民族上方，
　　　和平张开了巨大的翅膀，
　　　在蔚蓝的天宇又轻又静！

25 　　　自由的法兰西终于来到！
　　　啊！荒淫后是洁白的裙袍！
　　　啊！痛苦后终于取得胜利！
　　　劳动在锻炉上叮叮当当，
　　　天空在笑，红喉雀在歌唱，
30 　　　却又躲在山楂树的花里！

　　　一支支长戟被铁锈侵蚀。
　　　长官们，你们的所有枪支，
　　　长官们，你们的所有大炮，
　　　都已被砸烂，都已被粉碎，
35 　　　碎得无法在水池里舀水，
　　　不足以供一只小鸟喝饱。

彼此的积怨都已经消除。
每颗心和每个思想深处，
都为同一个目标在激动，
如今齐心协力，集思广益，
上帝把心和心连在一起，
用的旧绳曾敲响过警钟。

天顶上闪烁的小点很小。
看哪，小点在变大，在照耀，
越来越近，变得又红又亮。
啊！这世界大同的共和国，
今天，你还只是星星之火，
明天，你就是光辉的太阳！

2

在各个城市欢庆，欢庆在乡村各地！
天国不再有地狱，法律不再有苦役。
绞刑架又在哪儿？这怪物已被摧毁。
万物在新生。每个个人的幸福，因为
每个民族的整体幸福而更加丰盈。
不再看到持剑的士兵，不再有国境，

55　　　不再有税收，没有十字架般的刀光。
　　　　欧洲羞答答地说："该死！我曾有国王！"
　　　　而美国也说："该死！我这儿曾有奴隶！"
　　　　科学、艺术和诗歌把全人类的樊篱
　　　　一扫而光。遭受的苦难去何处寻找？
60　　　人类自由的双脚已忘记拴过脚镣。
　　　　天下虽大，仅仅是一个和睦的家庭。
　　　　每人神圣的劳动融化成和声呼应；
　　　　一首首颂歌响彻社会的每个角落，
　　　　全社会热情接受小小百姓的成果；
65　　　平凡的小人物在小茅屋里的成功，
　　　　会使幸福生活的全民族感到激动；
　　　　全人类浩浩荡荡，全人类万万千千，
　　　　感谢普通劳动者为她做出的贡献；
　　　　绿色的松树战胜雪崩而没有倾倒，
70　　　高大的橡树粗干大木，又枝叶繁茂，
　　　　郁郁葱葱的雪松比花岗岩更坚硬，
　　　　当五月间小灰莺来树下筑巢育婴，
　　　　伟岸、挺拔、壮实的雪松轻轻地一抖，
　　　　为鸟儿给它噙来小草而喜上心头。

75　　　光辉灿烂的前程。万众一心的劳动！
　　　　君不见，蓝天下的全人类欣欣向荣！

3

流亡者啊!都要经受考验,
都是我勇敢亲密的战友,
有多少次,我曾坐在江边,
为你们吟唱,放开了歌喉;

有多少次,你们侧耳倾听,
许多人对我说:"别抱希望,
我们难道不是倒霉透顶,
天空还会更加黑暗无光!

"怎么会有这般严酷无情?
怎么!仁义之士反受惩罚!
美德莫名其妙,大为吃惊,
开始盯住上帝,眼睛不眨。

"上帝在溜,他在躲避我们。
怎么说!天下就没有公道!
罪行看到上帝是非不分,
哈哈大笑,又放肆,又虔诚。

"我们不懂上帝如何走路。

怎么，这各国人民的上帝，
95 竟会从没完没了的痛苦，
酿造出没完没了的欣喜？

"我们感到他的锦囊妙计
和你目光里的希望相反……"
可是，流亡者，我的好兄弟，
100 又有谁看破这千古谜团？

又有谁能穿越茫茫疆界，
穿越大地，江河，烈火，空气，
穿越有灵气飘动的旷野？
谁又能说："我见到了上帝！

105 "我见到耶和华！直呼其名！
他刚才使我感到了温暖。
我知道他如何创造生命！
他如何把他的事情做完！

"我见到这只陌生的手掌，
110 手一张开，甩出严冬寒冷，
甩出乌云中的雷声轰响，
甩出大海上的暴雨急风，

"把阴森的黑夜翻来覆去；
在胚胎中放置一颗灵魂；

115　　　　在空空荡荡的乌有子虚，
　　　　　却把北极搁得安安稳稳；

　　　　　"安排好万物发生的时辰；
　　　　　当国王的庆宴正在进行，
　　　　　叫死神，这位黑色的客人，
120　　　　闯进来，可无人发出邀请；

　　　　　"为鲜花上色，催果子成熟，
　　　　　创造出蜘蛛，让蜘蛛结网，
　　　　　夜里把星星都缀上天幕，
　　　　　任何一颗小星也不遗忘；

125　　　　"阻挡住岸边的滚滚浪涛；
　　　　　给夏天熏香，用的是玫瑰；
　　　　　亘古以来，岁月夕夕朝朝，
　　　　　倾注流光，如同倾注流水；

　　　　　"吹一口气，让漆黑的天穹，
130　　　　如牧羊人帐篷，一点不假，
　　　　　和无数的星星一起抖动，
　　　　　既自左至右，也自上而下；

　　　　　"用千条万条无形的锁链，
　　　　　把一颗颗星球拴在天外……
135　　　　这种种事物都显而易见。

我知道他如何办！我明白！"

　　　谁能说出这一切？没有人。
　　　心里是漆黑！眼中是摸瞎！
　　　人是号角，徒有角声阵阵。
140　　只有上帝才在天顶说话。

4

　　　不要怀疑！要信仰！结局可无比深奥，
　　　我们要等待！上帝知道如何去敲掉
　　　　　暴君和虎豹的利牙。
　　　上帝在考验我们。要有信心，要前进，
145　　朋友们，安静。上帝催发棕榈的绿荫，
　　　　　用沙漠滚烫的热沙！

　　　就因为上帝没有马上显示出结果，
　　　把耶稣给耶稣会，而把罗马给司铎，
　　　　　还把好人交给恶霸，
150　　我们就对他，就对恢恢的天网绝望！
　　　不！只有上帝知道什么种子在生长，
　　　　　正在他的田里萌发。

　　　上帝的确信不是包容万有和一切？

主不是充满我们研究的这个世界，
155   彻里彻外，事事处处？
我们的智慧和他相比，不过是疯狂；
难道光明不是从他身上开始发光？
     黑暗到他脚边结束？

难道他没有看到水蛇在匍匐爬行？
160 难道他也没有在洞窟的深处看清
     阿特拉斯①和贝利翁②？
难道他不了解仙鹤何时迁徙上路？
难道他不清楚你老虎的进进出出？
     雄狮，以及你的兽洞？

165 燕子，请回答，翅膀振响的雄鹰，你说，
你们有没有天主看不见的巢和窝？
     你能否避开他，鹿啊？
狐狸，你在荆棘里看见有他的眼睛；
狼啊，你夜里感到草丛中有点动静，
170   你不就会说：这是他！

既然上帝都知道，既然他无所不能，

---

① 阿特拉斯是伊阿佩托斯之子，后化成摩洛哥的山脉，是古代世界的西端。
② 贝利翁，希腊山脉名，神话中相传为巨人堆砌而成。

既然他的手一指，因果关系就完成，
　　　　　如果实中剥出果核，
　　　既然他能把蛀虫放进满树的苹果，
175　　也能让大理石柱被刮得七零八落，
　　　　　夜风骤起，只需顷刻；

　　　既然他可以拍击如牛鸣叫的海洋，
　　　既然他洞察一切，而人是盲人摸象，
　　　　　既然上帝才是正中，
180　　既然他掌握我们，既然当上帝经过，
　　　连彗星也会颤抖，如一团废麻着火
　　　　　会颤颤悠悠地抖动；

　　　既然茫茫的黑夜认识他，既然黑暗
　　　看见他，他愿意时救起下沉的危船，
185　　　　我们如何还要怀疑，
　　　我们坚定而高贵，我们垂危时自豪，
　　　我们只对他下跪，面对专制和残暴，
　　　　　我们永远巍然挺立！

　　　再说，想想吧。我们在生活中受折磨，
190　　但是，每当我们向浓雾中伸出胳膊，
　　　　　我们感到有一只手；
　　　每当苦难深重时，我们弯着腰前进，

我们听到身后有某个人发出声音：
　　路在脚下，你往前走。

195　未来属于人民！和平、光荣、自由将会，
流亡者啊，高坐着胜利的彩车返回，
　　车轮过处，大放光明；
扬扬得意的罪行只是烟云和谎言；
而这一切，我可以肯定，我浮想联翩，
200　　我眼睛注视着天顶！

君主们比海上的波浪会更加高傲，
可上帝说："我要在他们鼻中扣绳套，
　　再把嚼子放进口中，
他们接受不接受，我都把他们拖走，
205　还把他们的小丑和吹笛子的乐手，
　　都拖进亡灵的坟冢！"

上帝说话了；他们脚底下的花岗岩
在土崩瓦解，正当他们都春风满面，
　　却乱糟糟四散消亡！
210　北风啊！北风！是你来敲我们的家门？
如果是你把他们刮走，请告诉我们，
　　你把他们扔在何方？

5

啊，流放犯！流放犯！流放犯！这是天命。
涨潮时冲上来的垃圾，待日上天顶，
　　　　到退潮时又被卷走。
艰难的岁月不计其数，肯定会过完，
各国欢乐的人民思念起往日心酸，
　　　　会说：往事去而不留！

幸福的时代不仅为法国闪闪发光，
而是为大家。将会看到，最后的解放
　　　　只给过去带来晦气，
全人类放声歌唱，鲜花撒满了全身，
仿佛主人曾经被赶出自己的家门，
　　　　返回已荒芜的家里。

暴君们如同流星，会一颗一颗陨灭。
这仿佛就像出现两股曙光，从黑夜
　　　　升起在同一个碧空，
我们会看到你们脱离眼前的苦海，
也伴有两道霞光：人与人相亲相爱，
　　　　及上帝的慈爱无穷！

对，我向你们宣告，对，我向你们重复，
因为，号角再告示，因为，喇叭曾宣布：
　　一切是和平，是光明！
自由了！再也没有无产者，没有奴隶！
235　啊！上天莞尔微笑！啊：天国对于大地
　　倾倒下庄严的爱情！

"进步"这一棵圣树，从前是画饼充饥，
欧洲有遍地浓荫，美洲有浓荫遍地，
　　在旧的废墟上成长，
240　白天，树丛中烟气氤氲，祥云悠悠，
大树上下，有白鸽成群，立满了枝头，
　　夜里，星星缀满树上。

而我们，也许已在流亡中成了死鬼，
成了烈士，而人类再没有主人淫威，
245　　面目一新，抖擞精神，
这棵大树与天国毗邻，为天国钟爱，
我们在树底下的坟墓里将会醒来，
　　一定要吻一吻树根！

　　　　　　　　1853年9月于泽西岛
　　　　　　　（手稿：1852年12月16—20日）

【题解】书末的《光明》和卷首的《黑夜》遥相呼应，

是高屋建瓴的压卷之作。诗人在《光明》一诗中，超越法兰西一时一地的历史，歌颂"世界大同的共和国"。雨果于1848年后，提出全人类解放后的美好理想，喊出"世界共和国万岁！"的口号。雨果一再提出建立"欧罗巴合众国"的倡议，更是今天欧洲走向统一的历史渊源之一。雨果思想中的大同世界，既有基督教的色彩，也和他接受同时代傅立叶的空想社会主义思想影响有关。1952年，我国纪念以雨果为首的世界文化名人，《人民日报》为此发表社论。5月5日，郭沫若在《人民日报》发表《为了和平民主与进步的事业》，其中特别引用了雨果长诗《光明》中第五节的诗句："和平张开了巨大的翅膀，/在蔚蓝的天宇又轻又静！"

《静观集》

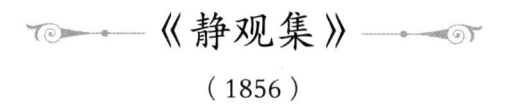

（1856）

有一天，我正站在浪涛滚滚的海边

有一天，我正站在浪涛滚滚的海边，
　　看到有条船在航行，
急急驶去，飞快地出没在波涛之间，
　　风和星星裹住快艇。

5　　我在天穹的底层，我俯下身子细听，
　　海阔天空，无尽无头，
听见有人在我的耳边话说得轻轻，
　　我却看不见谁开口；

"诗人，你做得很对，你满脸忧心忡忡，
10　　你在水滨沉思不已，
而你却能从万顷碧波的大海之中，
　　汲取出许多的东西。

"大海，这就是天主，命运都由主领路，
　　不论幸福，不论贫困；

15　　有风，这就是天主；有星，这就是天主；
　　　而这条船，这就是人。"

1839年6月5日

（手稿：1839年6月）

【题解】 本诗置于《静观集》之首，是为序诗。雨果一方面继承浪漫主义诗歌的传统，赋予诗人以特殊的历史地位，同时又深信人类的活动和上帝的意志是相通的。这些主题将在诗集中渐次展开。

两 个 女 儿

黄昏已若明若暗，夜色迷人而四合，
一个女儿像天鹅，一个女儿像白鸽，
两个人一般高兴，长得都温柔娇美！
你们瞧，大的姐姐和旁边小的妹妹①，
5 坐在花园门槛上。就在她们的头上，
有一束白石竹花，细茎儿又嫩又长，
在大理石的盆里被一阵风儿一吹，
俯下身来愣住了，望着这一对姐妹，
暮色苍茫之中在花盆边轻轻抖动，
10 仿佛有一群蝴蝶着了迷，停在空中。

> 1842年6月于昂甘附近的露台城堡②
> （手稿：1842年6月18日）

---

① 1842年时，大女儿莱奥波特蒂娜18岁，小女儿阿黛尔12岁。
② 1840年夏天，雨果全家曾来此度假。

【**题解**】在父亲眼里,两个女儿都很美,这是人之常情。但两个女儿能吸引以淡雅著称的白石竹花的视线,并看得入迷,这就是雨果的生"花"妙笔了。据研究,此诗应作于1855年。

答一份起诉书

这么说,我是妖魔,我还是害群之马。
你们心里很难受,世事又错综复杂,
而我把高雅情趣,法国古老的诗句
踩在脚下,我面目可憎,对黑暗说:"去!"
5 于是就有了黑暗。①——这是你们的指控。
语言,悲剧和艺术,教理和乐声赞颂,
从此再也看不见所有这一切光辉,
我便是罪魁祸首,让世界一片漆黑。
使万物沉沦堕落,我是盲目的榔头,
10 这是你们的观点。好哇,行,我都接受;
你们愤怒发作的散文选中我发泄;
你们对我喊:混蛋;我对你们说:谢谢!
时代继续向前进,要走出一座教堂,
为了走进另一座教堂,更文明健康,
15 这些重大的艺术以及自由的问题,
就让我们从小处着眼看看,我同意,

---

① 这是模仿《圣经》中上帝创造光明时使用的口吻。

把事情放大研究。总之，我没有意见，
不错，我正是这样一个人，可憎可厌；
事实上，尽管我想还犯下别的罪行，
20　被你们疏忽遗漏，就没有提出批评，
我想还多少触及深奥晦涩的问题，
寻求治疗的方法，探求辞藻的奥秘，
我还污辱过古老而又愚顽的蠢驴，
我还从头到脚地猛烈震撼了过去，
25　我不仅狠打形式，我还把内容猛揍，
我先说这么一点：我是这洪水猛兽，
我一再蛊惑人心，我还不停地煽动，
我把年老力衰的ABCD都葬送；
好好谈谈吧。

　　　　　　　我读完中学，低着脑袋，
30　做完拉丁诗作业，是个苍白的小孩，
神情严肃，胆子小，四肢已瘫软无力；
当我想学会判断，明白事物的道理，
我张开眼睛看看大自然，看看艺术，
法语分人民、贵族，正是王国的制度；
35　诗歌当时是君主政体，某一个词汇
可以是公爵，世卿，或是村野的小鬼；
音节间不能混杂，犹如巴黎和伦敦；
同样的情况，行人和骑手绝不相混，

虽说都在新桥①上行走，可有来有往；
40　语言那时是一七八九年前的情况；
　　　词汇出身有好坏，分别圈进了围栏；
　　　高贵的供费特儿②、伊俄卡斯忒③悲叹，
　　　或供梅洛普④使用，一个个知礼谦恭，
　　　可坐国王华丽的马车去凡尔赛宫；
45　别的词是些瘪三，长得就凶相毕露，
　　　或是土话的居民，或在行话里受苦；
　　　这些词趣味低劣，脚上竟不穿长袜，
　　　集市上衣衫褴褛，头上也不戴假发；
　　　只能写散文、闹剧，不能登大雅之堂，
50　是些乌七八糟的文体里面的群氓；
　　　乡巴佬，土包子，被词汇总管沃热拉⑤
　　　关进"词典"的大牢，有"F"⑥烙印在脸颊；
　　　只能表达日常和卑贱低下的生活，
　　　只对莫里哀有用，粗劣，庸俗，又委琐。
55　拉辛⑦对这些无赖可只会投以白眼；

---

① "新桥"是巴黎最古老的桥，于1578年始建，至1604年建成。
② 费特儿是拉辛古典悲剧《费特儿》中的女主人公。
③ 伊俄卡斯忒是拉辛古典悲剧中的女主人公，奥狄浦斯的母亲和妻子。
④ 梅洛普是伏尔泰悲剧《梅洛普》中的女主人公。
⑤ 沃热拉是法国17世纪语法学家，著有《关于法语的意见》。
⑥ 词典里的"F"指"俗词"；而在苦役犯监狱中，"F"指"苦役犯"。
⑦ 拉辛的悲剧被认为是法国古典主义之正宗。

高乃依①如在诗中也发现，蜷缩一边，
他对它看看，心地高尚，不会说："滚蛋！"
"高乃依也在堕落！"伏尔泰却在大喊。
高乃依是老糊涂，低声下气，不吭声。
60　这时候，我这强盗赶来，喝道：再不能
这些词总在台前，那些词总在幕后！
说法兰西学士院②，这老太高贵守旧，
衬裙里藏有惊慌失措的修辞比喻，
对一队队整齐的亚历山大式诗句③，
65　我可曾经刮起过一场革命的风暴。
我给古老的词典戴上了一顶红帽。
不要有词是百姓！不要有词是侯伯！
我在墨水瓶瓶里掀起了轩然大波，
我趁着一片模模糊糊的点点滴滴，
70　让洁白的思想和黝黑的词汇联系；
我就说：任何沾着清香露水的思想，
可以停留在任何词汇上，凌空飞翔！
混账话！——借喻，婉转，换置，都颤抖不止；
我一步跳上亚里士多德④这块界石，

---

① 高乃依，法国古典作家，其《熙德》曾受到法兰西学士院的批评。
② 法兰西学士院于1635年创建，编纂出版《法兰西学士院词典》，收词标准历来保守，不收俚语俗词。
③ 亚历山大式诗句是法国古典戏剧使用的唯一诗体，每行十二个音节。
④ 亚里士多德所著的《修辞学》和《诗学》被古典作家奉为圭臬。

75　　　宣布词和词之间平等,自由和独立。
　　　　什么破坏的暴徒,什么入侵的顽敌,
　　　　虎豹,匈奴人,斯基泰人①和达契亚人②,
　　　　和我的胆量相比,就只是小狗温顺;
　　　　我跳出了旧框框,我把旧框框推倒,
80　　　我把猪就称作猪③,这又有什么不好?
　　　　圭夏丹④以此称博尔吉亚⑤,而塔西佗
　　　　称呼维泰里乌斯⑥!我凶狠,无情,醒豁,
　　　　我从惊讶不已的狗的颈子里取下
　　　　修饰的颈链;⑦青草地上,有荆棘枝丫,
85　　　我安排大母牛和小母牛亲亲密密,
　　　　一个是大胖女人,一个是贝蕾尼丝⑧。
　　　　于是,颂歌喝醉酒,去和拉伯雷拥抱;
　　　　大家在品都斯山山顶把《行啊》⑨大跳;

---

① 斯基泰人是古代黑海沿岸的民族。
② 达契亚人是古代欧洲东南部的民族。
③ 据考,雨果诗中并没有出现"猪"这个词。
④ 圭夏丹是意大利历史学家,著有《意大利史》。
⑤ 博尔吉亚指教皇亚历山大六世。
⑥ 维泰里乌斯荒淫无耻,被宣布为罗马皇帝后不久被人民所杀。
⑦ 拉辛的悲剧中有"凶残的狗"半句诗,去掉修饰词"凶残的",即只剩下"狗"而已。
⑧ 贝蕾尼丝是拉辛悲剧《贝蕾尼丝》中的女主人公。
⑨ 《行啊》是法国大革命时期的流行歌曲。

　　　　　九位缪斯都裸胸跳卡马尼奥拉舞①；
90　　　"夸张"戴着西班牙绉领，吓得直啜嚅；
　　　　　赶毛驴的老汉娶牧女蜜蒂尔回家。
　　　　　"现在几点了？"②有人听见国王在说话。
　　　　　是我把白玉、白雪和象牙通通杀害；
　　　　　我把一小颗黑玉从眼睛里挖出来；
95　　　我也敢对胳膊说：要白，白了就可以。
　　　　　我强奸诗句死后还热乎乎的尸体；
　　　　　我在诗中用数字③；恐怖！米特里达特④
　　　　　本可提出锡齐克⑤被围的确切时刻。
　　　　　可怕的日子！拉依丝⑥竟变成了婊子。
100　　 雷斯托⑦每天上午引用过的多少词，
　　　　　仍然保留着路易十四时代的味道，
　　　　　仍然还戴着假发，对这些假发遗老，
　　　　　大革命从钟楼的楼顶上大声怒吼：
　　　　　"快改变！是时候了。你们要充分吸收
105　　 被你们禁锢着的这些词汇的灵魂！"

---

①　卡马尼奥拉舞是法国大革命时期的流行舞蹈。
②　雨果剧本《埃尔那尼》中国王堂·卡洛斯说过"现在几点了？"，后改："现在已是半夜？"
③　雨果的历史剧《克伦威尔》第一句诗："明天，是一六五七年六月二十五日。"
④　米特里达特是拉辛悲剧《米特里达特》的主人公。
⑤　锡齐克是小亚细亚弗里吉亚地区的古城，于公元74年被围城。
⑥　拉依丝是公元前4世纪的希腊名妓。
⑦　雷斯托于1730年出版的《法语语法通论》，至19世纪仍然是大学教材。

这时候，假发咆哮，变成了鬃毛披身。
　　　自由啊！这样，正在我们造反的当时，
　　　我们把长毛猎狗竟然变成了雄狮，
　　　这样，借着由我们刮起的该死风暴，
110　各种各样的词汇一个个熊熊燃烧。
　　　我把一份份告示张贴在洛蒙①身上。
　　　告示上写道："要把这一切彻底埋葬！
　　　布乌尔②、巴特③之流都要丢进垃圾桶！
　　　拿起枪，散文诗歌！整好队伍向前冲！
115　是他们给人类的思想套上了锁链。
　　　请看目前的情况：诗节被夹上口钳，
　　　颂歌脚上有枷锁，戏剧被投进监狱。
　　　康比斯特隆④就在拉辛尸体上生蛆！"
　　　布瓦洛⑤咬牙切齿；我对他说：老古董，
120　别作声！我在狂风暴雨中放开喉咙：
　　　要对修辞学开战；要对句法讲和平！⑥
　　　于是，一七九三年爆发。这风俗，人情，
　　　时尚，激情和温情，一个个丢盔卸甲。

---

① 洛蒙，法国18世纪语法学家。
② 布乌尔，拉辛和布瓦洛的朋友，著有《关于法语的意见》。
③ 巴特神甫著有《文学教程》四卷，强调区分"雅词"和"俗语"。
④ 康比斯特隆是拉辛的拙劣模仿者。
⑤ 布瓦洛，法国作家，其《诗艺》被认为是法国古典主义的理论著作。
⑥ 法国大革命的口号："对城堡开战；对茅屋和平。"

丑角们把卡托丝①、普索尼亚克②扔下,
125　在肮脏的小酒店紧追杜马塞③不放,
注射器里装满了珀尔梅斯④的波浪。
音节⑤置清规戒律于不顾,态度放肆,
没有教养的名词,下贱卑劣的动词,
三个人奔来。如今恐怖到毛发直竖。
130　他们把阿塔莉⑥的梦从墓穴中挖出;
把泰拉梅纳⑦讲述的故事丢弃一旁;
法兰西研究院⑧之星星已黯然无光。
不错,他们已经把旧制度彻底推翻,
当我看到诗节在大街上又吼又喊,
135　大庭广众间一把揪住"诗学"的衣领,
开口唾沫子四溅,嘴巴里不干不净,
当我看到潮水般涌来的人群之中,
全体被高雅趣味逐出的词汇大众,
把贵族文字吊在思想的路灯杆上,

---

① 卡托丝是莫里哀剧中"可笑的女才子"。
② 普索尼亚克在莫里哀喜剧中是丑角们手持注射器追逐的对象。
③ 杜马塞于1730年曾出版《论比喻》,并为《百科全书》撰写语法条目。
④ 珀尔梅斯是希腊河流,相传诗人在河中喝饮,能汲取灵感。
⑤ 有些风雅之士不仅删去俗词,甚至删去不入耳的音节。
⑥ 阿塔莉是《圣经》人物,也是拉辛同名悲剧的女主人公。
⑦ 泰拉梅纳是拉辛悲剧《费特儿》的人物,曾讲述主人公死亡的经过,是精彩段落。
⑧ 法兰西学士院是法兰西研究院最重要的组成部分。

140　　我喝饮文句的血，在一旁拍手鼓掌。
　　　　不错，我是这丹东！我是罗伯斯庇尔！
　　　　我挑唆当仆人的下贱的脏话粗字，
　　　　反叛身佩长剑的高贵的神韵文采，
　　　　我在当若的尸身上又掐死里什莱。①
145　　不错，是这样，这只是我的几件罪行。
　　　　诗韵的巴士底狱被我攻占后夷平。
　　　　我还不止这些；我把捆绑民众词汇
　　　　的铁的枷锁砸开，把一批批的冤鬼，
　　　　把这些古旧词从阴曹地府中解放；
150　　我把拐弯抹角的委婉用语都埋葬，
　　　　把巴别塔②生下的字母表③这座暗塔，
　　　　在光天化日之下铲平后猛踩狠踏；
　　　　我也不是不知道，愤怒的双手坚强，
　　　　既然解放了词汇，也就解放了思想。

155　　人类共同努力的特点是统一步调。
　　　　大家是同一支箭，射向同一个目标。

　　　　所以，我同意，说句老实话，实实在在，
　　　　这是我几条罪状，我把我脑袋提来。

---

① 当若和里什莱是法国古典主义时期的两位语法学家。
② 巴别塔：据《圣经》故事，各国人民想造高塔，直达天顶，取名"巴别塔"，上帝害怕，使各国人民语言不通，塔无法建成。
③ 字母表指书面语言。

你们也应该年老力衰，因此，老前辈，
160　　　我可以第十次说，我完完全全服罪。
不错，如博泽①是神，我确是无神论者。
当时的语言整齐庄严，还晶莹清澈，
蓝色的天花板有金百合花，布瓦洛，
特里斯唐②，四十把交椅③，中间是王座；
165　　　我把语言搅混了，在此高贵的沙龙，
我甚至胡来一通；专有名词这佃农
只是个班长：被我委以上校的重任；
我又把人称代词变成雅各宾党人，
我还使分词这个头发花白的奴隶，
170　　　成为鬣狗，使动词大搞无政府主义。
你们的被告坦白认罪。请大发雷霆！
我对鼻孔说：且慢，鼻子是你的本名！
我对金黄果子说：你只是一只梨子！
而我对沃热拉说：你只是一把钳子！
175　　　我对全体词汇说：应该组成共和国！
组成密集的队伍，要劳动，好好生活！
要相爱，要有信仰！——我处处大显身手，
我把高尚的诗句扔给散文这黑狗。

---

① 博泽，法国语法学家，著有《普通语法》，是杜马塞的继承者。
② 特里斯唐在历史上有两人，此处可能指路易十一时代的宫廷大法官。
③ 指法兰西学士院的四十位院士，加上"蓝色的天花板有金百合花"，形成审判语言的法院形象。

而我的一切作为，其他人同样也做；
180　　做得比我更好。卡利俄珀①，欧忒耳珀②，
波吕墨尼③，吓呆后，放下虚假的正经，
我们前后摆动了这"半句诗"④的天平。
确实，诅咒我们吧。从前诗句的额头
总是戴着十二支羽毛，圆圆的一周，
185　　不断在双重的捕鸟器上蹦蹦跳跳，
一曰诗歌的韵律，一曰诗歌的格调，
从今后，斩断规矩，斧凿无用武之地，
先成为羽毛小球，又成为飞鸟鸣啼，
冲出"停顿"这囚笼，向山川河谷飞去，
190　　好只神圣的云雀，飞向广漠的天宇。

现在，所有的词汇都在光明里翱翔。
语言在作家笔下获得彻底的解放。
要感谢这些强盗，这些恶煞和凶神，
"真"把发愁的大批学究都驱赶出门，
195　　"想象"吵吵闹闹的，长有千百张嘴巴，
在庸人的心中和思想里大肆糟蹋，

---

① 卡利俄珀是希腊神话中史诗的缪斯。
② 欧忒耳珀是希腊神话中掌管音乐的缪斯。
③ 波吕墨尼是希腊神话中抒情诗的缪斯。
④ 古典作家使用的亚历山大诗体为十二音节，规定第六音节后"停顿"，前后各是六音节的"半句诗"。浪漫主义诗句的停顿方式不是6—6，而是4—4—4。

223

感情丰富的诗歌可以有喜怒哀乐，
又是歌唱，又嘲讽；两代人播撒诗歌：
普鲁图斯①为平民，莎士比亚②为百姓；
200　诗歌向各国倾注约伯③的智慧聪明，
诗兴勃发时，又传播贺拉斯④的教诲；
满天蔚蓝的狂热使缪斯感到沉醉，
这位神圣的痴女一双眼炯炯有神，
随着时间的推移，登上不朽的大门，
205　缪斯会重新出现，重新给我们指路，
她会又为人类的种种不幸而哀哭，
缪斯抨击或安慰，她时而入地上天，
使每个人的脸上热情洋溢，看得见
澎湃激越的诗兴，狂飞乱舞的火星，
210　她的千万只翅膀上有千万只眼睛。

正是这样，这一场运动已完成任务。
今天，革命又借助于你，神圣的进步，
在空气里、话语中和书内红红火火。
读者感到革命借鲜活的词汇生活。
215　革命在喊，在唱，在笑，并在给人启发。

---

① 普鲁图斯是拉丁喜剧诗人。
② 莎士比亚是英国剧作家和诗人，极受法国浪漫主义推崇。
③ 约伯是《圣经》人物，备受考验，却不改对上帝的信仰。
④ 贺拉斯是拉丁抒情诗人和讽刺诗人。

她的舌头①和思想都已经不再受压。
革命在小说里给妇女们说话轻轻。
现在，革命张开两只火辣辣的眼睛，
一只眼睛看公民，一只眼睛看哲人。
220 革命拉着自由的手，两人姐妹不分，
让自由渗透进每个人的每个细胞。
各种偏见仿佛是石珊瑚，生长繁茂，
由一代代的恶习和流弊堆积而成，
受到词汇的冲击，便纷纷瓦解土崩，
225 词中充满自由的意志、目的和灵魂。
自由是诗，自由是剧，自由还是散文；
自由不仅是表达，自由而且是感情，
还是街上的路灯，还是天上的星星。
自由深入语言的最底层，深不见底；
230 自由借其绝妙的传声筒艺术呼吸；
总之，这是上帝的意志，革命使人人
充满了自豪，革命抹去额头的皱纹，
革命使地位卑贱的群众斗志昂扬，
革命先化作权利，现在又变成理想！

1834年1月于巴黎

（手稿：1854年10月24日）

---

① 法语中"舌头"（langue）又作"语言"解。

【题解】本诗是雨果对19世纪30年代初浪漫主义和古典主义文艺大争论的重要总结。雨果于1830年上演《埃尔那尼》成功，奠定浪漫主义在法国胜利的基础；1838年上演《吕伊·布拉斯》成功，是浪漫主义的又一次胜利。雨果伴托本诗作于1854年，是对这前后两个年代的怀念和纪念。雨果在1854年10月底至11月底，集中写了多首回顾30年代文艺斗争的诗作，这应该是《静观集》这部"死者"回忆录中不可或缺的内容。1854年1月，泽西岛上演《吕伊·布拉斯》，雨果第二天谈道："《吕伊·布拉斯》使我想起我参加文学斗争的年代……浪漫主义和民主，这是同一回事。"本诗可以说，从头至尾，有意使用政治术语，甚至借法国大革命时期的流行词汇，来总结浪漫主义在法国文学史上取得的胜利，意味深长。诗人表明：文学斗争是政治斗争的延续，他当年致力于文学创作的解放，和今天致力于民主、自由的政治斗争，前后是一致的，彼此是呼应的。也就是说，雨果20余年来，立场没有改变，只是斗争的领域从文学转成政治而已。从这个意义上说，《答一份起诉书》与其说是回答某个假想的文艺论敌，不如说是对自己现在的政治战友做一个交代。

丽　莎

我当年十二；她是长大的姑娘。
她已经十六，而我还是个小孩。
想和她晚上能谈得心情舒畅，
我，我就坐等她母亲走出门来；
5　　然后，我过去坐在她凳子近旁，
想晚上和她能谈得心情舒畅。

多少个春天已随着春花凋落！
多少火已灭，而多少坟已闭合！
是否还记得，从前有玫瑰几朵？
10　是否还记得，从前有心儿几颗？
她当时爱我。我也爱她。好一双
金童玉女，两缕芳香，两缕阳光。

上帝让她是公主、仙女和天使。
由于她年龄要比我大出许多，
15　我向她不断提出种种的问题，
"为什么？"为了能和她有话可说。

她陷入深思,看到我两眼发呆,
她有点胆小,有时把眼光避开。

于是,我炫耀我孩子气的学问,
20　　我夸耀玩具,皮球,飞转的陀螺;
我十分得意,因为学过拉丁文;
我给她打开维吉尔写的著作;
我天地不怕;我事事出言不逊;
我还对她说:我爸爸是个将军。

25　　即使是女人,有时也会要读点
拉丁文,也要一边想一边拼读;
我在教堂里给她译经文诗篇,
我常常靠近她手里拿的经书。
我们星期天在做晚祷的晚上,
30　　天使向我们张开洁白的翅膀。

她每次说起我时:他这个孩子!
而我的叫法,我叫她丽莎小姐。
我常常为她要翻译一首圣诗,
我凑近她的经书,尽量近一些;
35　　你们也看见,上帝!终于有一回,
她的红脸蛋碰到我发烫的嘴。

初恋啊,遽然而来,迸发的热情,
请迷惑孩子吧!使他心醉神摇!

你是心儿的清晨，心儿的黎明。
40　而当傍晚和痛苦双双地来到，
请再迷惑我们曾入迷的心灵。
初恋啊，遽然而去，已无踪无影。

1843年5月
（手稿：1843年5月）

【题解】本诗注明的写作日期和手稿相同。1811年，雨果9岁，和母亲及两个哥哥经巴约纳去西班牙马德里，和父亲雨果将军团聚。雨果在巴约纳认识房东女儿罗丝（意为"玫瑰"），14岁，相伴经月，终生不忘。雨果事后说，这是"难以言传的第一次闪光，这爱情的神圣的黎明"。1843年5月，雨果偕情人朱丽叶·德鲁埃又去南方旅行，30年前的往事袭上心头，历历在目。

她已经脱掉了鞋,她又解开了头发

她已经脱掉了鞋,她又解开了头发,
我正打那儿经过,以为看到了仙女,
坐在灯芯草中间,光着脚没有穿袜,
我就对她说:你可愿意到田野里去?

5 她朝我看了一眼,目光里一往情深,
我们赢得爱情时,美人才如此倾心,
我又说:你可愿意,在这相爱的月份,
你可愿意我们俩走进深深的树林?

她在水边的草里擦了擦她的双脚;
10 她又一次地朝我抬了抬她的眼睛,
顽皮的美人这下变得沉思和动摇。
小鸟在林中深处,啊!叫得多么动听!

河水是多么温柔,河水把岸边轻拍!
我看到美丽姑娘矜持、快活又胆小,

15　　　在高大而青青的芦苇里朝我走来，
　　　　　头发飘在眼睛上，挡不住眉开眼笑。

183×年6月于蒙—拉……①
（手稿：1853年4月16日于泽西岛）

【题解】这首乡村牧歌式的情诗写得轻松自然。《静观集》插进早年无忧无虑的回忆，借以反衬中年痛失爱女的悲痛心情。手稿上的创作日期表明，就是创作《惩罚集》的愤慨心情，偶尔也会被小岛上的春天所冲淡。

---

① 指"蒙福尔拉莫里"。雨果于1825年来此地探访朋友。

五 月 春

万物以爱的语言在抒怀。请看玫瑰。
别的事情我不谈,别的事情无所谓。
五月春!爱情欢乐,忧伤,炽热或妒忌,
使花木虫鸟甚至狼群都唉声叹气;
5 那年秋天,我曾把一句话写在树上,
此树照念,还以为它是在即兴咏唱;
深穴老洞被松鸦嘲笑,正陷入沉思,
紧锁着浓眉,嘴巴做出撒娇的样子;
只为多情的青草爱上迷人的苍穹,
10 平原向"春天"倾吐相思,因而使空中,
喷香温情的空中充满绵绵的情话。
时时刻刻,只要有日头在蓝天高挂,
如痴似狂的田野已爱得越来越深,
尽情地散发芬芳,又借取和风阵阵,
15 向阳春送来它的香吻一个又一个;
田野里万紫千红,鲜花有各种颜色,
扑鼻的花香一边低声细语:我爱你:
在沟堑中,池塘边,甚至田垄和草地,

处处是斑斑点点，打扮得花团锦簇；
20　田野送给人花香，田野留下了花束；
正当此轻枝狂蔓嬉笑的阳春五月，
仿佛田野的唉声叹气，含情的密约，
仿佛田野一封封情书听得人絮烦，
在吸墨纸上留下印迹，点点又斑斑！
25　树林里的小鸟在细声细气地吟哦，
向各位仙女唱着一支一支的情歌；
万物在暗中倾诉自己内心的秘密；
万物在爱，轻轻地在承认爱得入迷；
仿佛常春藤，湖泊，迎风摇晃的橡树，
30　发花的篱笆，田野，叮咚的泉水，山谷，
在北边和在南国，在西天和在东方，
借着东南西北风把情诗齐声咏唱。

18××年5月1日于圣日耳曼①

（手稿：1855年3月29日）

【题解】本诗是《静观集》第二部、以爱情为主题的《心花盛开》的首篇。情诗都是献给情人朱丽叶·德鲁埃的，但据研究，诗中咏唱的缪斯未必是朱丽叶一人。

---

① 地名，在巴黎以西，凡尔赛以北。

《五月春》里的大自然完全拟人化,是爱的象征。1834年8月至9月间,雨果和朱丽叶游布列塔尼后返回巴黎,途经圣日耳曼,本诗是对这次旅游的美好回忆。

1843年2月15日

他爱你，要爱他，和他共享温柔。
——别了！——我的宝贝！现在新娘出嫁。
孩子，我祝福你，从我家去他家，
你把烦恼留下，请把幸福带走！
5 此地都想留你；那儿急着等你。
天使，女儿，妻子，双重责任不忘。
你给我们遗憾，你给他们希望，
泪眼告别父母！笑脸初为人妻！

1843年2月15日于教堂①内
（手稿：1843年2月15日，女儿出嫁，赠女儿诗）

【**题解**】这首诗是雨果在举行婚礼的教堂里写在莱奥波特蒂娜的纪念册上的。戏剧评论家雅南见过此诗，并

---

① 大女儿莱奥波特蒂娜·雨果和夏尔·瓦克里的婚礼在雨果家所属教区的圣保罗教堂举行。

于1843年9月11日在《辩论报》初次刊出。诗题是后加的。雨果在诗中流露出一种说不出的伤心情绪。半年后，新婚夫妻双双夭折，这首诗成了某种不幸的谶语。

啊！在最初的时候，我几乎疯了一样

啊！在最初的时候，我几乎疯了一样，
我哭了三天三夜①，唉！哭得好不心伤。
你们可爱的希望也曾经，各位父母，
被上帝夺走，内心也尝过我的痛苦，
5　那我的种种辛酸，你们可有过体会？
我真想在石头上把我的脑袋撞碎；
于是，我反抗，有时，露出狰狞的面目，
我死死地注视着这件丑恶的事物，
我实在无法相信，我大声疾呼：不行！
10　难道是上帝允许这些混账的不幸，
竟让绝望的情绪在心中占了上风？——
我仿佛觉得一切都只是一场噩梦，
仿佛女儿不可能这样离开我父亲，
我听到她在隔壁房间里笑语频频，
15　总而言之，她似乎不可能离开我们，
我马上会看到她进来，打开这扇门！

---

① 雨果1843年9月9日在旅途中闻知噩耗，12日返回巴黎，其间共三天时间。

237

"安静些！她在说话！"我多次说得伤心，
"你听！这是她的手转动钥匙的声音！
请等一下！她来了！请让我独自静听！
20 　她就在屋里什么地方，这可以肯定！"

1852 年 9 月 4 日于泽西岛之海景台[①]
（手稿未注明日期，大概作于 1846 年 11 月）

【题解】这首诗反映雨果得知女儿不幸夭折后最初呼天抢地的绝望心情。诗人在理智上无法接受这一悲惨的事实。女儿的音容笑貌历历在目，最后竟至出现"幻听"的现象。9 月 4 日是莱奥波特蒂娜的忌辰。本诗和第四部最后一首《夏尔·瓦克里》都有意注明作于 1852 年 9 月 4 日。这是雨果一家流亡到泽西岛后第一次纪念爱女的忌辰。

---

① "海景台"是雨果 1852 年至 1855 年间居住在泽西岛时的住宅名，这是一个临海而筑的屋顶为平台的两层建筑。

我到了，我见了，我活过了 ①

我真是活得够了，既然我如此痛苦，
却找不到扶持的手帮我向前行走，
既然我对身边的孩子已笑不出口，
既然鲜花也不能再让我看了舒服；

5　　既然上帝在春天把自然打扮一新，
我看到这壮美的景象却只有忧愁；
既然我到了只想回避阳光的时候，
唉！我凡事只感到说不出来的伤心；

既然达观的心灵空余破灭的希望；
10　　既然在玫瑰盛开、花香四溢的春季，
啊！女儿啊！我只求能和你一起安息，
我真是活得够了，我的心已经死亡。

我从来没有拒绝我在尘世的任务。

---

① 原题用拉丁文 veni, vidi, vixi。这是雨果仿恺撒出征时向元老院报捷的名句"我到了，我见了，我胜了"（veni, vidi, vici）改写而成。

我的来历？请看吧。我的花束？请收下。①
15　　我微笑着生活时温和得无以复加，
我巍然屹立，我只屈从神圣的事物。

我鞠躬尽瘁，尽力而为，熬红了眼睛，
我经常看到别人在讪笑我的苦恼。
我受过许多痛苦，我有过不少辛劳，
20　　还是仇恨的对象，真使我感到吃惊。

尘世是一座不能展翅飞翔的牢笼，
我流着血，不呻吟，但总与对手相逢，
我沮丧，疲乏，囚犯还对我冷嘲热讽，
在无穷的锁链上，我也被锁在其中。

25　　现在，我只微微地半张开我的双眼；
即使有人叫唤我，我也懒得再回头；
我变得懵懵懂懂，痛苦得难以忍受，
如同黎明前起身，一通宵都在失眠。

百无聊赖的时候，我宁可无所事事，
30　　也不屑回答那些妒忌、诽谤的小人。

---

① 1848年3月，雨果在其致选民的信中曾汇报过自己的经历："我写过三十二本书，有八个剧本上演，在贵族院发过六次言。"

唉！主啊！请你给我打开长夜的大门，
就让我从此离去，就让我从此消失！

1848年4月
（手稿：1848年4月11日）

【**题解**】本诗初题《精疲力竭》。40年代，雨果先是文学生涯受挫，继而爱女夭折，1843年从政后，又遭到一连串的失败。1848年3月，雨果参加"制宪会议"竞选，但预感前景不妙。诗人内外交困，心灰意冷。此诗即是在极度失望和心力交瘁的情况下写成的。评者多以为诗中有《旧约·约伯记》的回响。

明天天一亮,正当田野上天色微明

明天天一亮,正当田野上天色微明,
我立即动身。你看,我知道你在等我。
我穿越辽阔森林,我翻爬崇山峻岭。
我再不能长久地远远离开你生活。

5　　我将一边走①,眼睛盯着自己的思想,
我对外听而不闻,我对外视而不见,
我弯着腰,抄着双手,独自走在异乡,
我忧心忡忡,白昼对我将变成夜间。

我将不看黄昏时金色夕阳的下沉,
10　　也不看远处点点飘下的白帆如画,
只要我一到小村,马上就给你上坟,

---

① 雨果从勒阿佛尔出发去维勒基埃女儿的墓地,要在塞纳河河谷的山坡地区步行35公里。清早上路,大步行走,也要傍晚到达目的地。

放一束冬青翠绿,一束欧石南红花。①

1847年9月3日

(手稿:1847年10月4日)

【题解】 这是雨果在《静观集》中悼念女儿的一首著名小诗。雨果已45岁,不顾长途跋涉之苦,无心欣赏沿途的景色,为不幸夭折的女儿上坟,一颗慈父爱女之心,跃然纸上。本诗杜撰的写作时间是女儿忌辰四周年的前夕。

---

① 冬青和欧石南是乡间普通的野花野草。

乞 丐

风雪交加的一天，有个穷人在路边。
我敲一敲玻璃窗，他便停在我门前，
我给他客客气气打开自己的家门。
这正是农民骑着毛驴经过的时辰，
5   从城里的集市上赶完集纷纷回家。
这小屋里的老人住在坡路的底下，
他孤身一人，沉思默想，从阴沉的天
等一线阳光，而从大地等一分小钱，
他对人伸出两手，对上帝两手拢合。
10 我对他说道："请来把身子暖和暖和。
请问你尊姓大名？""我的名字，"他开口，
"叫穷人。""请进，好人。"我握住他的双手。
于是，我叫人给他端来一大碗牛奶。
老人冻得直哆嗦，他和我谈起话来，
15 我回答时在沉思，他的话没有听见。
我说："你这些衣服湿了，在火炉前面
把湿衣服摊开来。"他于是走近炉火。
他这件旧蓝大衣给蛀虫已经蛀破，

现在舒展地挂在热乎乎的火炉上，
20　　熊熊的火光照亮大衣的百孔千疮，
盖在壁炉上，仿佛黑夜的满天星斗。
正当他烘干这件破烂大衣的时候，
从衣服上滴下来雨水和泥浆不少，
我想，此人的全身上下都是在祈祷，
25　　我对这谈话听而不闻，我正在凝望
他的粗呢大衣上点点的灿烂星光。

1854年12月

（手稿：1854年10月20日）

【题解】这是雨果又一首描写"穷苦人"的小诗。小诗使人想起《悲惨世界》中米里哀主教开门接待冉阿让的情景。在雨果笔下，生活里的一个"即景"——通过壁炉前烘烤一件破大衣——马上变成了一个崇高的象征。

致 大 仲 马

(答谢其题献剧本《良心》)

感谢,大海边的人表示诚挚的感谢:
有人转身来问候历尽丧乱的边界,
有人自己头顶上笼罩着一片光明,
却偏偏扯下金冠,扔给远方的幽灵,
5   有人听不完掌声,有人满身是荣誉,
却给苍白的悲剧题献自己的正剧!

朋友,我从未忘怀安特卫普①的码头,
勇敢的人群都是立场坚定的朋友,
一个个主持公道,还有你,还有大家。
10 轮船在浪里颠簸,把船上小艇放下,
开过来接我,于是,彼此长时间拥抱。
邮船点火,我登上船前的甲板高高,
叶轮转动,劈风斩浪,我们互道珍重,
彼此告别,于是浪花翻腾,波涛汹涌,
15 码头上站的是你,甲板上站的是我,

---

① 比利时的安特卫普有航线直达英国伦敦。

两把诗琴在颤动,彼此在声声应和,
我们俩注目对视,仿佛灵魂在交流,
一直看到最后还能看得见的时候;
大船飞快地离去,大陆在越变越小;
你我之间,地平线扩大,而万物烟消;
海雾茫茫,把一望无际的波涛盖住;
你返回你的作品,一部部杰作,好书,
越写越多越精彩,都写得光彩烨烨;
而我,我返回一片昏暗阴森的黑夜。

1854年12月于海景台

(手稿:1855年7月30日)

【题解】1854年11月6日,大仲马的剧《良心》在巴黎奥德翁剧院上演,12月剧本出版。大仲马把此剧献给流亡中的雨果:"我亲爱的雨果,我把《良心》一剧献给你。"1852年8月1日,雨果离开比利时,经伦敦去泽西岛,开始其流亡生活。大仲马等友人到码头送行,情真意切,场面感人,雨果深为感动。8月2日,雨果从伦敦写给妻子的信中,对大仲马的送别有详细的介绍。

桥

在我的眼前,出现一片茫茫的黑暗。
深渊既没有顶线,深渊也没有边岸,
这深渊巨大,死寂,一切都纹丝不动。
我感到在无声的无穷里无所适从。
5 我透过这层幽冥,这帐幕绝不透明,
瞥见潭底的上帝像颗暗淡的星星。
我惊叫起来:——我的灵魂啊,我的灵魂!
让你穿越这无边无际的大谷幽深,
让你在这黑暗里把你的上帝见到,
10 需要建造起有千百个桥拱的大桥。
可无人能造此桥!灵魂啊,伤心,吃惊,
你哭吧!——在我面前跳出来一个白影,
当我俯身向暗处投下惶恐的目光,
这个白影变成了一滴眼泪的形状;
15 这脸有童贞女的额头,孩子的小手;
像朵百合花,白得真叫人不敢接受;
两只小手一合拢,幻成了光明一圈。
她给我指指人间尘土堕入的深渊,

深渊深得连回声也永远无法听见；
20　她说：——如果你同意，这座桥由我来建。
我向苍白的朋友把眼睛抬得高高。
——你的名字叫什么？我问。她回答：——祈祷。

1852年12月于泽西岛
（手稿：1854年10月13日）

【题解】雨果在灵魂和罪恶深渊间架桥的形象，可能是受英国诗人弥尔顿《失乐园》的启发。祈祷在雨果的精神生活中占有重要地位。他于1867年曾向友人表示："我不会一连度过四个小时而不祈祷。"可是，诗中"祈祷"天使是亡女莱奥波特蒂娜的少女形象。

我 要 去①

你说，为什么借不可思议
　　的铁壁和铜墙，
你借万里晴空，一片澄碧，
　　黑得无可估量，

5　为什么你在这无动于衷
　　的宏大的圣府②，
为什么用捆扎浩浩无穷
　　的广漠的尸布，

把你的永恒的法则埋藏？
10　　以及你的知识？
你知道我的身上有翅膀，
　　真理呀，你真是！

为什么你在黑暗中藏身，

---

① 原题用拉丁文，语出罗马诗人维吉尔的《牧歌》。
② 指上一节的"晴空"。

　　　　使我们都狼狈？
15　为什么你回避苦闷的人，
　　　　你想展翅高飞？

　　不论罪恶在破坏，在建造，
　　　　是国王，是小丑，
　　你非常清楚，正义，我定要，
20　　　定要把你追求！

　　"理想"，神圣的美，你在苦命
　　　　的人心中萌芽，
　　"理想"，你使英雄豪杰坚定，
　　　　你使人心伟大，

25　你们也都知道，"理智"，"爱情"，
　　　　我对你们崇拜，
　　你们像地平线上的黎明，
　　　　冉冉升将起来，

　　簇拥着一圈星星的"信仰"，
30　　　羞答答的"自由"，
　　以及"权利"，人人可以分享，
　　　　我把你们追求！

　　上帝的光啊，是无际无边，
　　　　你们虽然居住

251

35　　　　　　　在蓝色深渊的阴森空间，
　　　　　　　　　可也毫无用处，

　　　　　　　我当年看惯了深渊空虚，
　　　　　　　　　年纪还很幼小，
　　　　　　　我对乌云密布毫不畏惧；
40　　　　　　　　我是一只大鸟。

　　　　　　　我这鸟，阿摩斯①日夜思念，
　　　　　　　　　曾经梦寐以求，
　　　　　　　我这鸟，圣马可②也曾看见
　　　　　　　　　出现在他床头。

45　　　　　　　这只鸟迎着绚丽的日光，
　　　　　　　　　额头抬得高高，
　　　　　　　身上长着雄鹰般的翅膀，
　　　　　　　　　雄狮般的鬃毛。

　　　　　　　我有翅膀。我向往着顶点；
50　　　　　　　　我会飞得很好；
　　　　　　　我的翅膀可以搏击蓝天，
　　　　　　　　　可以穿越风暴。

----

① 阿摩斯是公元前8世纪的希伯来先知，原是提哥亚的牧人，但他梦寐以求的鸟不详。

② 圣马可即《新约·马可福音》中的马可，其标志是一头有翼的狮子。

    我攀登无穷无尽的阶梯；
      即使科学无知，
55   像黑夜一般地不辨东西，
      我偏要有知识！

    灵魂对此极限，你们知道，
      定要大闹一场，
    要知道，不论要攀登多高，
60   我要勇往直上！

    你们知道，心灵多么坚强，
      只要上帝撑腰，
    敢在任何事情上去较量！
      你们也都知道，

65   我要走遍蓝天里的栏杆，
      我在空中行走，
    借通往群星的长梯登攀，
      脚步决不发抖！

    在目前的时代，动荡如此，
70   像混浊的海洋，
    人就应当以普罗米修斯，
      以亚当①为榜样。

---

① 亚当为了和上帝一样聪明，偷食"知识之树"上的果子。

　　　　人应该从巍巍天宫偷取
　　　　　　长明之火；应该
75　　　去揭穿笼罩自身的玄虚，
　　　　　　并把上帝偷来。

　　　　人即使在自己家的茅舍，
　　　　　　经受暴风骤雨，
　　　　需要一条作为他的美德
80　　　　　和智慧的法律。

　　　　没完没了的无知和痛苦！
　　　　　　人总是被追赶，
　　　　命运无情；永远都是桎梏！
　　　　　　永远都是黑暗！

85　　　要让人民从苛政的蹂躏
　　　　　　中能摆脱出来，
　　　　要让这受罪的伟大人民
　　　　　　知道这张大牌！

　　　　在行将结束的黑暗世纪，
90　　　　　现在爱情已经
　　　　给未来勾画出一幅依稀
　　　　　　而不清的面影。

支配着我们命运的法则，
　　要由上帝写定；
95　如果这些法则神秘莫测，
　　那我就是精灵。

我这个精灵永远向前进，
　　谁也无法拦阻，
我的灵魂时刻准备接近
100　　耶和华这天主；

我是个不留情面的诗人，
　　做人责任为大，
和痛苦共呼吸，军号阴森，
　　借我的嘴说话；

105　我爱沉思，我把活人的事
　　——放在心上，
我撒给东西南北风的是
　　我可怖的诗行；

我好默想，我是长着翅膀
110　　手有劲的力士，
把彗星的头发揪住不放，
　　在天宇里奔驰。

所以，解决这问题的法则

　　　　　　我会全部到手；
115　　　　　我是可怕的哲人和麻葛①，
　　　　　　我为法则奋斗！

　　　　　　为什么把这些法则藏好？
　　　　　　万物无墙可挡。
　　　　　　我只要把你们法则找到，
120　　　　　不惜蹈火赴汤；

　　　　　　我定要阅读天上的大书；
　　　　　　甚至赤身裸体，
　　　　　　就闯进令人害怕的圣幕②，
　　　　　　找未知的真谛，

125　　　　　走到虚无和缥缈的门前，
　　　　　　这裂开的深渊，
　　　　　　由大群凶恶的黑色闪电
　　　　　　加以严密看管，

　　　　　　走进凡人所不见的宫闱，
130　　　　　走到九天重霄；
　　　　　　雷声啊，如果你猖獗犬吠，

---

① "麻葛"本义是古代波斯拜火教的祭司，雨果借指引导人民前进的思想家。
② "圣幕"原为犹太民族在耶路撒冷建立圣殿以前，存放"约柜"和"圣物"的帐篷，是代表上帝存在的圣地。

我会大声吼叫。

1853年1月于罗泽尔石棚[①]

（手稿：1854年7月24日）

【题解】这是一首融雨果人生哲学和社会哲学于一体的"启示录式"的长诗。1854年夏秋间，正是雨果酝酿并完成其哲学思想体系的时期。诗人为了追求生活和斗争的真理，以咄咄逼人甚至盛气凌人的气势，表示要和天公一比高低的决心。雨果身处逆境的拼搏精神，在这首气势磅礴、想象雄奇的诗中得到充分的反映。有的研究家认为，《我要去》是"对超人最好的赞美诗之一"。

---

① "石棚"是原始人类的一种墓葬，属巨石文化的遗迹。罗泽尔石棚在泽西岛东北角海边。雨果另一首哲理长诗《黑暗的大口在说话》也在罗泽尔石棚边写成。

《历代传说集》

（1859，1877，1883）

女人的加冕礼

1

曙光初照。这可是多么美丽的曙光！
令人眼花缭乱的深渊，又无限宽广；
这是灿烂的光辉，充满和平与仁爱。
这是在地球鸿蒙初开的创始时代，
5　清光夺目，这上帝仅有的可见精英
闪耀在明净透彻、不可企及的天顶。
黑夜和迷雾都被灼灼的光华沉浸，
蓝天里雪崩似的摔下来无数金银。
熊熊的日光正在着迷的大地远处，
10　把生命的每一个角落都照成明烛。
幽暗的天边满是枝叶扶疏的岩石，
人类再也不见的怪树林触目皆是，
又像是目眩神迷，又像是进入梦境，
在闪电和奇迹的深处闪现出光明。

15 　　　伊甸乐园①赤裸而贞洁，懒洋洋醒来。
　　　鸟儿咿咿呀呀的颂歌是如此可爱，
　　　如此清脆，又美妙，又甜蜜，充满柔情，
　　　连天使们也入迷，俯下身子在聆听，
　　　仅有的虎啸声声也变得又轻又低，
20 　　　羔羊在狼群身边吃草的丛丛荆棘，
　　　恶龙海怪与和平海鸟相亲的海洋，
　　　也和大熊与小鹿共处的平原一样，
　　　犹犹豫豫，在无始无终的合唱声中，
　　　不知听虎穴啸鸣，还是听鸟巢歌颂？
25 　　　祈祷和光明似乎彼此交融在一起，
　　　向着白璧无瑕的这一片广阔天地，
　　　那时候还回响着太初有道的圣言，
　　　向着天真无邪而圣洁的天上人间，
　　　清晨又轻又细地吐出神圣的话语，
30 　　　并嫣然一笑，曙光就是灵光的比喻。
　　　万物都具有反映幸福的纯正印记，
　　　没有一张嘴吐出恶毒污秽的呼吸，
　　　也没有一个生命不威严，仪态万方。
　　　乾坤六合幻化出各种各样的光芒，
35 　　　同时都在天空里乱纷纷大放异彩，
　　　密布的浓云四处散开，又自由自在，

---

① 伊甸园是《旧约·创世记》中上帝创造的地上乐园。

长风在和这一束电光嬉戏并翻腾。
地狱含混不清地发出模糊的嘘声,
却在上天和下地、山山水水和树丛
40　盛大的欢笑声中,消失得无影无踪!
阳光和轻风洒下沁人心脾的欢欣,
森林纷纷在颤抖,如同高大的诗琴;
从黑暗直到光明,从底层直到峰顶,
萌发出一股其乐融融的兄弟之情;
45　虫豸都不会妒忌,星星也并不骄傲,
生命无处不是在相亲相爱地拥抱。
和谐与光明一样,使得童稚的大地
处处由衷地感到神圣的心醉神迷;
和谐似乎从世界幽秘的心底流泻;
50　百草在为之颤动,云彩和波浪,而且
连已入梦的沉默顽石也并不例外;
浸沉在光明中的树木在歌唱抒怀,
每朵花在向落下露水的晴朗天空
彼此交换着呼吸,交换着思想种种,
55　每得到一颗珍珠,释放出一缕清香,
生命大放光彩。一物万相,万物一相。
生命在低声细语,充满浓浓的睡意,
天堂在生命之树荫翳下灿烂绚丽,
光明由真理组成,真理在光明之内,
60　一切是那么纯洁,一切都优雅娇美。

在无穷的日子里能有无穷的黎明，

一切是光焰、颂歌、幸福、仁爱和温情。

2

第一线金色阳光升起时无法形容，

白昼照亮了一切，对一切懵懵懂懂！

啊！清晨中的清澄！年月时刻和日辰

从此开始，何等的欣喜！何等的销魂！

这世界已经开元！多么神圣的瞬间！

黑夜漫漫消融在浩浩茫茫的苍天，

现在没有战栗，没有哭泣，没有苦难。

光明和混沌相同，都是无底的深渊。

上帝在其寂静的伟大中显示出来，

灵魂感受到坚实，眼睛看得到光彩；

看遍远近的峰巅，目穷下地和上天，

以及深入进层层叠叠的生命中间，

但见至妙的真谛在眼前豁然开朗。

世界渐渐在成形，万物似乎在默想。

最初的形类彼此混合，又十分驳杂，

纷纷冒出来，奇伟不安，又密密匝匝，

有的几乎近天使，有的几乎像动物。

80　　可以感到这大地——取之不尽的母腹——
　　　肩负着这混乱的群类在轻轻抖跳。
　　　神圣的造物现在轮到自己去创造，
　　　含含糊糊地正在塑造奇妙的形象，
　　　有时从树林，有时从天空或者海洋，
85　　产生出的一大堆生物都神奇古怪，
　　　并且向上帝建议见未所见的形态，
　　　由时间这沉思的收获者加以改变。
　　　松树、枫树和橡树都在纷纷地涌现，
　　　这些未来的树种在成长，有生有灭，
90　　披着苍翠欲滴又巨大古怪的树叶。
　　　世界的乳房会有神奇的乳汁流淌，
　　　由于过分旺盛的生命，正感到膨胀。
　　　万物似乎在新生，几乎都大得离奇，
　　　仿佛大自然由于离得近，唾手可及，
95　　向黑黢黢的混沌借来壮美的丑陋，
　　　为在地上和水中，可以试一试身手。
　　　充满无限活力的座座神奇的天堂，
　　　仿佛是梦境一般，在时间尽头闪光，
　　　那极乐景象，因为我们盲目的眼睛
100　没有理想和信仰，看到会胆战心惊。
　　　可是这对于深渊，对宇宙精魂何妨？
　　　它点燃的并不是火星，而是个太阳，

　　　　　并且,为了在此处安置蓝色的天使,
　　　　　造出大得通天的伊甸园,叹为观止!

105　　　闻所未闻的时代,真善美以及正义
　　　　　借瀑布水而滚流,借灌木丛而战栗。
　　　　　满身智慧的上帝被北风唱着颂歌,
　　　　　林木都仁爱,鲜花就更是一种美德,
　　　　　白色算不了什么,百合花白得生光,
110　　　万物都一尘不染,万物都年轻力壮;

　　　　　纯洁的时代,抓破咬破,却鲜血不流,
　　　　　幸福的野兽从不伤人,在游荡闲走。
　　　　　罪恶没有在毒蛇、在猛鹰和在花豹
　　　　　的身上使出什么神秘莫测的花招,
115　　　神圣把动物里外都照得一目了然,
　　　　　它们的全身上下没有一点点黑暗,
　　　　　山岳是青春年少,波涛是妙龄少女。
　　　　　地球从一片汪洋大海中抬起身躯,
　　　　　出落得壮丽华美,喜气洋洋很可爱,
120　　　万物谁都不弱小,虽然是孩提时代,
　　　　　大地唱起一首又一首天真的颂歌,
　　　　　以旺盛的生命力长得自己都惊愕。
　　　　　繁殖的本能在使生命的本能沉思,
　　　　　在水面上,微风中,爱情如万缕千丝,

125 纷纷扬扬，好像是袭来的阵阵芳香，
大自然魁伟天真，笑得有多么欢畅。
大地呱呱坠地时，如同新生儿一般，
黎明就是惊讶的太阳在望下俯瞰。

3

而这一天，正好是绚丽灿烂的曙光
130 把最美丽的日子洒给了宇宙洪荒。
在同样高尚、同样神圣的战栗之中，
海藻和海浪，个体和总体，彼此相同。
云气在更高远的云天也更加纯洁，
群山之上吹下来更多深沉的气息，
135 树上的枝枝叶叶颤动得更轻更轻。
阳光漫天洒下来，既和煦，也更温情，
照进葱茏的翠谷，头上有一片浓荫，
在波光闪烁犹如明镜的湖水之滨，
坐着第一个男人，靠着第一个女人，
140 脚边轻拍着浪花，两个人一往情深，
感到生的幸福，爱的喜悦，看花了眼，
双双崇拜着面前亮得耀眼的长天。

丈夫在祈祷，身旁有妻子紧紧偎依。

4

        夏娃①向蓝天奉献她那圣洁的裸体,
145   金发的夏娃赞美金红的黎明姐妹。

        女人的肉体!理想的黏土!奇迹可贵!
        这软泥一旦经过上帝的揉捏创造,
        现在注入其中的精神是多么崇高!
        这物质中有透过躯壳生辉的灵魂!
150   这烂泥里看得见上帝塑捏的指痕!
        这块庄严的污泥招人亲吻又动心,
        这污泥神圣,只要爱情把我们俘擒,
        只要灵魂被引往神秘的床笫方向,
        不知道这种销魂是否也是种思想;
155   全身心兴奋激动,我们就无法知道
        紧紧搂抱美人就不是把上帝拥抱!

        夏娃在游目骋怀,在随便眺览自然。

        棕榈树葱葱茏茏,都有高大的躯干。

---

① 《旧约·创世记》载,上帝用泥土按照自己的形象造出亚当(原意是"人"),造出夏娃(原意为"众生之母"),夏娃是亚当的妻子。

在夏娃周围，头上一枝石竹花飘香，
160 似乎在沉思，蓝色忘忧树正在默想，
鲜艳的勿忘草在回忆，一朵朵玫瑰
芳唇半启，都在向勿忘草脚边依偎，
红百合花散发出一股友爱的气息。
仿佛女人和鲜花原是同样的东西，
165 仿佛万紫千红中，每朵花都有灵魂，
而开得最美丽的一朵花，就是女人。

5

可是这一天以前，受宠爱的是亚当，
是他第一个朝着神圣的天宇张望。
他就是新郎，身体结实，而性格安静，
170 光明和阴影，黎明以及无数的星星，
沟谷中开的百花，森林中跑的百兽，
都把他尊作兄长，崇敬地跟他行走，
像崇敬最有圣洁之光的额头一样。
当两个人手携手，肩并肩，成对成双，
175 在伊甸园明亮的阳光下走走停停，
无边无际的自然张着万千只眼睛，
通过山岩和枝条，通过水波和青草，
以深情厚意在对好夫妻多多关照，

但对丈夫更尊敬，因为丈夫是完人。
180 夏娃在纵目眺望，亚当在想得出神。
可是这一天，重重面纱笼罩的苍冥，
以其微微张开的无法数清的眼睛，
凝神盯着这妻子，而不注视这丈夫。
这一天比往日的曙光更受到祝福，
185 这一天阳光和煦，这一天香烟缭绕，
对藏在浓荫深处叽叽喳喳的鸟巢，
对行云，也对小溪，对嗡嗡飞的群蜂，
对野兽，也对顽石，今天以恶名相称，
在当时是神圣的这一切事物面前，
190 仿佛这女人显得比男人更加庄严！

6

为什么看她？神圣而又幽深的天穹
为什么温情脉脉，竟然会这样感动？
为什么整个宇宙只对一个人关怀？
为什么黎明要为女人在张灯结彩？
195 为什么这般歌唱？为什么水波摇晃，
迎来更多的欢乐，迎来更多的阳光？
为什么万物渴求诞生时一片醉意？
为什么洞穴迎着曙光幸福地开启？

地上更香烟缭绕？天上更云蒸霞蔚？

200　　美丽年轻的夫妻静静地进入梦寐。

7

然而，日光从天顶正在向夏娃致敬，
夏娃周围的湖水、青苔、山谷和星星，
现出难以言传的温情，都分外亲切，
每刻每时颤动得也更加兴高采烈。
205　　森林圣洁，树本虔诚，波浪受到祝福，
每时每刻更若有所思，每一种事物，
以及每一类生命，一个个聚精会神，
注视着额头可敬而又可爱的女人。
从深渊和从黑暗，从山顶和从云霄，
210　　从水底和从鲜花，也从歌唱的小鸟，
沉默的巉岩，爱的暖流在向她喷涌。

夏娃脸一白，感到腹中有东西在动。

（1858年10月5日至17日）

【题解】本诗在1859年出版的《历代传说集》初集里，

是首章《从夏娃到基督》中的首篇。内容取材于《旧约·创世记》，可能还参考过英国诗人弥尔顿《失乐园》中第四卷里对伊甸乐园的描写。雨果笔下的《创世记》和《圣经》里的描写很不相同。全诗不仅是对女人的礼赞，首先是对创造的礼赞，对光明的礼赞。长诗作于1858年10月5日至17日。雨果不久前长了一个毒痈，大病初愈，心情分外轻松愉快。

良 心

　　该隐①从耶和华的面前早已经逃走，
　　风雨中，他的儿辈紧跟在他的身后，
　　土灰色的脸，披着兽皮，蓬乱的头发，
　　当日色已经西倾，阴沉沉的人到达
5　一座高山脚下的茫茫一大片草原；
　　他妻子十分疲劳，儿辈们累得直喘，
　　大家对他说："我们躺下吧，就地睡觉。"
　　该隐在遐想，无法入睡，一旁是山脚。
　　他抬起头来张望，望着凄凉的天顶，
10　他望见黑暗之中一只张大的眼睛，
　　这只眼睛黑暗中死死地把他盯住。
　　"我太近了。"他说道，感到了一阵恐怖。
　　他先叫醒倦怠的妻子，沉睡的子孙，
　　他又走进茫茫的空间，他脸色阴沉，
15　走了三十个白天，走了三十个夜晚，
　　脸色苍白，不说话，听到声音就打战，

---

① 该隐是《圣经》中亚当和夏娃的长子。

他只想逃走，脚步不停，也不望身后，
不休息，也无睡意，来到海边的沙丘，
"我们停下吧，"他说，"这地方才算安全。

20　待在这儿。我们已来到世界的边缘。"
这地区后来是被称作亚述①的地方。
正当他坐下身来，望望暗暗的天上，
看到天边的远处还是那一只眼睛。
他这下直打哆嗦，他感到恐怖莫名。

25　"把我藏起来！"他喊，把手指放在嘴上，
儿辈们望着老人在发抖，慌乱异常。
该隐对雅八②说道，雅八是沙漠深处
住在毛皮帐篷里所有部落的先祖：
"铺好帐篷的篷布，先铺我这个方向。"

30　于是，大家搭成了一垛流动的城墙；
又用一块块铅锤把帐篷牢牢钉好：
"什么也看不见了？"金发的塞拉③问道，
她是儿辈的女儿，像曙光一样柔情；
该隐回答："我还是看见这一只眼睛！"

35　犹八④是所有每当走过小城镇之时，

----

① 亚述是西亚古国。
② 雅八是《圣经》中该隐的重孙。
③ 塞拉应是该隐的曾孙女。
④ 犹八在《圣经》中是雅八的兄弟。

又会吹喇叭、又会击鼓的人的祖师,
他喊:"我懂得如何建造一座大城门。"
他造成一垛铜墙,墙后让该隐藏身。
而该隐却说:"这只眼睛总是望着我!"
40 "四城都应建塔楼,"说话的人是以诺①,
"巨大而吓人,没有东西可以敢接近。
我们建一座城市,加上堡垒要严紧。
我们建一座城市,再把城门也关死。"
于是,土八该隐②这世上铁匠的祖师,
45 建成一座宏伟的铁壁铜墙的大城。
在他干活时,他的兄弟在平原纵横,
驱赶以那的子孙,驱赶塞特的后代;③
而过路人的眼睛被他们挖了出来;
天黑时,大家又向天上的星星射箭,
50 帆布作墙的帐篷改用花岗石巨岩,
又用铁打的铁箍箍住每一块巨石,
这座大城就像是一座地狱的城市;
座座塔楼的影子使乡村黑咕隆咚;
他们的城墙厚度厚得和大山相同;
55 城门上刻有大字,曰:"禁止上帝进城。"

---

① 以诺是该隐的长子。
② 土八该隐是塞拉的儿子。
③ 塞特是亚当和夏娃在次子亚伯死后又生的儿子。以那是塞特的儿子。

275

他们最后把城门关好，又加以密封，
　　让老人坐在一座石头塔楼的中心；
　　而他仍然很恐慌，脸色阴沉，"啊，父亲！
　　那眼睛不见了吧？"塞拉颤抖着问他。
60　"没有，这眼睛还在我面前。"该隐回答。
　　于是，他又这么说："我想住到地下去，
　　好像孤独的人在墓室里离群索居；
　　什么也看不见我，我也看不见一切。"
　　于是，挖了个大坟，该隐说："这才妥帖！"
65　然后，他独自走下这座黑暗的穹门。
　　他暗中在自己的凳子上坐下安身，
　　大家又在他头上把地下的门封紧，
　　那只眼睛在墓中直直地望着该隐。

【题解】《良心》是《历代传说集》的名篇。《圣经》载：该隐种地，弟弟亚伯牧羊。耶和华喜欢亚伯的供品，该隐嫉妒，杀死弟弟。雨果发挥想象力，不管人物辈分颠倒，把《良心》写成富于传奇色彩的"小史诗"，表明这是人类堕落后的第一次觉醒，雨果认为这是人有别于兽的开始。本诗初名《眼睛》，作于1853年1月29日。

波阿斯^①入睡

波阿斯十分疲乏，正是入睡的时候；
他在自己麦场上已经劳动了一天；
他在往常就宿的地方铺床和睡眠；
他睡了，四周全是盛满麦子的大斗。

5　这老人家的田把小麦、大麦来培育；
他虽然家中富有，心底里却很善良；
他家磨坊的水里并没有一点泥浆，
他家锻炉的火中并没有一座地狱。

他银白色的胡须，仿佛四月的溪水。
10　他的麦堆不吝啬，对别人毫无恶意；
看到有拾麦穗的妇女正经过此地，
他会说："地下不妨故意留下点麦穗。"

---

① 波阿斯的传说见《圣经》的《旧约·路得记》。年老富有的波阿斯和年轻的远房女亲戚路得结合所生的儿子，日后是以色列人大卫王的祖父，也是基督的远祖。

　　　　　此人的品行纯正，从不走歪门邪道，
　　　　　他身穿洁白麻布，他内心清白诚实；
15　　　他一袋袋的粮食像是公共的水池，
　　　　　总是向着穷苦的人家哗哗地倾倒。

　　　　　波阿斯是好东家，又是可靠的长辈；
　　　　　虽然他勤俭持家，但乐于慷慨行善；
　　　　　妇女们朝他注视，青年人反而不看，
20　　　青年人容貌俊美，老年人品格高贵。

　　　　　老人家已经到了返真归璞的年龄，
　　　　　尝到生活的安宁，历尽生活的云烟；
　　　　　在青年人的眼中看到的只是火焰，
　　　　　而老年人的目光却是一片的光明。

　　　　　　　　　　　　＊

25　　　波阿斯夜里睡觉也不和家人分开。
　　　　　这一堆堆的麦垛像一堆堆的瓦砾，
　　　　　收割者影影绰绰睡在附近的场地，
　　　　　这一切都发生在遥远遥远的古代。

　　　　　当年领导以色列各部落的是士师①。
30　　　当时，人带着帐篷到处流浪，一看见

---

① 士师是古代治理犹太民族的军事首领。

地上印有巨兽的足迹，怕得脸色变，
洪水退去了以后，大地上又软又湿。

*

像当年雅各①入睡，像当年犹滴②入睡，
波阿斯闭上眼睛，在树边睡了下来；
35　　此时，天国的大门略微有一点启开，
天上掉下一个梦，落在头上是祥瑞。

梦是这样：波阿斯看到从自己胸前，
长出来一棵橡树，长到蔚蓝的天际；
一族人爬在树上，像是一长串铁链；
40　　国王③在树下唱歌，天神④在树上咽气。

波阿斯发自内心，喃喃自语在寻思：
"这种事会发生在我身上，怎么可能？
我年事已高，活了八十多岁的一生，
我膝下没有儿子，我身边没有妻子。

45　　"和我同床共枕的妻子已和我分居，
主啊！她把我抛下，为了前来伺候你，

---

① 雅各是犹太民族的先祖之一。
② 犹滴是《圣经》中的犹太女英雄。
③ 国王指大卫王。
④ 天神指耶稣，大卫王又是耶稣的祖先。

279

我们俩不分彼此，仍是一对好夫妻，
她仿佛还是活着，我似乎已经死去。

"我会生出一族人？这件事真不敢想！
50　我还会生儿育女？这岂不荒唐离奇。
一个人在年轻时，清早醒来好得意，
当白昼战胜黑夜，如同打一个胜仗；

"不过，人一老，会像冬天的桦树直抖；
沉沉黑夜已临头，我是孤独的鳏夫，
55　我的上帝，我真心诚意盼望着坟墓，
如同是口渴的牛为喝水急急奔走。"

波阿斯神情恍惚，在梦中这般感喟，
他向着上帝露出睡意正浓的眼神；
雪松可感觉不到树下有一朵玫瑰，
60　他未曾感到脚边还睡着一个女人。

*

正当他似睡又醒，就在老人的脚边，
睡着袒露胸怀的摩押的女子路得，
她希望在苏醒的闪光来临的时刻，
看到什么陌生的光芒会突然出现。

65　波阿斯并不知道身边有女人睡觉，

路得不知道上帝对她有什么要求,
阿福花丛中透出一缕缕芳香清幽;
迦尔迦拉①的上空,夜的气息在轻飘。

夜色是庄严肃穆,夜色又春意荡漾;
70　　大概,隐隐又约约,有天使来回飞舞,
因为,黑夜中不时看到闪过的事物,
某种蓝色的东西,就如同翅膀那样。

波阿斯睡得真香,简直就无法分清
草中低沉的小溪,还是老人的呼吸。
75　　这季节的大自然是多么温柔甜蜜,
一朵朵的百合花盛开在各处山顶。

草影深深;路得在沉思,波阿斯已睡;
羊群的铃声叮当,从远处轻轻传来;
从碧天云霄洒下无边无际的仁爱;
80　　在此寂静的时刻,狮群纷纷去喝水。

吾珥②和耶利玛代③,这两地万籁俱寂;
群星灿烂,点缀着深深沉沉的夜空;
一钩明亮的新月,在夜的百花丛中,

---

① 迦尔迦拉是巴勒斯坦地名。
② 吾珥是迦勒底的地名,是犹太民族始祖亚伯拉罕的家乡。
③ 耶利玛代,此名无所考。有的学者认为是雨果为诗句押韵而自创。

高高悬挂在西天，路得躺着问自己，

85　　她透过面纱，半张眼睛，在仰望重霄，
哪位神，哪个农夫，在此永恒的夏天，
收获后，马而虎之，回家时，心不在焉，
在星星的麦田里，丢下这把金镰刀？

1859 年 5 月 1 日

【题解】这是雨果《历代传说集》中取材《圣经》故事的名篇，被认为是用法语写成的最美的诗之一。《圣经》的语言特点是朴素而不乏诗意。诗人以《圣经》语言特有的风格把路得和波阿斯这段家喻户晓的故事写得温情脉脉，又神秘，又亲切。

西班牙公主的玫瑰

公主的年纪很小，有一位保姆照管。
她手上握着一朵玫瑰，在东看西看。
什么？她在看什么？她也不知道。水清；
水池上有松树和桦树投下的树影；
5　她的面前有什么？一只白色的天鹅，
水波在轻轻荡漾，枝条在轻轻哼歌，
深深的花园阳光灿烂，有鲜花满园；
美丽的天使全身像雪捏成的雪团。
巍峨的宫殿，背后似有明亮的光辉，
10　花园里一方方的水塘，牝鹿来喝水，
星光灿烂的孔雀，长发披肩的林木。
天真又为她加上一层白皙的皮肤；
她全身犹如一束优雅华贵在飘扬。
青草在这个女孩身边也富丽堂皇，
15　草中间似乎满是红宝石和金刚钻；
海豚的嘴里吐出蓝宝石一串一串。
她在池边；她的花吸引住她的视线；

她的巴斯克①花裙镶有热那亚花边，

花图案在绸缎的褶裥里来来去去，

20　　佛罗伦萨的金线刺绣得弯弯曲曲。

玫瑰花已经盛开，花朵大，饱满丰盈，

鲜嫩的花萼把花托起，如绿色花瓶，

装满了她的那只小得可爱的小手；

当孩子抿起红如胭脂的嘴唇时候，

25　　闻闻玫瑰花，缩了一下秀气的鼻孔，

这朵玫瑰花气度不凡，又色泽紫红，

又把这张迷人的小脸一大半遮住，

结果，会使我们的眼睛看了也糊涂，

分不清是花，还是这孩子讨人喜欢，

30　　不知看到了玫瑰，还是红红的脸蛋。

她的棕色眉毛下，蓝眼睛更美更亮。

玛丽②，这名字多美！湛蓝，这目光多好！

她的一切是光明，她的名字在祈祷。

35　　可是，在生活面前，可是，在天宇底下，

可怜的人！她感到模模糊糊地伟大；

她见到春天，见到阳光，她见到阴影，

见到硕大的夕阳暗淡而躺得很平，

见到傍晚的景色具有迷人的妩媚，

---

① 巴斯克地区在西班牙和法国之间。
② "玛丽"即圣母"马利亚"。

40 　　　见到可闻而不可见到的淙淙溪水，
　　　见到田野，还见到永恒晴朗的自然，
　　　都摆出小女王的神态，严肃而呆板；
　　　她所见到的男人都弯腰，没有身份；
　　　她有朝一日是布拉班特①公爵夫人；
45 　　　她会统治佛兰德，她会统治撒丁岛。②
　　　她是西班牙公主，她五岁，性情高傲。
　　　国王的子女一样；他们白皙的额头
　　　已经有一圈印痕，他们学步的时候，
　　　就是执掌朝政的开始。她一边闻花，
50 　　　一边等有人给她把某个帝国采下；
　　　"是我的。"她已气度不凡的目光在说。
　　　她爱上谁，说不定也会招来什么祸。
　　　如果某个人看到羸弱摇晃的公主，
　　　即使是为了救她，向公主把手伸出，
55 　　　他还来不及走上一步路，说一句话，
　　　他的额头上已会罩上阴森的绞架。③

　　　可爱的女孩一笑，她并无什么作为，
　　　只是过日子，只是手里握一朵玫瑰，

---

① 今比利时的布鲁塞尔等城市属布拉班特，16世纪为西班牙属地。
② 佛兰德由腓力二世父亲卡尔五世并入勃艮第，由西班牙管辖。撒丁岛在14至18世纪时属西班牙所有。
③ 西班牙宫廷礼节严禁触摸王后肢体。

只是站立天宇下，在鲜花丛中逗留。

60　　　日头西斜；鸟窝里低声地争吵不休；
夕阳没入树丛间，现出紫金色形状；
大理石的女神像额头上泛出红光，
似乎感到黑夜在来临，都激动不已；
空中的一切生命飞回巢；没有声息，
65　　　没有火光；神秘的夜晚借阵阵波涛
收回太阳，借片片树叶又收回小鸟。

正当这孩子在笑，手里拿着花一朵，
这罗马天主教的宫殿宏大而辽阔，
阳光下每个尖拱仿佛主教帽一顶，
70　　　有个令人生畏的人在窗子后站定；
看到地上有影子，又似乎雾里看花，
在窗子之间来回走动，真感到害怕；
这影子像墓园的石像总待在原地，
有时候，整整一天纹丝不动地站立；
75　　　这是个可怕的人，他似乎视而不见；
他苍白阴沉，从这一间转到另一间；
他把凄伤的脑袋靠着白窗在沉思；
到晚上，灯光照出幽灵长长的影子；
他步伐阴郁缓慢，慢得像丧钟敲响；
80　　　这就是死神，除非，除非他就是"国王"。

正是他；这王国的化身，王国在颤抖。
如果能有人把这鬼魂的眼睛看透，
此时他站在墙边，而肩膀靠在墙上，
他在这黑乎乎的深渊见到的景象，
85 不是无助的孩子，花园，涟漪的晃动
映出明亮的夜晚金光闪烁的天空，
不是小树林，不是小鸟彼此在亲嘴，
都不是：在这水波一般的眼睛之内，
此人致命的眉毛下面，这眉毛挡住
90 此人一对和大海一般深深的眼珠，
能够看到的却是一幅跃动的幻象，
是一大群舰船在风浪中漂越海洋，
是在浪花里，波涛之中，在星光之下，
是这扬帆的舰队颠簸得无以复加，
95 是远处的浓雾里，一座白石的岛屿①
在倾听隆隆雷鸣在海上走来走去。

万民之上的一国之君冰冷的脑袋，
此时此刻充满了这般的汹涌澎湃，
因此，身边的其他一切他无法看见。
100 无敌舰队是杠杆浮动的巨大支点，
他往下一按，将把整个的世界掀翻，

---

① 从英吉利海峡看，英国是一座白色的岛屿。

　　　　　　　而舰队正在穿越波涛的茫茫黑暗；
　　　　　　　国王思想里注视舰队，已胜券在握，
　　　　　　　他凄伤的烦恼里再没有其他寄托。

105　　　　　这腓力二世不是好东西，包藏祸心。
　　　　　　　《古兰经》中的恶魔，而《圣经》里有该隐，
　　　　　　　其黑心肠比不上埃斯古里亚宫廷①
　　　　　　　这个皇帝幽灵的儿子——国王的幽灵②。
　　　　　　　腓力二世他正是手持刀剑的罪恶。
110　　　　　他是个仿佛来自噩梦的不速之客。
　　　　　　　有他在场，没有人敢对他抬头张望；
　　　　　　　在国王四周，恐惧发出怪异的光芒；
　　　　　　　人们看到大总管走来，便发抖战栗；
　　　　　　　人们战战兢兢的眼中，他就是天地，
115　　　　　他就是蓝天之上闪闪发光的星星！
　　　　　　　人人以为他如同上帝般大名鼎鼎！
　　　　　　　他有反复无常的意志，又专注，顽固，
　　　　　　　似乎是绑在命运身上的一圈铁箍；
　　　　　　　他以非洲为基地，掌握西印度群岛③，
120　　　　　他统治欧洲，而他心里的苦闷烦恼，
　　　　　　　仅仅是来自那个朦胧阴暗的英国；

---

① 埃斯古里亚宫是腓力二世在马德里北建造的夏宫。
② 腓力二世的父亲卡尔五世除西班牙国王外，还兼德意志皇帝等头衔。
③ 西印度群岛是西班牙在美洲的属地。

他的灵魂是神秘，他的嘴巴是沉默；
他坐的王座是由陷阱和欺诈筑成；
来自茫茫黑夜的力量给他以支撑；
125　　他是骑像，而他的坐骑是幽冥隐晦。
这个人间的至尊总穿得一身漆黑，
似乎是为自己的一生在服丧戴孝；
他像是斯芬克斯，既沉默，又在咬嚼，
没有变化；他拥有一切，便不发一言。
130　　从来没有人看见这国王露出笑脸；
微笑对这张铁嘴永远也没有可能，
如地狱的铁栅栏不会有旭日东升。
如果他有时松动水蛇一般的麻木，
那也是为了帮助刽子手执行任务，
135　　他的眼睛里只有熊熊火堆的反光①，
他不时朝火堆上吹气，要吹得更旺。
对思想，对进步，对权利，对人，对生命，
此人极可怕，但他对罗马虔诚恭敬；
这是撒旦借耶稣基督的名义统治；
140　　从他漆黑的思想深处出来的东西，
仿佛是一条条的蝮蛇阴险地滑行。
埃斯古里亚王宫，布尔戈斯的朝廷②，

---

① 指"宗教裁判所"火刑处死异教徒用的火堆。
② 布尔戈斯是西班牙的古都。

他窝里青着脸的天花板从无灯光；
从来不上朝，没有小丑，也没有宴飨；
145 背叛便是在游戏，火刑便算是过节。
他的计划和黑夜密切得难分难解，
悬在心惊胆战的各国国王的头顶；
他的沉思默想使天底下胆战心惊；
他能把一切征服，他要把一切葬送；
150 他的祈祷声便是沉闷的雷声隆隆；
他的酣梦中会有猛烈的闪电升起。
他想到某人，此人会说：我感到窒息。
帝国的东南西北，各国人民在惊慌，
感到头上有两只盯住的眼睛发光。

155 卡尔曾经是秃鹫。腓力是只猫头鹰。

可以说，这是命运冷酷无情的哨兵，
神色忧伤，黑上衣，金羊毛挂在胸前；
他纹丝不动就是发号施令；这双眼
像是洞穴的气窗有微光闪闪烁烁；
160 他的手指做出个无人看见的动作，
似给空影下命令，又写得虚无缥缈。
此事有多么新鲜！他刚才强作一笑。
这一笑深不见底，很辛辣，居心叵测。
是因为在他阴暗思想的深处，此刻

165　　　海上大军的幻象越来越大又越近；
　　　　因为他看到大军按他的意图行进，
　　　　仿佛他也在现场，在苍穹之下飞翔；
　　　　万事都顺利；风平浪静，听话的海洋；
　　　　大海怕无敌舰队，如洪水害怕方舟；
170　　　舰队浩浩荡荡地在海上列队行走，
　　　　彼此之间保持了一定的距离，舰船
　　　　成为一张由舰桥和船帆织成的棋盘，
　　　　好像方格的大网，起伏在水面之上。
　　　　这些战舰是圣物，波浪在两侧护航；
175　　　海潮为了要帮助前去登陆的大舟，
　　　　也忙得不亦乐乎，决不会擅离职守；
　　　　波涛汹涌，深情地在战舰四周呵护，
　　　　海礁化成了海港，浪花跌下成珍珠。
　　　　每艘划桨的双桅战船听监官命令；
180　　　那是佛兰德将士，那是巴斯克官兵；
　　　　各等将官一百名，有两位海军上将；
　　　　由德意志提供的快船都坚固异常，
　　　　那不勒斯有快艇，而加的斯①有巨舟，
　　　　里斯本②正好提供骁勇过人的水手。

---

① 加的斯是西班牙南部的大港。
② 里斯本是葡萄牙的首都，其海军有英勇作战的历史。

185 　　腓力在俯身下望①,距离远不在话下!
　　他不仅目睹,而且耳闻。舰队在进发,
　　向前,向前冲。请听,传声筒喊话传呼,
　　水手们顺着舷墙声声奔跑的脚步,
　　有小水手,有海军上将跟随着侍从,
190 　　有水手长鸣笛指挥,听鼓声咚咚,
　　进行战斗要呼喊,海上操作要信号,
　　准备战斗时发出地狱一般的喧闹。
　　这是一座座堡垒?这是一只只鸬鹚?
　　船帆像一大片的翅膀低沉地拍击;
195 　　海水震吼,浩荡的船队疾驶着前行,
　　帆包孕着风,声势逼人,船翻滚不停。
　　这阴森森的国王露出笑容,他看到
　　有四百艘的战舰,有八百柄剑和刀。
　　噢!是吸血的蝙蝠喝饱后咧开了嘴!
200 　　这苍白的英格兰,终于在他的手内!
　　还有谁能救英国?马上把火药点燃。
　　在腓力的右手里掌握着闪电一串②;
　　又是谁能够释放他手掌里的电光?
　　难道他不是无人敢说不字的君王?
205 　　他岂不是皇帝的继承人?从意大利

---

① 这是腓力二世头脑里出现的幻想。
② 右手握闪电是神话中天神宙斯的形象。

到印度不是都有腓力辽阔的影子？
只要他说声："我要！"凡事不马上拍板？
难道他现在不是已经稳操着胜券？
难道不是他派出这些可怕的帆樯，
210 派出这一支舰队，而他又为之领航？
而大海又在这样尽其搬运的责任？
难道他不是动动小指头，大堆翻滚
的长翅膀的黑色凶龙便张牙舞爪？
难道他不是国王？他不是阴沉可怕，
215 连这怪物的旋风也对他俯首听命？

当年开罗清真寺挖成了一口大井，
阿拉知普仁之子阿拉士者① 曾亲手
刻字："天上是神的，而大地归我所有。"②
一切事物有联系，会有相通的命运，
220 一切独裁者其实只是同一个暴君，
苏丹说的这句话，这国王心悦诚服。
正在此时，在水池池畔，西班牙公主
神色庄重，手里仍握着她的玫瑰花，
这蓝眼睛的天使不时对花吻一下。
225 突然，吹来一阵风，这是颤抖的夜晚

---

① 这两个阿拉伯人名似为雨果杜撰，阿拉伯文可解为"真主这仆人"和"真主使者"。
② 此句据说为《古兰经》的引文。

吐出来的一阵阵呼吸，吹遍了平原，
噗噗吹的和风把远方的大地触及，
吹乱池水，灯芯草在轻摇，一阵战栗
掠过远处的一堆阿福花和香桃木，
230　吹到文静的女孩身边，她身边的树
甚至也被这一阵惊风吹得在晃动，
猛然间，此风又把玫瑰打落在池中；
于是，公主的手上空剩下一根花刺。
她俯身下望，但见水面上残花败枝；
235　她想不明白；这算什么？她感到害怕；
她惊恐地向天上，心底里七上八下，
寻找这轻风，竟敢让她公主不高兴；
怎么办？水池的水似乎在大发雷霆；
刚才如此清澈的池水，可现在发黑；
240　水中起波浪；这是大海在暴跳如雷；
这可怜的玫瑰在浪花里七零八落；
无数花瓣被大水打沉，又翻着漩涡，
稀里哗啦转呀转，——沉入了水中，
在皱起的万千重涟漪里无影无踪；
245　似乎看到有一支舰队沉入了深渊。
"公主，"保姆解释说，她脸色阴沉难看，
小姑娘感到吃惊，她又陷入了沉思，
"世上的一切属于君王们，但风不是。"

【题解】 西班牙国王腓力二世（1527—1598）从18世纪末以后，被认为是阴险残忍的专制暴君。1588年8月，腓力二世扬言要在英国恢复天主教，派遣一支由八万名士兵和三万五千艘战船组成的庞大军队，号称"无敌舰队"，远征英国。9月2日夜里，海上突然狂风大作，"无敌舰队"几乎全军覆没。西班牙被迫放弃远征英国的计划。这个历史事件的结果对诗人雨果一直震动很大。他在1842年出版游记《莱茵河》中写道："1588年9月2日夜里刮起的这阵风改变了世界的面貌。"在雨果看来，"无敌舰队"的覆灭，意味着消除了人类历史前进的一大障碍。

大 战 以 后

我父亲，一个脸上总笑眯眯的英雄。
他外出仅仅带上一个作战时英勇、
个子高大而为他喜欢的骑兵战士，
他在大战之后的晚上，骑马在巡视
5 尸横遍野的战场，这时黑夜已降临。
他仿佛听到暗中有个微弱的声音。
这是西班牙军队一个溃散的士兵，
他淌着血在大路边上艰难地爬行，
他哼哼唧唧，奄奄一息，已脸无人色，
10 他说道："可怜可怜，给点水，给点水喝！"
我父亲随身带着甜酒，他很是感动，
把马鞍边的酒壶递给忠实的随从，
说道："拿着，给这个可怜的伤兵喝吧。"
突然间，正当随从对着伤兵的嘴巴
15 俯下身子，这家伙，像摩尔人①的模样，
一把抓住他死死不肯松手的手枪，

---

① 西班牙曾被阿拉伯人占领。摩尔人是阿拉伯人在北非的一支。

瞄准我父亲的脸，并且咒骂道："狗屁！"
子弹贴脸擦过去，把帽子打翻在地，
吓得我父亲的马向后闪一下想跑。
20　　"酒还是给他喝吧。"我父亲这样说道。

（1850年6月18日）

【题解】雨果父亲1808年至1813年在西班牙作战。诗中所说的大战是哪一次战役，在雨果将军本人的《回忆录》及《雨果夫人见证录》中均未提及。雨果把自己父亲写成史诗式的英雄人物，主要反映其虔诚的孝心。这首小诗历来广为传诵。

穷 苦 人

1

夜晚,可怜的棚屋已经是大门紧闭。
屋子里黑乎乎的,但感到有些东西
透过浓浓的暮色,在暗中闪闪发光。
屋里的墙上挂着几张打鱼的渔网。
5　屋子尽头的一角,几只简陋的碗碟,
在碗橱的木板上好像是若明若灭,
看得见木床上有长长的床帏遮掩。
旁边的旧板凳上还搁着一条床垫,
五个小孩,这一窝宝贝在上面沉睡。
10　高高的壁炉里面还有火光的余辉,
照红了这昏暗的天花板,一个女人
正跪在床前祈祷,脸色苍白在出神。
母亲是独自一人。门外,阴森的大海,
口吐白沫,向天上,向狂风和向阴霾,
15　向黑夜和向礁石发出不祥的呜咽。

2

男人已出海打鱼。他从小捕鱼为业，
对于危险的命运展开艰巨的搏斗，
不论风狂或雨骤，他都要出海一走，
因为，一群孩子在挨饿。他晚上出发，
正当滔滔的海水涨上海堤的堤坝。
他独自驾驶自己四帆的小船一艘。
妻子待在屋子里，她是在准备鱼钩，
缝补帆篷，把渔网修补得严严密密，
然后，等五个孩子睡了，就祈求上帝，
同时，她还要当心炉子上滚的鱼汤。
而他，独自经受着不断袭来的海浪，
他出发进入深渊，他出发进入黑夜。
多苦的劳动！漆黑一片，而寒风凛冽。
在汹涌澎湃、冲击礁石的浪花中间，
茫茫大海上，只有那么一小个小点：
喜欢来这儿的鱼长的鳍闪着银光，
这儿又暗又变幻莫测，但适合下网，
这儿有两间房间大小，但千变万化。
十二月浓雾迷漫，到夜间阵雨哗哗，

35　　在流动的沙漠里要找到这么一点，
　　　计算海潮和海风需要多么的熟练！
　　　驾驭操纵的本领需要多么的高明！
　　　波浪是绿色水蛇，顺着船舷在滑行，
　　　无底深渊在翻滚，惊涛骇浪在乱搅，
40　　船上受惊的帆索都在恐怖地嘶叫。
　　　他在冰冷的海上思念着他的燕妮，
　　　而燕妮流着眼泪在叫他，两人一起，
　　　思念之心在夜里像神鸟一般相逢。

3

　　　她正在祈祷，海鸥嘶哑嘲弄的叫声
45　　使她烦恼，而礁石犹如一堆堆瓦砾，
　　　海洋使她很害怕，此时在她的心里，
　　　掠过一阵阵阴影：大海，那么多水手，
　　　他们都被盛怒的波涛一个个卷走。
　　　冷静的时钟正在钟罩里当当敲响，
50　　点点滴滴，如同是血管里的血一样，
　　　神秘地敲走时光，敲走春夏和秋冬，
　　　钟声每一次敲响，在浩浩宇宙之中，
　　　就向芸芸的众生，秃鹫和白鸽不分，

这一边放进摇篮，那一边又立新坟。

55　　生活是多么贫穷！她在左思和右想。
　　　儿女们光脚行走，严冬和盛夏一样。
　　　吃不上精白面粉，只好吃大麦面包。
　　　"上帝啊！"风声像是铁匠的风箱怒号，
　　　海岸发出铁砧的声音，似乎能看见
60　　黑压压的飓风里喷溅出繁星点点，
　　　如同炉膛里飞出一阵一阵的火星。
　　　这时分，子夜这个舞迷亮亮的眼睛，
　　　戴着黑绸的半截面具在尽情嬉笑，
　　　也是这时分，子夜这个神秘的强盗，
65　　以阴雨作为掩护，夹带着北风呼呼，
　　　抓住颤抖的可怜水手，借突然冒出
　　　的狰狞巉岩，把他在石上砸个稀烂。
　　　可怕！波浪淹没了水手恐怖的叫喊，
　　　他感到下沉的船在溶化，沉向海底，
70　　感到身下张开了无底深渊，他想起
　　　阳光灿烂的码头，系船的古老铁环！

　　　这些凄惨的景象使她的心里很乱。
　　　夜色昏沉。她哭得直抖。

4

　　　　　　　　　　　渔妇太可怜！
　　　　　她们想想真可怕：亲人一个个不见，
75　　　我最亲爱的父亲、情人、儿子和兄弟，
　　　　　我的血肉和心肝！全在海里！在水里！
　　　　　天哪！受波浪折磨，完全就像喂野兽。
　　　　　啊！想想当船主的丈夫，幼年当水手，
　　　　　大海拿着戏耍的就是他们的头颅；
80　　　狂风像喇叭，野性难驯，在发泄愤怒，
　　　　　在他们头上解开长辫，便散发披头，
　　　　　也许他们这时候正在遇难和呼救；
　　　　　从来就无人知晓他们最后的状态，
　　　　　他们为了能对付深不可测的大海，
85　　　为对不见星光的无底深渊能应付，
　　　　　仅有一小块木板，加上一小角帆布！
　　　　　忧心如焚！人们在海边卵石上飞奔，
　　　　　对涨潮的海浪喊："啊！把人还给我们！"
　　　　　可是，翻滚不已的大海，唉！叫人害怕，
90　　　能指望它对忡忡忧心作什么回答？

　　　　　燕妮却更加担忧，她丈夫独自一人！
　　　　　独自在茫茫黑夜！独自面对着死神！

无人帮助。孩子们都还太小。——啊，母亲！
你说："孩子快长大！好帮助父亲！"——痴心！
95 以后出海时，他们随父亲一起出发，
你又流着眼泪说："啊！孩子不要长大！"

5

她提着灯，戴上了风帽。——这时候理应
看看他是否回来？海面上是否平静？
天色是否已破晓？桅顶上是否有旗？
100 去吧！——她这就出门。清晨，风儿在休息，
还没有刮起。一无所见。远远的天边，
滚滚的浊浪之上见不到一条白线。
天在下雨。世界上清晨的雨最忧伤，
似乎白昼在发抖，它又迟疑，又惆怅，
105 而黎明如同婴孩，一到世上就哭泣。
她去了。每扇窗的灯光都已经吹熄。
忽然，就在她寻找小路的眼睛前面，
一座阴沉衰败的破房子突然出现，
这座房子说不出多凄惨，满面愁容：
110 没有火，也没有灯，门随风轻轻抖动，
屋顶架在虫蛀的墙上，正摇摇欲坠，
北风把屋顶上的茅草使劲地乱吹，

草又黄又脏，像是江水的浊浪起伏。
"哎呀！我都没想起这家可怜的寡妇。"
115　她说，"那天我丈夫发现她在床卧病，
独自一人；应该去看一看她的病情。"
她走上去敲敲门，她听听，无人回答。
海风吹过来，燕妮一哆嗦，有些害怕。
"病了！有两个孩子！怎么能填饱肚子！
120　她只有两个小孩，但是她丈夫已死。"
然后，她又敲敲门，"喂！大婶！"她就叫人。
屋里始终无声音。"哎！上帝！"她在纳闷，
"她睡觉睡得真死，叫醒她要叫多久！"
可是这一下，好像往往在某些时候，
125　事物常常会受到上天的怜悯关怀，
阴沉的门在暗中一转便自己打开。

6

她走进去。她的灯使室内有了光明，
黑屋子在咆哮的大海边一片寂静，
天花板就像筛子，有雨水淅淅沥沥。

130　屋子的尽头躺着什么可怕的东西，
一个发僵的女人，仰着脸躺卧在床，

赤着两只脚，神气吓人，而眼中无光，
一具尸体——结实的母亲从前很高兴，——
贫穷死后留下了头发蓬乱的幽灵，
135　穷人经过长期的搏斗只留下这些。
她向铺在简陋的床上凌乱的麦秸，
垂下冰冷苍白的胳膊，发青的双手，
样子更可怕的是这张张开的大口，
悲惨的灵魂走时曾经从嘴里出逃，
140　发出的大声喊叫冥冥中才能听到！

和躺着死母亲的木板床紧紧相挨，
正睡着一男一女两个年幼的小孩，
脸上在微笑，睡在同一个摇篮里面。

母亲感到快死去，在她孩子的脚边，
145　压上她那件披风，身上盖她的大衣，
正是为了在死神前来行凶的夜里，
两个孩子可以有足够的衣服御寒，
让他们在她自己冰凉时感到温暖。

7

摇晃着的摇篮里，孩子们睡得多香！

150　　他们呼吸很平稳,他们脸上很安详。
　　　似乎没有东西能把这对孤儿唤醒,
　　　即使最后审判的喇叭吹响也不行,
　　　因为,纯洁无辜的孩子不惧怕审判。

　　　门外是瓢泼大雨,真下得天昏地暗。
155　　旧屋顶千疮百孔,狂风又如此嚣张,
　　　不时有一滴雨水掉在死者的脸上,
　　　从她脸颊上滑下,就变成一滴眼泪。
　　　大海的波涛轰鸣,如同一阵阵惊雷。
　　　死者莫名其妙地听着黑夜的声响。
160　　因为,当尸体一旦失去光明的思想,
　　　就像在呼唤天使,就像在寻找灵魂,
　　　人们仿佛听到了在那苍白的嘴唇
　　　和忧伤的眼睛间进行的奇异交谈:
　　　"你为什么不呼吸?""你又为什么不看?"

165　　唉!相爱吧!生活吧!摘取报春的鲜花,
　　　跳跳舞,畅饮美酒,又欢笑,叙叙情话。
　　　如同天下的溪水流归黑暗的大海,
　　　是宴会,还是摇篮,还是美好的恋爱,
　　　是母亲对如花的孩子们百般温存,
170　　是使人心灵感到销魂的每个亲吻,
　　　是歌声,还是微笑,命运安排的归宿,

都是凄凄惨惨的冰冷冰冷的坟墓!

8

燕妮在死者家里做了些什么事情?
她正把什么塞进长披风,战战兢兢?
175　燕妮出来的时候带走些什么东西?
她为何心儿在跳?她为何如此着急?
她为何在巷子里走路时摇摇晃晃?
她为什么奔跑时都不敢回头张望?
她神色慌慌张张,偷偷摸摸地藏了
180　什么东西在床上?她到底偷了什么?

9

等她回到了家里,海边悬崖的巅峰
慢慢在发白,燕妮把椅子放到床边,
脸色苍白地坐下。看来是一点不假,
她心中正在后悔,头向着床头垂下,
185　正当远处怒吼的大海很令人畏惧,
她嘴里断断续续,不时在自言自语。

"可怜的丈夫！哎呀！老天！他怎么想法？
他忧虑已经不少！我干的事情真傻！
肩上有五个孩子！父亲要整天劳动！
190　他的烦恼还不够，还需要我来加重
他已经有的烦恼！""他来了？""不，他没到。"
"我错了。""他要打我，我就说：你打得好。"
"他的声音？""不。""也好。""好像有人在进来，
大门在动。""没有人。""我呀；我不是现在
195　怕看见他回到家，可怜人，我真发愁！"
接着，燕妮继续在沉思，身子在发抖，
一步一步深深地陷入内心的烦怨，
她沉浸在忧愁里，好像掉进了深渊，
甚至再也听不见外面有什么声音，
200　也听不见鸬鹚的凄厉喊叫和呻吟，
也听不见呼啸的狂风，涨潮的大海。

霍然一亮，门哗啦一声突然被打开，
棚屋里射了进来一束白白的阳光，
打鱼人身后拖着那水淋淋的渔网，
205　在门槛上好高兴："看，船队返回家门！"

10

"是你啊！"燕妮喊道。她像搂住了情人，

把自己丈夫紧紧搂在自己的怀里,

并且激动万分地亲吻着他的上衣。

这时候渔夫说道:"回家了,孩子的娘!"

210 他脸上被熊熊的炉膛映照得很亮,

被燕妮温暖了的一颗心和蔼可亲。

"我被人抢了,"他说,"大海就像是森林。"

"天气怎么样?""很坏。""鱼打得如何?""很糟,

不过,你瞧,我把你拥抱,我人也很好。

215 鱼一条也没打到。我渔网也被捅穿。

海风准是着了魔,刮呀刮,刮个没完。

倒霉透顶的一夜!一片嘈杂的闹声,

有时候,我都以为渔船在翻倒,缆绳

已经断掉。你夜里干什么?你和我谈谈。"

220 燕妮暗自在哆嗦,她感到局促不安。

"我呀?"她说,"没什么,天哪!和平时一样。

我缝缝补补,听着雷鸣一般的海洋,

我害怕——是的,冬天太冷,不过没关系。"

她像干坏事的人一样在颤抖不已,

225 她又说:"对了,邻居病死了,那个寡妇。

她大概昨天死的,具体也说不清楚,

反正你出门以后,夜里天没有破晓。

她留下两个孩子,年纪又都还太小。

小男孩叫纪尧姆,女孩叫马德莱娜,

230 一个还不会走路,一个才开始学话。

这可怜的好女人生活实在太拮据。"

这男人心事重重,便把被狂风暴雨
打湿的囚犯似的便帽①丢弃在一旁。
"见鬼!见鬼!"他抓抓脑袋又大声嚷嚷,
235 "我们已经有五个,一起是七个小孩。
打不到鱼的季节,有时候出于无奈,
就连晚饭也不吃。往后可怎么生活?
得了!得了!管他呢!这不是我的过错!
是好心上帝的事。其中必定有原因。
240 上帝干吗要夺走这些娃娃的母亲?
孩子都小得可怜。这种事从何说起!
要好好研究才会明白其中的道理。
孩子这么小,当然不是干活的年龄。
娘子,把他们抱来。孩子俩一旦睡醒,
245 他们一定会害怕,因为屋里有死人。
你听,是他们母亲在敲我们的家门。
把两个孩子接来,七个人不要分开,
晚上大家都纷纷爬上我们的膝盖。
他们以后是其他五个的兄弟姐妹。
250 好心的上帝看到除了自己的宝贝,
还要把这个男孩、这个小姑娘养活,

---

① 渔夫帽和囚犯帽相似,但诗句有寓意。

会让我们打鱼时鱼打得更多更多。
我只喝水，不喝酒，加倍干活也可以，
说定了。抱他们来。怎么？你是在生气？
平时你急不可待，早已经迈开双脚。"

"你瞧，"她拉开床帏，"他们俩已经睡觉！"

【题解】这首著名长诗成稿前后曾有一段很长的构思和酝酿时间，于1854年2月3日完稿。此诗写成后的第二天，雨果又创作了《春日所见》，也以穷苦人及其孩子为主题，收在1856年出版的《静观集》。雨果把一则穷人感人的故事写成长诗，收入《历代传说集》，单列一章，将穷苦人的日常生活提高到史诗的高度，是寓有深意的。我国"义务教育课程标准实验教科书"的《语文》六年级上册，收入俄国作家托尔斯泰的短篇故事《穷人》。我们看到，托尔斯泰的《穷人》正是从雨果的长诗《穷苦人》改写而成的短篇。

天 苍 苍

黑夜以外，波涛外，在虚无缥缈之中，
层层的浓云豁然开朗处，大海之上
展露出一片高高天外的喜气洋洋，
此时，有个模糊的小点出现；在风中，
5　空间漠漠，这小点有生命；小点在动；
这小点时降时升；这小点行动自由；
小点飞来，更近了，形状看清，是圆球；
这是条无法形容、又令人吃惊的船，
像雄鹰是只飞鸟，像地球圆成一团；
10　船在行驶。向何方？驶向崇高的穹苍！

这是做梦！看来是一角山峰在翱翔；
星光闪烁的天幕底下，大山的峰巅
插上了翅膀，突然起飞，飞进了空间？
某个重大的时刻已在命运中敲响，
15　云彩幻成一艘船，喜欢到处去流浪？
我们眼前的这个神话是否在欺骗？

　　　　　老风神莫非已从风袋①中把风派遣？
　　　　　使这风暴降生的风袋中，风在天外
　　　　　说收即收，以为重又看到了风袋！
20　　　　莫非导航的磁铁请闪电作为帮手，
　　　　　只用空气造出了一艘天国的小舟？
　　　　　莫非有人从天上蓬莱来人间访问？
　　　　　莫非苏醒后上路出发的转世幽魂
　　　　　摆脱地上的羁绊，飞向天国的穹顶，
25　　　　驾一辆飞翔的车，载满狂喜和光明，
　　　　　有时候稍稍靠近地球，让我们看到，
　　　　　站在浊世的底层，幽魂喜悦地出逃？②

　　　　　这不是一角山峰；也不是那口风袋，
　　　　　风袋里传说中的东西南北风都在；
30　　　　也不是闪电弄鬼；也不是游魂显露，
　　　　　来自天府有曙光照耀的穹顶深处；
　　　　　也不是某个天使光彩熠熠的车驾，
　　　　　跃出张开的坟墓，向着耶和华进发。
　　　　　不是任何梦呓和谵语提到的称谓。
35　　　　这艘不可能有的船是什么？是人类。

　　　　　这是伟大的顺应上帝旨意的反叛！

---

① 希腊神话中风神以羊皮袋盛东南西北风，可随时从袋中释放出风来。
② 雨果相信万物轮回转生的宗教哲学。

神圣、错误的钥匙,注定开云霄碧汉!
这是伊希斯①狂乱撕破神秘的面纱!
这是金属加木材,这是帆布加大麻②,
40 这是重力得到了解放,并上天飞翔;
这是和闪光的人结成盟友的力量,
因为让泥土摆脱永恒的锁链自豪;
这是物质,这物质幸福,这物质高傲,
参与了人的风暴,任意地翱翔上下,
45 终于打开的天穹露出无限的惊讶!

人好大胆!囚徒在挣扎!神圣的愤怒!
终于使劲撬开了禁锢囚徒的铁箍!
人需要什么,这颗额头宽宽的原子,
才能战胜这无始无终,这无边无际?
50 才能制服风发狂,才能制服浪滚翻?
天上要一块帆布,海上要一块木板。

*

从前,东南西北风肆虐时尽情糟蹋;
现在,人类借助这四匹脱缰的野马,
  把自己的驷马战车驾驶;

---

① 伊希斯是埃及女神,其面纱下藏有大自然的奥秘。
② 大麻用以编织麻绳,作飞艇上的索具。

55　　　人是天才，现在将马群掌握在手中，
　　　成为飞车骄傲的车夫，巡行在太空；
　　　　人是奇迹，人又执掌奇迹。

　　　神奇的飞船！船名叫"解放"。飞船匆匆。
　　　与飞船相比，飞鸽太慢，而飞雪太重；
60　　　　下方远处有鹿，有鹰，有豹，
　　　都被飞船疾驶的影子一一地掠过；
　　　火车是爬行动物，飞船下空间辽阔，
　　　　喷火的凶龙是虫子很小。

　　　一首乐曲，一首歌，从其旋风中飘出。
65　　　抖动不已的缆绳充满了北风呼呼，
　　　　在这万物沉沦的虚空，
　　　仿佛是一架诗琴，不时地穿越琴身，
　　　是某个向着天顶正在逃逸的幽魂，
　　　　夹带着幽冥声声在其中。

70　　　因为，空气是颂歌飘扬；云彩的海礁
　　　一堆一堆，不停地在滚动，又翻又搅，
　　　　空气释放出千百种低音；
　　　这流体加上蓝天，这磁性加上空气，
　　　组成一个大和谐，有某个奥尔甫斯[①]

[①] 奥尔甫斯是希腊传说中的第一个诗人。

75   在和谐中沉浮，忽现忽隐。

  飞车漂亮，翱翔时吊索里歌声荡漾；
  我们可以看得见飘出前进的诗章。
   飞车是艘船，飞车是灯塔！
  人终于拿起权杖，把拐杖丢弃一边。
80   我们看到牛顿的计算飞上了云天，
   骑品达罗斯①颂歌这匹马。

  云车喘着气，潜入空中，又深入穹苍，
  深入明亮而不可捉摸的耀眼光芒，
   跌进了洁净无瑕的虚空；
85   云车消失在广漠无垠的蓝天之下；
  碧空里的精灵们一个个莫名害怕，
   静静注视这壮丽的失踪。

  云车驶过，又消失；最后的结果怎样？
  去不可见的场所，在不可知的地方；
90   这云车把人浸入了梦里，
  浸入千真万确，浸入深沉，浸入光明，
  浸入天上的海洋，处处有真理充盈，
   祭司说的却是谎言离奇。

---

① 品达罗斯是古希腊的抒情诗人。

　　　　天已亮，飞船在走；天色已渐渐变暗，
95　　　船在走；船为光明而造，但不怕夜晚。
　　　　　这时候天上有无数星光；
　　　　这时候从天底①看，这地球因为身下
　　　　有宽阔而暗淡的本影在展开变化，
　　　　　和巨大的黑色彗星相仿。

100　　远方，可怕的雾气塞满了茫茫云天。
　　　　如同是日暮时分，我们看到在海边，
　　　　　渔夫像在梦中，悠悠晃晃，
　　　　想让漫长辛劳的一天能此行不虚，
　　　　拖着他的鱼篓子在海滩走来走去，
105　　　鱼儿在篓子里泛出微光。

　　　　黑夜从莫名深渊拉起自己的大网，
　　　　火星在网里闪烁，金星在网里闪亮，
　　　　　正当时辰一个一个响起，
　　　　这张黑网在增大，上升，充满了夜空，
110　　黑黑的网眼里面，黑黑的网格之中，
　　　　　一个又一个星座在战栗。

---

① "天底"是和"天顶"相对的天文学名词。黑夜时，天顶处于太阳投射下的本影的顶部，此时"天底"相反受到太阳的照射。所以，地球从天底看来，拖着自己的本影，像是黑色的尾巴。

    这飞艇继续沿着航线前进；这飞艇
    不怕呛人的气味，不怕黑夜的陷阱，
      也不怕毫无动静的虚空，
115   闪电在黑暗深处相互间争斗角逐，
    在此面目狰狞的云中，猛然间露出
      许多赤铜色的巨大窟窿。

    飞船在黑夜开出一条陌生的路径；
    这些陌生的区域令人难忍的寂静
120   挡不住这气球向前行走；
    飞船包含了宇宙，飞船载着人行驶；
    和平！光荣！如同从前的水，今天的气
      看到自己气流中有方舟①。

    这艘神圣的飞船乘着风向前奔跑，
125   带着充分的自信，带着标枪向目标
      全力冲过去的飞快速度；
    虽没有东西落下，船却边行边播种；
    圆圆鼓鼓的外形在高处看得朦胧，
      仿佛是一只怪鸟的腹部。

130   飞船航行；有浓雾飘浮在船下天空；
    飞船的船员侧身下望，在船锚拖动

---

① 《圣经》载，挪亚造方舟，带全家和各种动物躲避洪水。

　　　　的茫茫云层以下的地方，
　　　黑暗之中大地和空气已混沌不分，
　　　看看勃朗峰①峰顶，或者某一个土墩，
135　　　　就不会和前来的船体相撞。

*

　　　生活在此辉煌的飞船甲板上存在。
　　　灵光把船送上天，光明在前面等待。
　　　人不可战胜，人头攒动，在船上闪光；
　　　不设武装；骄傲并有力、欢乐的声响；
140　　这是探测未来的令人眩晕的呼喊！
　　　飞船是幽魂，是光明，是空想，是虚幻！
　　　请看这飞船疾驶，这飞船行走匆匆！

　　　仿佛有整个星系围绕着太阳转动，
　　　巨大的铜球推动四个大球的迸发，
145　　四个大球之下有巨大的木板悬挂，
　　　铜球有呼吸，并在风中颠簸和飞奔；
　　　一副长长的白色船架垂直地平伸，
　　　板上装许多活门，有手闸自如开合，
　　　给这个铜球形成一座极大的间隔；
150　　彩云里出现飞船，如波浪里有软木；

---

① 勃朗峰是法国最高峰，在法国和意大利的边境。

人工的大蜘蛛网，绳索和绳结织补
而成的巨大罗网，错综复杂的阀门
是由磁性流动的绳缆启动和理顺，
千头万绪的滑车、绞盘和绞车无数
155 捡拾种种的气流，并使之忙忙碌碌；
飞船翱翔，站满了旅客，装满了小包，
四周围都是彩虹、光晕和蓝天高高，
飞船的航线是条不断纺出的长线，
支撑点只是空气，发动机只是空间；
160 横板下一套乱得很有规则的浮桥，
一层一层，相连的一张梯晃晃摇摇；
这艘船是流动的卢浮宫，一般豪华；
迎着光明深渊的来风，船如此庞大；
船系在一条线上，疾行时自豪轻盈，
165 利维坦号①在惊涛骇浪上匍匐爬行，
像只自己的小艇，掉进了黑夜之中，
当雄鹰高飞之时，船似乎是只甲虫，
船在急流里挣扎，又在急流里遭殃，
而这巨大的天鸟在天堂深处翱翔。

----

① 利维坦是《圣经》中的海中怪兽。诗中指法国工程师于1853年为英国某航运公司建造的巨船，长200米，宽36米，高35米，因船体过大而未能渡海远航。雨果在赞颂飞艇的同时，把"利维坦"比成人类古老文明的象征，并在《天苍苍》的前一首诗《海茫茫》中记叙此事。

170　　如果能让古人的眼睛又张开观看，
　　　啊！这艘用数字和梦想建造的飞船，
　　　准会让欧拉①陶醉，让莎士比亚迷惑！
　　　飞船像是在空中巡游的巨型提洛②，
　　　无物推动船前走，无物阻挡船行进；
175　　我们可听到飞船轰然模糊的声音。

　　　有时，暴风雨袭来，天色灰蒙蒙一片，
　　　狂风翻搅空中的洪波，天和地之间，
　　　充满狰狞的乌云；翻起的怒涛恶浪
　　　对无边大海中的飞船又能够怎样？
180　　飞船只是行进时拍拍翅膀向上爬；
　　　深渊一旦很可恶，飞船会变得可怕，
　　　战栗着非让旋转深挖的旋风安顿。
　　　莱布尼兹、富尔顿和开普勒③的英魂
　　　仿佛在驾驶飞船飞进恐怖的黑夜；
185　　我们相信看到了一片混沌的境界，
　　　处处是闪电，还有轰鸣，有惊雷炸开，
　　　深渊中整个世界在阴沉沉地作怪。

---

① 欧拉（1707—1783）是欧洲数学家和物理学家。
② 提洛是希腊小岛，历史上曾有浮动岛屿的说法。
③ 莱布尼兹是德国数学家和哲学家；美国人富尔顿发明气船；开普勒是德国天文学家和数学家。

既不问什么季节！也不问什么时机！
茫茫海雾却能在远处灰白的天际
190 　　藏匿一颗颗土星和水星；①
阵阵海风驾驭着披头散发的大雨，
能在浓云密布中，隆隆声断断续续，
　　让幽暗的海怪翻滚不停；

没关系！南风，北风，对飞船都是好风！
195 大地已经消失在星星汇集的底层。
　　飞船驶进了神秘的黑夜；
俯视发作的飓风，飞临冰雹的上空，
把地球留在一片黑暗的混沌之中，
　　留在狂风和暴雨的下界。

200 乘风破浪的飞船无畏地突飞猛进；
张开翅膀向前冲，拨正船头不松劲，
　　向上飞，向上飞，飞个不停，
飞出了万事万物悄然逝去的天边，
仿佛这是为了在沉沉的黑夜中间，
205 　　去追逐曙光，去追逐黎明！

飞船静静地飞上白云不到的地方；
便在一片寂静的高处翱翔和游逛，

---

① 土星和水星是古代海上指引海船航向的星辰。

　　　　　面前看到了众多的星球。
　　　星球在眼前都是其亮无比的奥秘，
210　每颗星是一团火，火光里千古之谜
　　　　　一一被洞照得玲珑剔透。

　　　仙女座闪闪发光，猎户座光华灼灼；
　　　昴星团数不清的繁星正越聚越多；
　　　　　天狼星张开了血盆大口；
215　大角是一只金鸟，在窝里眨着眼睛；
　　　而丑陋的天蝎座使人马座对天顶
　　　　　挺起蓝色的前胸和马首。

　　　这首飞艇在高处仿佛面对面看见：
　　　毕宿五被仙王座照耀得十分迷恋，
220　　　英仙座是顶上的红宝石，
　　　北极的大熊星穿光亮华丽的盛装，
　　　极目远望，是银河深处幽暗的微光，
　　　　　无量数的深渊比比皆是！

　　　飞船向着一颗颗猛然出现的太阳
225　飞升；在令人骇怕而又红亮的天疆，
　　　　　张起了满帆，向前面进发；
　　　这一艘坚不可摧、神采奕奕的飞艇，
　　　似乎在空中向着其中某一颗星星，
　　　　　一路高唱欢歌，即将到达！

230　　这艘船已和地球割断了一切联系，
　　　　飞行穿越的天空令人目眩和神迷，
　　　　　琐罗亚斯特①之辈有梦想，
　　　　仿佛黑夜的阴风吹得它恼羞成怒，
　　　　在无底的星空里不停地飞进飞出，
235　　　又跌打滚爬，又上下翱翔！

　　　　　　　　　　*

　　　　想造反的人究竟要走到什么地方？
　　　　宇宙空间不时以忧心忡忡的目光
　　　　看到人在云端中留下自己的足迹；
　　　　人以其血肉之躯和苍穹结为一体；
240　　人已掌握了未知事物的尽头末端；
　　　　现在，他在无限的太空中行走往还。
　　　　这个倔强的强者，走到何时才罢休？
　　　　他究竟要走多远，一旦走出了地球？
　　　　一旦走出了命运，他究竟要走多远？
245　　人世难逃的劫数到天边已经无权；
　　　　古代关于新世界写下的全部史料
　　　　拙劣得不值一看，如今都云散烟消。
　　　　新世纪已经来临。人已占有了空气，

---

① 琐罗亚斯特是古代波斯拜火教的创始人。雨果以他象征历来的幻视者。

如同大海鸟占有波涛，生活在水里。
250 面对我们的美梦，面对我们的幻想，
具有虔诚的眼睛，却有荒唐的翅膀，
面对我们的勤勤恳恳和聚精会神；
茫茫的黑夜曾经关上了两扇黑门；
几何代数有力量，打开真正的天地；
255 人一握住黑夜的门闩，取得了胜利，
旧的无限是大海，如今已觉得可悲。
黑门已动，露出了一条缝。人往外飞！

又深又远！该不该还把人称作凡人？

人骑在牛马背上，这是最初的时分；
260 然后，坐上了车舆，由车轮支撑前进；
然后，驾驭着轻舟，帆篷有勃勃雄心；
然后，为了能制服礁石和惊涛急湍，
制服浪花和风暴，人又登上了轮船；
现在，不死的凡人要超越死的界线；
265 人已经骑上大海，现在要骑上蓝天。

人强迫斯芬克斯①为他掌灯和引路。
人年纪轻轻，扔掉亚当爬行的包袱，
出发去天上冒险，用火炬照亮太空，

---

① 斯芬克斯象征大自然之谜。

跨出的一步，危险和跨进坟墓相同；
270 　　也许，现在终于已开始从一颗星星
到另一颗星星的令人害怕的航行！

*

惊愕万分！难道人真是冲锋的好汉？
黑夜啊！难道是人这个昔日的囚犯，
　　人类这古老的爬行动物，
275 变成了天使，砸烂紧紧卡他的枷锁？
突然之间就能和上苍平起又平坐？
　　死亡将因此而一无用处！

啊！穿越浩浩太空！多么吓人的美梦！
去开辟绕过坟墓这大海岬的航程！
280 　　谁知道？翅膀都高贵无比：
人有了翅膀——也许，啊！奇迹般的归来！
一天，有位哥伦布来自冥冥的天外，
　　有个伽马来自天空大气，①

有蓝天的伊阿宋②，出发后很久很久，
285 地球已把他忘怀，天空却把他扣留，

---

① 哥伦布发现美洲新大陆；伽马是葡萄牙航海家，发现绕道好望角通向印度的航路。
② 伊阿宋是希腊神话中历尽艰险觅取金羊毛的英雄。

突然间大地上云雾一开，
他将会重新出现，骑坐着这头巨鹰，
一面指指天狼星、大熊星和猎户星，
脸色发白："我从那儿回来！"

290　　天哪！这样，如人们在地窖顶上见到
举着烛台行走时留下的黑灰不少，
　　蓝色的天柱矗立在碧落，
看到人类的火炬留在星星的屋顶，
有一片片的烟灰，也许就能够断定：
295　　地球上的某个孩子来过！

　　　　　　　　＊

别如此远！如此高！让我们重返红尘。
仍然做人，做亚当；但不做盲目的人，
不做堕落的亚当！一切其他的梦想
都会使适应我们大地的理想变样。
300　以两个字为满足：更好！就写在眼前。
对，黎明已经升起。

　　　　　　噢！在这突然之间，
这仿佛是发狂和欢乐的双双喷发，
六千年来在命中注定的道路上下，
地心引力拴住了我们人类的脚跟，

305 　　　猛然在看不见的手中已荡然无存，
　　　　 被粉碎；这条枷锁代表了一切枷锁！
　　　　 人已经全身起飞，从此后，憎恨，恼火，
　　　　 愚昧无知和谬误，离奇古怪的幻想，
　　　　 贫穷困苦和饥馑，终于消失的力量，
310 　　　异教徒们的邪神，帝王的君权神授，
　　　　 谎言和黑夜漫漫，欺诈和浓雾厚厚，
　　　　 都和古老的命运一起被翻倒在地。
　　　　 如同是脱下一件苦役犯穿的囚衣。

　　　　 是这样，预言中的世纪现在已到来，
315 　　　历经长久遥远的五里雾般的年代，
　　　　 泰勒斯①在他眼前早已经远远瞥见；
　　　　 而柏拉图②激动地望着星球的空间，
　　　　 倾听星球的音乐，观望舞蹈的星球。

　　　　 陌生善良的生灵，存在于蓝天高高，
320 　　　但我们肉眼无法看见他们的面容，
　　　　 那些天使关注着人类的一举一动，
　　　　 天使神圣的任务是给予灵魂指点，
　　　　 天使并且用种种最为美丽的火焰，
　　　　 拨亮在黑乎乎的头脑深处的良知，

---

① 泰勒斯是希腊最古老的哲人，主张世界是精神的体现。
② 柏拉图声言天体传出乐声，反映世界的和谐。

325 这些人类的朋友，对我们关怀备至，
他们已不再战栗，即使有痛苦不停，
在黑沉沉的夜里，也不再发出哀鸣。
我们看到理想的锡永山①闪着蓝光。
他们已不再忧心忡忡地注视张望
330 嗜血成性的军阀，残害人民的丘八。
所多姆②的城头上有零星火光散发，
这是吞噬一切的熊熊天火的先兆，
寒光来自杀人者凶狠恶毒的眉毛，
战争伸出肮脏的利爪，是何等凶残，
335 边界只是旧世界丑陋的破衣烂衫，
母亲们走投无路，怦怦地心跳不停，
在树林子的尽头窥伺着强盗伏兵，
猫头鹰发出啼鸣，哨兵在大声喊叫，
以及灾难，不再是他们永恒的警告；
340 在听到的声音里不会总是有哀鸣；
他们的耳朵不再时时刻刻地倾听
坟墓里死者愤愤不平的声声呜咽；
收获在田野里笑，从前有野鬼凄切；
蓝天见不到他们再为新生儿哭泣，
345 他们不再预感到无辜者会是奴隶，

---

① 锡永山本是耶路撒冷的圣山。此处指天国的乐土。
② 所多姆是被上帝用天火焚毁的罪恶城市。

而怜悯也不再是他们唯一的态度；
他们不再会观望奴颜婢膝的束缚
在柳条的摇篮边默默把网眼缝缀。
从前，人套上枷锁，颤抖得像茎芦苇，
350　现在被温柔的人取代，他坚强，安详；
权杖的职能已经改成荣誉的勋章；
他们终于，光荣啊！这些人现在幸福，
对于我们是神明，却是上帝的造物，
他们幸福成好人，他们骄傲会公正；
355　这些庄严的云天九霄的至灵至圣，
面对这颗由黑暗转成光明的地球，
不再感到他们的爱心还有血在流；
他们美丽阴沉的眼中洋溢起光彩；
而大天使已开始在暗处喜笑颜开。

　　　　　　　　＊

360　这艘飞船去何方？船披着光明，驶向
神圣、纯洁的未来，驶向美德和力量，
　　驶向闪耀出光辉的科学，
驶向灾难的消失，驶向豁达和大度，
富饶、安静和欢笑，驶向人类的幸福；
365　　这艘光荣的飞船在飞越，

驶向团结和友爱，驶向理性和权利，

飞船驶向神圣的认真严谨的真理，
　　既没有船帆，也没有愚弄，
驶向爱情和更加温情脉脉的人心，
370　驶向真善美，驶向伟大……——你们会相信，
　　飞船已飞升进入了星空！

她使人和人相识，英雄和英雄相知。
她是光荣的文明！飞船摧毁和废止
　　可恶的吓得发抖的从前；
375　飞船一路如高奏凯歌，飞进了天宇，
一路废除铁的规律，废除血的规律，
　　废除战争、奴役以及锁链。

飞船使受蒙蔽的人现在是非明辨；
飞船在斯宾诺莎①眼中点亮起信念，
380　　照亮霍布斯②额头的希望；
凡是凄惨的事物，丑恶的现象种种，
飞船给予温暖并播撒黎明的宽容，
　　飞船自己在天空里翱翔。

古老的战场出现在前方，夜色黑黑；

---

① 斯宾诺莎是荷兰唯物主义哲学家，建立无神论的哲学体系，被犹太教革除教籍。
② 霍布斯是英国唯物主义哲学家。

385　　　飞船飞过，而此时已经是晨光熹微，
　　　　　　　这历史的坟场巨大如此，
　　　　　历代的世纪抬起忧伤深情的目光，
　　　　　走上来注视胜利张开的两只翅膀
　　　　　　　投下来又大又长的影子。

390　　　飞船的身后，恺撒已重新变成了人；
　　　　　伊甸园扩大，容纳改观的地狱之门；
　　　　　　　荆棘上满是百合花轻摇；
　　　　　万物复苏和新生；从前被死亡残杀，
　　　　　现在已青春焕发，绞架的木桩害怕，
395　　　　　抽出一茎茎新绿的枝条。

　　　　　飘忽的彩云，单纯而又清新的曙光，
　　　　　一切洁白无瑕的事物，鸽子的翅膀，
　　　　　　　是空中飞船的神奇魅力；
　　　　　飞船的身后，正当飞船向光明驶去，
400　　　在古老而黑黑的天命注定的黑域，
　　　　　　　曾透出地狱的红火依稀，

　　　　　在这朦胧旧世界，一切都杂乱无章，
　　　　　真主①把臂肘支在斯芬克斯的身上，
　　　　　　　在千百年来的阴曹地府，

---

① 真主是伊斯兰教的神，斯芬克斯属于埃及文明，两者本无联系。

332

405　　在无耻的戈摩尔①，有烈火熊熊照映，
　　　　在被仇恨的女神瞪着的两只眼睛
　　　　　　照亮的罪恶森林的深处，

　　　　痛苦、罪孽和悔恨，可悲的邪恶堕落，
　　　　种种以幻想、罪行组成的古老枷锁，
410　　　　牲口栏里的屠杀和消灭，
　　　　带有偏见的杀伐和战争，亚伦和宁禄②，
　　　　一一地倾倒，凋谢枯萎，纷纷被扫除，
　　　　　　如同枯死的残枝和败叶！

　　　　腐化堕落的罪人，巧取豪夺的豪强；
415　　已走开，错误的顶峰，错误的太阳；
　　　　　　铜牛的刑具在声声嘶叫，③
　　　　吞噬生命的火堆，砍人的木砧、刀斧，
　　　　而博士向无知者传播的种种谬误，
　　　　　　是愚弄盲人的拐杖可笑！

420　　为博取君王一笑，而不让君王改悔，
　　　　有的人不惜借用殉道者流的眼泪，

----

① 戈摩尔和所多姆一样，是被上帝毁灭的罪恶城市。
② 亚伦是先知摩西的兄弟，曾制造"金牛犊"，叫人作为偶像崇拜；宁禄是《圣经》中战争的形象。
③ 公元前6世纪的希腊暴君法拉里斯制造铜牛，将活人投入牛腹烧死，以人的惨叫代替牛的鸣叫。

333

> 有的人向刀剑奉承拍马,
>
> 为苏丹,为世界的主子们歌功颂德,
>
> 并且,为了来一点调味佳品给颂歌,
>
425   给斩下的脑袋瓜撒点盐巴!

> 闪光的冠状顶饰,瘟疫和罪恶肮脏,
>
> 都——完蛋,还有暴君行走的路上,
>
> 魔鬼成国王,偶像是师表,
>
> 途中令人恶心的篱笆,有刺的荆棘,
>
430   人能听到旧世界和人从前的痼疾
>
> 像阴沉沉的公羊在哀叫。

> 我们处处都看到星际的精神闪烁;
>
> 我们看到英雄的终了,恶煞的覆没,
>
> 不会再有无神论和卜卦,
>
435   看到贱民的结束,看到征服的结束;
>
> 我们看到德拉古①终于也脱胎换骨,
>
> 慢慢走出来个贝卡里亚②。

> 我们还看到羔羊不怕恶龙的凶残,
>
> 贞女不再受羞辱,马利亚眼睛湛蓝,
>
440   来自维纳斯的肉体肮脏③;

---

① 德拉古是公元前7世纪的雅典立法者,其刑法以严酷著称。
② 贝卡里亚是意大利法学家,主张改革刑法。
③ 圣母是纯洁的象征,取代经常赤身露体的美神维纳斯。

  亵渎神明则变成热烈纯洁的圣诗，
  颂歌把一片片的嘘叫声取来，使之
    成为一片片蔚蓝的翅膀。

  万物已得救！鲜花，香气氤氲的春天，
445 罪恶的坍塌倾倒，善良的喷发涌现，
    都欢呼飞船奇妙的飞行，
  这气球开拓美丽，这飞车伟大神奇，
  恩培多克勒会从深渊的底层注视，
    普罗米修斯在高山之顶！ ①

450 阳光照进有恐怖藏身潜伏的洞穴。
  已成目光呆滞的鬼魂，老朽的世界
    躺倒在地上，已奄奄一息，
  望着黑色的夜空布满灿烂的星星，
  不得不让这一艘十分幸福的飞艇
455   从自己垂死的嘴唇飞起。

*

  啊！这艘飞船正在进行神圣的旅程！
  人类能升天，现在第一个台阶完成；
    飞出古老而卑劣的瓦砾，

---

 ① 恩培多克勒是希腊哲学家，跳入埃特纳火山口自尽；普罗米修斯为人间偷天火，被天神绑在高加索山顶受罚。

飞出地心的引力，未来已打下基础；
460 这是人终于越狱成功的必然之处，
　　人扬帆起锚，走出了影子！

这天上的飞船是伟大颂歌的句号。
几乎可让人类的灵魂和上帝比高。
　　飞船触及了无边的天疆；
465 飞船是进步跃向天空的巨大一步；
飞船标志着"现实"骄傲、神圣地进入
　　古老而刻意追求的理想。

啊！飞船的每一步把无限空间征服！
飞船是欢乐；飞船是和平；人类长出
470 　　供自己行走的巨大器官；
这胜利者受祝福，这篡位者很神圣，
每天都把这黑点，人在黑点上出生，
　　推入更无穷无际的遥远。

飞船在耕耘深渊；飞船在掀翻田垄，
475 田垄里萌动暴风，生长骤雨和寒冬，
　　一声声呼啸，一声声嘘叫；
如今有飞船，祥和是束花，开在天空；
飞船飞驰，一边在神秘的天上播种，
　　又是云层里庄严的犁刀。

480　　　这飞船使人类的生活去天界萌芽，
　　　　　上帝在天界仅仅收获曙光和朝霞，
　　　　　　　而他播下的仅仅是夕阳；
　　　　　飞船在上面航行，劈开晴朗的天空，
　　　　　处处听到高贵的民族成长和激动，
485　　　　　这些巨大的麦穗有声响！

　　　　　这飞船奇妙崇高！飞船飞驰的时光，
　　　　　又把人间的呼喊变成欢乐的歌唱，
　　　　　　　让枯萎的人种焕发青春，
　　　　　建立真正的秩序，指引出前程平坦，
490　　　公正的主！飞船让人身充满了蔚蓝，
　　　　　　　不就抹去了祖国的区分！

　　　　　飞船给人造一座城市，用的是蓝天，
　　　　　给人造一个思想，用的是茫茫空间，
　　　　　　　飞船废除种种陈规陋习；
495　　　飞船壮美，把高山压低，把塔楼除尽；
　　　　　飞船让脚下步子沉重的各国人民
　　　　　　　能和翱翔的雄鹰相匹敌。

　　　　　飞船具有这般的神圣、贞洁的任务：
　　　　　在天上组成一个世界大同的民族，
500　　　　　是第一个，也是最后一个，

要让"奋进"在光辉灿烂中向前开拓，

要让"自由"为苍穹爱得沉醉和迷惑，

  自由在光明里高飞振翮。

1858年6月—1859年4月3日[①]

【题解】1859年出版的《历代传说集》（初集），从夏娃在伊甸园受孕（《女人的加冕礼》）一直写到"20世纪"。对，诗人的这部人类精神发展史不是写到诗人当时所处的19世纪中叶，更不是到拿破仑三世统治下的法兰西帝国为止。19世纪创作的《历代传说集》写到20世纪，写到译者正在翻译本诗的1999年才告结束。"20世纪"包括两首诗，《海茫茫》和《天苍苍》，而且这两首诗在主题上相互衔接，行文上也可以组成一个整体。人类在20世纪的历史性成就很多，而从1961年开始的人类进入宇宙、征服太空的壮举是最激动人心的成就，具有空前的史诗意义。《天苍苍》正是这样一首人类征服宇宙的史诗。"也许，现在终于已开始从一颗星星/到另一颗星星的令人害怕的航行！"这两行诗不是写于1969年7月21日阿波罗十一号登月成功之后，而

---

  ① 雨果的手稿有原注："1859年4月9日。这最后的七节诗作于1858年6月，即我得病后差一点送命之前。"

是在此111年前，雨果在流亡的孤岛上，站在其玻璃"畅观楼"中，面对大海，面对长天，写成的人类最大胆、最乐观的预言。这是启示录式的预言。今天的电视观众身处21世纪，对航天飞机返回地球的镜头已经习以为常，但雨果在一个半世纪前已经嘱咐飞船："别如此远！如此高！让我们重返红尘。"《天苍苍》是一首科学诗，对试验的飞船从外形到结构有客观描述。但是，科学诗很难有激动人心的佳作。雨果同时代写科学诗的诗人多已为文学史所遗忘。《天苍苍》更是一首哲理性史诗。雨果认为飞艇克服地心引力的飞行，标志着人自身的解放。在诗人笔下，人的最后和最终的解放，超越社会斗争和人际关系，借助科学的进步得以实现。人类科学的进步可以抹去"祖国的区分"，促成人类的统一，实现世界大同的大家庭。《天苍苍》中充满哲理性的预言式诗句比比皆是。雨果这首长诗所依据的史实却令人吃惊地单薄。1850年至1851年，法国工程师贝坦发明一艘飞艇，当时的新闻界对设计蓝图有所报道。作家戈蒂耶于1850年7月4日在《新闻报》曾著文详加介绍。我们还知道，这艘飞艇的计划1851年是以失败告终的。但这个大胆的科学尝试极大地震撼了诗人雨果的想象力。雨果跳出重重压抑的政治斗争的恶劣环境，从历史上一次失败而又未必壮观的飞行试验出发，写成一首颂扬科学胜利、预言人类解放的史诗，这是雨果超人的天才之处。此外，我们也看到，雨果在诗中预言的人的解放，是和雨果的整个哲学体系中有关人类命运的演变是一致的。在雨果看来，人的解放主要是精神对物质的解放，这是和上帝创造人类和万物的终极目的是一致的。这样，长诗《天苍苍》和长诗《产生本诗的幻象》，和长诗《林神》，甚至和《惩罚集》《静观集》中的有关哲理诗在思想上都是相互补充的，相互丰富的，相互阐明的，相互参照的，共同组成诗人雨果丰富而又复杂的宗教历史哲学体系。

《林园集》

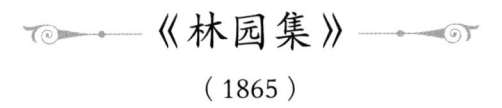

(1865)

播种季节的黄昏

这时候，已是夕阳低垂。
我坐着，头上有座门洞，
我赞美这片落日余晖，
照亮最后一刻的劳动，

5 一个衣衫褴褛的老人，
将收获大把撒向田垄，
此时，大地上夜色深沉，
我静静注视，心情激动。

精耕细作的田里升起
10 他高大而黑黑的身影。
我们感到，他毫不怀疑：
时光带来丰收的前景。

他在这片旷野上走动，
手撒了又撒，反反复复，
15 走去走来，向远处播种。
黄昏张开了重重夜幕，

夜籁声起，黄昏的黑影
使播种者的庄严身姿
似乎更高大，直逼星星，
我这无名过客在沉思。

【题解】 这是雨果著名的短诗之一。原稿注明成诗于9月2日，专家估计写于1865年。1850年，画家米莱发表《播种者》，轰动一时，成为描绘乡村生活的经典作品。雨果的诗有可能受到这幅画的启发。

六千年以来，吵吵闹闹

        六千年以来，吵吵闹闹
        的人民多么喜欢战争，
        上帝白浪费时间制造
        星星满天，又鲜花一捧。

5   这百合纯洁，鸟窝金黄，
        茫茫天空都提出忠告，
        但不能把人类的疯狂
        从其惊慌的心中除掉。

        至于我们伟大的爱情：
10   野蛮杀戮，加胜利辉煌；
        对于懵懵懂懂的生灵，
        鼓声便是他们的铃铛。

        光荣让天下母亲心中，
        不切实际地想入非非，
15   又把天下幼小的孩童，
        在凯旋的车轮下碾碎。

我们的幸福真不好受；
幸福是喊：冲啊！不怕死！
幸福是嘴巴上有满口
吹军号喷出的唾沫子。

钢刀有光，野营冒炊烟；
我们阴沉沉火冒三丈；
当大炮点燃，喷出闪电，
阴暗的心灵才有希望。

这一切为了殿下亲王，
你还来不及入土为安，
他们便相互客气谦让，
这时候你在开始腐烂，

这时候，田野冷冷清清，
有飞鸟麇集，豺狼转悠，
来看看是否，面目狰狞，
你的白骨上还有余肉！

没有一个民族能容忍
别的民族在身边生活；
有人利用我们的愚蠢，
有人挑起愤怒的烽火。

　　　　是个俄国人！那掐死他，
　　　　叫那克罗地亚人灭亡！
　　　　连续射击。很好。干吗
40　　　此人穿一件白的军装？

　　　　而这个人，我把他消灭，
　　　　我一走了之，理所当然，
　　　　既然他犯下这个罪孽：
　　　　出生在莱茵河的右岸。

45　　　罗斯巴赫①！滑铁卢！复仇！
　　　　人会丧失一切的理智，
　　　　为一点胡言乱语昏头，
　　　　只会屠杀，又愚昧无知。

　　　　人们可以喝水在泉边，
50　　　可以跪在树荫下祈祷，
　　　　可以爱，在橡树下思念，
　　　　杀死亲兄弟才更美好。

　　　　相互刀砍，再相互刺杀，
　　　　翻山越岭地到处奔跑；
55　　　攥着拳头，恐怖一把

---

① 罗斯巴赫是德国东部城市。普鲁士军队在此击败法国军队。

紧紧抱住战马的鬃毛。

平原上已是黎明时分！
啊！云雀歌唱，反反复复，
有人心中还能有仇恨，
说真的，我真感到佩服。

【题解】雨果在诗中以调侃的文笔鞭答人类历史上出现的无数战争。应该说明，雨果并非是无条件的反战主义者。这首诗是本集中第三部分"自由，平等，博爱"的首篇。手稿上这一部分的原题作"反对战争，支持斗争"。本诗的手稿注明作于1859年7月2日。

《凶年集》

（1872）

引　诗

我准备着手叙讲惊涛骇浪的一年，
可我又犹豫不决，把臂肘支在桌边。
是否必须往下写？我是否应该继续？
法兰西！看到天上有颗星星在下去！
5　伤心啊！我已感到奇耻大辱在登台。
苦恼！一个灾难才走，一个灾难又来。
没有关系。继续写。历史需要我写成。
本世纪已经到庭，我是世纪的见证。

【题解】从手稿上看，这八行诗本来只是另一首诗《色当》的一部分。诗人最后将这八行诗单独抽出，成为无题的引诗。《色当》作于1871年7月5日，这应该也是引诗写成的大概时间。

致维克多·雨果号大炮

听我说,听你说的时候即将会来到。
令人畏惧的战士!啊,惊雷啊!啊,大炮!
仇恨满腔的愤怒巨龙,你张开大嘴
发出的吼叫,还有可怕的火光伴随,
5 你沉甸甸的巨人,全身都电光闪闪,
将把盲目的死亡在空中到处扩散,
我祝福你。你要为保卫巴黎去厮杀。
大炮啊,在内战中你可要一言不发,
但是,要对国境的那一边提高警惕。
10 昨天离开铸造厂,你又威武,又神气;
妇女们跟在后面,对你说:"多么漂亮!"
眼前的辛布里人① 获胜后得意扬扬。
这可实在是耻辱,而巴黎这座古城
遥向君王们示意,请各国人民作证。
15 斗争在等着我们;来,我钢铁的儿子,
啊,黑色的复仇者,威风凛凛的斗士,

---

① 辛布里人是古日耳曼人,曾入侵过古代法国的高卢。

我们要相互补充和交换，我的肉身
要你的铁骨，你的铜胎要我的灵魂。

大炮呀，不久你将站立在城墙之上。
20　四周欢呼的人群将会拍手和鼓掌，
后面跟着辎重车，里面盛满了炮弹，
你由八匹马拉着，在路上走得不慢，
在摇摇欲坠、破破烂烂的房子中间，
你将要去雄踞在高大的炮眼旁边，
25　下面是紧握砍刀、愤然而起的巴黎。
到那里，永远不要睡觉，也不要休息。
再说，既然我这人在世界各地曾经
试以庄严的宽容治愈一切的疾病，
既然只要我看见人间无穷的征讨，
30　就从公众的讲坛，也从流亡的孤岛，
在喧嚣的人群间播下和平的种子，
既然我或喜或忧，总对上帝的仁慈
指引我们的伟大目标，高举起指头。
既然我多次痛失亲人，真不堪回首，
35　爱情是我的《福音》，团结是我的《圣经》，
怪物，你可要凶恶，以我的名字命名！
因为，面对着罪恶，爱情就变成仇恨，
有灵性的人不能忍受有兽性的人；
因为，法兰西不能忍受野蛮的战火；

40　　　因为，崇高的理想就是伟大的祖国；
　　　　现在这责任已经再也不允许推诿，
　　　　一定要挡住泛滥成灾的滚滚祸水，
　　　　要把巴黎，被巴黎改变模样的欧洲，
　　　　把各国人民，一一保护，要严加防守；
45　　　因为，如果不能去惩罚这条顿国王①，
　　　　那么人间的进步、怜悯、博爱和希望，
　　　　会一一逃离地球，而使人非常痛苦；
　　　　因为，恺撒是老虎，而人民只是猎物，
　　　　谁要进攻法兰西，就是向未来攻击；
50　　　因为，只要我们在阴森可怖的夜里，
　　　　听到阿提拉②的马在嘶叫，我们就将
　　　　围绕人心去建造一大座铁壁铜墙，
　　　　为拯救我们宇宙免于完全的沉沦，
　　　　罗马应成为女神，巴黎应成为巨人！

55　　　这也就是为什么温柔蔚蓝的诗稿，
　　　　以及诗琴产生的一尊又一尊大炮，
　　　　张开大嘴，应该在战壕上瞄准对方；
　　　　这也就是为什么战栗的哲人应当
　　　　被迫地使用光明对付阴森的事物；

---

① 条顿国王指普鲁士国王威廉一世。
② 阿提拉是公元5世纪横扫欧洲各国的匈奴人的首领。

60　　　面对国王，面对恶及其忠实的信徒，
　　　　面对世界伟大的需要：要得到拯救，
　　　　他知道，经过沉思，现在是需要战斗；
　　　　他知道必须打击，需要歼灭和胜利，
　　　　他借用一线曙光去制造一声霹雳。

【题解】老诗人以普通公民的身份参加保家卫国的斗争。雨果1870年10月30日日记："我收到作家协会来信，要求我同意举行一次《惩罚集》的公开朗诵会，其收入为巴黎买一门大炮，并将命名为'维克多·雨果号'。我同意了。"11月22日，政府通过协议：用雨果《惩罚集》的收入铸造两门大炮，其中一门后来被命名为"维克多·雨果号"。

国　殇

　　他们已经长眠在恐怖、孤独的战场。
　　他们流淌下的血一摊摊，积在地上；
　　凶恶的秃鹫搜索他们剖开的肚皮；
　　他们冰冷的尸体在草中狼藉满地，
5　扭曲的身子发黑，很可怕，他们死亡
　　后和遭电击的人一样是奇形怪状；
　　他们的头颅很像不长眼睛的石头；
　　白雪展开的尸布，铺在他们的四周；
　　他们伸出来的手，凄凉、蜷曲而枯干，
10　仿佛还想要挥剑，好把什么人驱赶；
　　他们嘴里无话语，他们眼中无目光；
　　沉沉黑夜里，他们睡的神气很惊慌，
　　却一动不动；他们受的打击和伤口
　　多于关在铁笼里游街示众的死囚；
15　他们身底下爬着蚂蚁和各种小虫，
　　他们的身子一半已经埋进了土中，
　　好像一艘沉没在深水之中的船只；
　　他们的堆堆白骨，没有烂尽的腐尸，

如同当年以西结^①与之谈话的尸身；
20　他们的全身上下都是可怕的弹痕，
砍刀留下的刀伤，长矛戳出的窟窿；
阵阵寒冷的野风在这寂静中吹动；
天阴雨湿，他们赤身露体，斑斑血渍。

为国捐躯的人啊，我对你们好妒忌。

【**题解**】国防政府无能，前线节节败退。11月29日，法军十万人从巴黎东南郊的尚皮尼突围，至12月2日，以失败告终，折兵逾万。是年冬天，巴黎奇寒，冰天雪地。诗人用近乎自然主义的白描手法，描写战场上殉难的士兵。诗人年迈，但报国之心殷切。

---

① 以西结是希伯来的先知，相传上帝曾命他在堆满白骨的山谷里讲话。

致某妇人的信

（1月10日用气球寄出）

  可怕、快活的巴黎在战斗。您好，夫人。
  大家是人民，是一个世界，一个灵魂。
  没有人只想自己，每个人为了大家。
  我们没有太阳和支援，也没有害怕。
5 只要大家不睡觉，一切事情会好办。
  施米兹①写大战的公报可写得平淡；
  像布吕穆瓦神甫②翻译埃斯库罗斯。
  我花十五法郎买四个鲜蛋，这不是
  为我，而是为我的小乔治和小让娜③。
10 我们吃老鼠和熊，我们吃驴子和马。
  巴黎被紧紧围住，被围得滴水不漏，
  我们的肚子已经成了挪亚的方舟④；
  百兽涌进我们的腹部，有狗也有猫，

---

① 施米兹是法国将军，普法战争时是巴黎军参谋部的参谋长。
② 布吕穆瓦神甫曾翻译许多古希腊文学作品。
③ 乔治和让娜是雨果的孙子和孙女。当时乔治两岁半，让娜一岁半。
④ 挪亚建造方舟躲避洪水的故事，见《旧约·创世记》。上帝命挪亚把每种动物一公一母带进方舟，以便洪水退后保存物种。

不论巨大和渺小，名声有坏也有好，
15　什么都能闯进来，耗子和大象相遇。
　　　树木已经被砍的砍，劈的劈，锯的锯；
　　　巴黎把香榭丽舍①送进壁炉的柴筐。
　　　手上生起了冻疮，窗上积满了白霜。
　　　没有东西生火把洗好的衣服烘干，
20　现在，衬衣就只好不换。而每到夜晚，
　　　嘈杂阴沉的低语充满大街和小巷，
　　　人来人往，有时是粗声粗气的叫嚷，
　　　有时是歌唱，有时却是号召去战斗。
　　　塞纳河上一堆堆冰块在慢慢漂流，
25　沉重的冰块走走停停，河上的炮艇
　　　拖着泡沫翻滚的尾巴在向前航行。
　　　没有东西吃，就什么都吃，也很快乐。
　　　光光的桌上等着我们的只有饥饿，
　　　从地窖请出一个土豆是孤家寡人，
30　洋葱如同在埃及，现在已尊为天神②。
　　　我们虽然没有煤，但有乌黑的面包。
　　　没有煤气；巴黎在大熄灯罩下睡觉；
　　　晚上六点钟一片漆黑。像雨点一样，
　　　炮弹在我们头上发出可怕的声响。

---

① 香榭丽舍大街是巴黎一条繁华的林荫大道。
② 埃及盛产洋葱，据说许多城市有崇拜洋葱的习俗。

35	我的墨水瓶就是一块漂亮的弹片。
	巴黎在被人谋害,却不屑发出怨言。
	市民们都在城墙四周站岗和放哨;
	裹着厚呢的大衣,而头上戴着军帽,
	父亲、丈夫和兄弟不惜生命的代价
40	在监视敌人,累了就在板凳上躺下。
	好!毛奇①炮击我们,俾斯麦②饿死我们。
	巴黎可是个英雄,巴黎可是个女人;
	巴黎勇敢又可爱,仰视深邃的天顶,
	张开了一双沉思而笑眯眯的眼睛,
45	先望望鸽子飞回,又望望气球出发。③
	这多美:轻松之中有不平凡的伟大!
	我呢,看到没有人屈服,我兴高采烈,
	对大家说:要斗争,要爱,要忘却一切,
	除敌人以外不再有敌人;我大声说:
50	我忘却我的名字,我现在名叫祖国!
	至于此刻的妇女,您可以为之骄傲,
	一切都动荡不定,但她们志气很高。
	像当年古罗马的妇女们,美就美在
	她们贤惠的品质,她们简朴的住宅,
55	十个指头被粗毛磨蚀得又黑又硬,

---

① 毛奇是普鲁士陆军统帅,1870年指挥普军进攻法国。
② 俾斯麦是当时的普鲁士首相。
③ 鸽子和气球都是巴黎被围时对外联系的手段。

汉尼拔①兵临城下，她们少睡却镇静，
她们的丈夫个个站在科利那②城楼。
这时代又回来了。普鲁士这只野兽，
这只老虎，攫住了巴黎，它正在撕咬
60　世界伟大的心脏，虽已半死，还在跳。
好哇，巴黎被无情卡住，在这座都城，
男人只是法国人，女人有罗马遗风。
这些巴黎的妇女什么事都能忍受：
壁炉灭了火，双脚被冰霜冻裂了口，
65　夜里等候在肉铺黝黑的门口排队，
严寒的风霜雨雪拼命地滥施淫威，
饥饿、恐怖加战斗，她们都已经忘我，
只剩伟大的责任，只剩伟大的祖国；
尤维那利斯③九泉之下会含笑满意。
70　炮击能使我们的城堡群吼叫不已。
天色微明，战鼓和喇叭就遥相呼应；
清晨有凉风习习，嘟嘟的晨号唤醒
脸色苍白的大城，并在朦胧中显露；
模模糊糊的军乐在街上此起彼伏。
75　大家兄弟般相亲，我们渴望有捷报，

---

① 汉尼拔是迦太基将军，是古罗马的死敌。
② 科利那是古罗马的城门之一。
③ 尤维那利斯是古罗马著名的讽刺诗人。

把赤心献给祖国，把头颅交给大炮。
这座城市有幸被光荣和苦难选中，
看到可怕的日子到来，反而很激动。
好吧，我们会挨冻！好吧，我们会挨饿！
80　怎么样？这是黑夜。黑夜以后是什么？
是黎明。我们受苦，但我们充满确信。
巴黎充满冲破普鲁士牢狱的决心。
鼓起勇气！大家要鼓起古代的勇气，
一个月以内定要把普军赶出巴黎。
85　然后嘛，我和两个儿子打算到乡下
来生活，到您身边来和您一起安家，
夫人，如果我们在二月份不被打死，
三月份就来找您谈谈我们的意思。

（手稿：1871年1月10日）

【题解】巴黎被围，前后共130天。1870年1月10日，第一个邮政气球升空，把400公斤信件运出巴黎。是年大寒，天灾人祸，巴黎人经受了严峻的考验。雨果的这首"诗简"既不隐瞒难以置信的困难，又表现出压倒一切的乐观精神。诗中对巴黎妇女的歌颂，可与《惩罚集》的许多篇章媲美。诗集出版时，本诗引起读者兴奋的共鸣。

突　围

　　黎明时寒冷，灰白，天色蒙蒙地发亮。
　　一群人整整齐齐走在大街的中央；
　　他们向前迈进时铿然有声的步伐，
　　把我吸引了过去，我跟着他们出发。
5　他们是奔赴前线、投入战斗的公民。
　　高贵的战士！孩子也在行列里行进，
　　身材虽比人矮小，志气能和人比高，
　　紧紧握住父亲的大手，他好不骄傲，
　　妇女扛着丈夫的步枪也行走匆匆。
10　古代高卢的妇女就有这样的传统：
　　不论抵御阿提拉，也不论蔑视恺撒，①
　　妇女们都会在场，帮男人拿着盔甲。
　　现在情况会如何？孩子们发出笑声，
　　女人不哭。巴黎在忍受无耻的战争；
15　巴黎的每个居民都同意这些事情：

---

①　高卢是法国古称。恺撒于公元前 58 年入侵高卢。高卢人民曾进行武装抵抗。

一个民族只会被耻辱才蒙住眼睛，
列祖列宗会满意，不论会发生何事；
为了法兰西活着，巴黎城可以去死。
我们要保住荣誉，其他都可以奉送。
20　队伍前进。愤怒的目光，苍白的面容，
在他们脸上看到：信心、勇气和饥饿。
队伍穿过的十字街头一个又一个，
昂起头，举着军旗这块神圣的破布；
全家老小紧紧地跟着战士的脚步；
25　只有走到城门边，大家才彼此离分。
这些感动的男子和雄赳赳的女人
在歌唱；巴黎正在捍卫人类的权利。
有辆救护车一旁驶过，大家会想起
是这些国王一时心血来潮，才使得
30　担架后面的路上鲜血流成了长河。
突围的时刻已经临近，这时在远郊，
为了队伍的行进，鼓手们不停地敲；
大家快步走。谁要围困我们谁倒霉！
他们毫不把陷阱放心上，这是因为
35　勇士们在前进的时候遭遇上陷阱，
失败者无比骄傲，胜利者无耻透顶。
他们和部队会合，来到了城墙脚边。
突然间，风吹过来一缕轻轻的黑烟；
停步！大家第一次看到了炮击。前进！

40   一阵久久的战栗掠过战士们的心，
         这时刻已经到来，一扇扇城门打开，
         吹响吧，军号！前面就是这平原地带，
         就是有看不见的敌人匍匐的树林，
         而变节的地平线已静悄悄地入寝，
45   一动也不动，可又充满火光和雷电，
         听到有人说："娘子，把枪给我们！""再见！"
         妇女们黯然心伤，脸上则神色安详，
         她们吻了吻武器，递过丈夫的步枪。

【题解】巴黎被围后，爱国力量不断要求突围。先后三次努力，均以失败告终。《突围》指投降前的最后一次突围。1月19日在比藏瓦尔组织突围，凌晨取得局部胜利，不久被普军炮火压住，被迫于傍晚撤回。诗中描写由市民组成的国民自卫军战士于拂晓时出城的动人情景。雨果于1870年10月7日曾为自己购买国民自卫军军帽，一直以一名普通战士自居。

葬　礼

　　　　致敬的旗帜下垂，致敬的鼓声敲响。
　　　　从巴士底广场至阴沉的山岗方向①，
　　　　这儿旧时代正和新世纪面面相对，
　　　　并在纹风不动的森森柏树下沉睡，
5　　　人民都手持武器，在沉思，也在悲伤；
　　　　人民浩大的队伍静静地站列两旁。

　　　　死去的儿子以及渴求长眠的父亲
　　　　在行进，儿子昨天还勇敢，漂亮，有劲，
　　　　父亲已年迈，藏起脸上的眼泪盈盈，
10　　　他们经过时，每支队伍向他们致敬。

　　　　人民啊！你无限的温柔多崇高伟大！
　　　　巴黎你这太阳城，入侵之敌的攻打
　　　　没能征服你，但你被鲜血染得通红，
　　　　有一天，看到你在极乐的狂欢之中，
15　　　光彩夺目地出现，像骑士威风凛凛，

---

　　① 指拉雪兹神甫公墓。公墓里有雨果的家墓，雨果的长子夏尔也下葬于此。

你对一人的悲哀，名城啊！如此关心，
巴黎心地之高贵，可真是闻所未闻。
罗马城有颗赤心，斯巴达有个灵魂，
这一切可敬可佩；而巴黎制服世界，
20　所使用的力量和仁爱并没有区别。
巴黎人民是英雄。巴黎人民讲正义，
不仅要取胜，更要爱人。

　　　　　　　　　　庄严的巴黎，
今天一切在颤抖，而革命正在怒吼，
在革命的烟雾里，视线把阳光穿透，
25　你看到深渊重又裂开在你的面前，
有时候，深渊会对伟大的人民出现；
跟着儿子灵柩的那老人对你称赞，
你呢，你准备接受一切勇敢的挑战，
你自己不幸，却使全人类得到繁荣；
30　你感到既是儿子，又是父亲，很沉重，
想到你时是儿子，想到他时是父亲。

　　　　　　　　　＊

这位年轻、杰出的斗士有赤胆忠心，
如今先我们而去，消失在九泉之下，
愿你伟大的灵魂，人民啊，永远陪他！
35　当此最后的诀别，你给他你的灵魂。

他现在拿的武器，人人都无法辨认，
愿他在蓝天之上享受可贵的自由，
参加这场尽责的斗争，要无止无休。
权利并不仅仅在尘世间才能有份；
40 死者也应是参加我们战斗的活人，
他们以善或以恶作为进攻的目标；
有时，我们会感到他们无形的飞镖。
其实他们也在场，我们却以为不在，
他们从地下、洞中以及时间里出来；
45 坟墓其实是生命极为崇高的延续。
他们发现入墓是上升，而不是下去。
如同飞燕向一重一重的蓝天奔赴，
承担更大的责任，他们会更加幸福；
他们看到有益的事情和正义相仿，
50 他们失去了影子，他们却有了翅膀。
好孩子啊！请你在我们称之为上帝
的爱的深渊中为法兰西尽忠效力；
死亡不是要长眠不起，不是，而是要
将尘世做的事情搬上九天和重霄；
55 为了把事情做好，为了把事情做完。
我们只能有目的，天上才能有手段。
死亡是一种过渡，使一切变得伟大；
在地上曾是好汉，成天使不在话下；
在尘世受到限制，在尘世遭到放逐，

60　　　　我们到天上成长,并且无拘又无束;
　　　　　灵魂在天上才能迅速把帆篷张开;
　　　　　只有丢弃掉躯体,才恢复原来丰采。
　　　　　你去吧,孩子!去吧,幽魂!做一把火炬,
　　　　　大放光芒。展翅向茫茫的坟墓飞去!
65　　　　为法国效力。因为,法国有主的秘密,
　　　　　因为,你现在知道地上不知的东西,
　　　　　因为,永恒照耀处,有真理光彩熠熠,
　　　　　因为,你看到光明,我们只看到黑夜。

3月18日于巴黎

【题解】1871年3月18日是巴黎公社武装起义的第一天。上午八时半,红旗插上市政厅的钟楼。3月13日,雨果长子夏尔在波尔多因心脏病猝发逝世。诗人在其《见闻录》中有记载:"中午,我们向拉雪兹神甫公墓出发……到巴士底广场,路过的国民自卫军战士枪朝下,自发地为枢车组成了一支仪仗队……人民等着我经过,静静地站立着,然后高呼:'共和国万岁!'"

布鲁塞尔的一夜

习惯习惯小小的意外事故很必要。
昨天有人想到我家里,要把我干掉。
我在这儿的过错是相信有权庇护。
不知道是哪一伙可怜巴巴的废物,
5 夜里突然向我的住宅猛烈地攻击。
大广场上的树木也因此颤抖不已,
但居民谁也不动。有人在翻墙越顶,
穷凶极恶没有完,让娜①当时在生病。
应该承认,为了她,我可真有点害怕。
10 我,加上四个妇女,加上乔治和让娜,
这就是我们这座堡垒的全部驻军。
没有人前来解除这座房子的厄运。
警察局既然别有公务,就作哑装聋。
让娜在哭,几乎被锋利的碎石击中。
15 这是凶恶的盗匪在黑森林②里攻击。
他们喊道:搬梯子!找大梁!欢呼胜利!

---

① 当时雨果身边的孙子乔治3岁,孙女让娜才2岁。
② 黑森林是德国西部山地,古时多森林,常有盗贼出没。

喧闹淹没了我们百叫不应的呼吁。
有两名暴徒已经去到附近的地区，
去抬一根从某个工地偷来的大梁。
20 暴徒的进攻稍停，因为天已经快亮，
接着又开始，他们声嘶力竭地嗥叫。
侥幸的是这大梁并没有及时赶到。
"杀人犯！"——那是我。"我们非得让你死！"
"强盗！匪徒！"这样闹足足有两个小时。
25 乔治拉住让娜的小手，好使她安心。
阴森森的喧嚣中听不到人的声音；
我沉思，让祈祷的妇女们安下心来，
而我家的玻璃窗已经被乱石砸开。
就差没有听到喊"皇帝万岁！"的喊叫。
30 这扇大门顶住了这场疯狂的围剿。
五十名武装分子显示了这番勇气。
我的名字在狂呼乱叫中时高时低：
处死他！要他的命！把他吊死在空中！
有时候，他们为了要酝酿新的进攻，
35 这一大帮的暴徒似乎在喘一口气；
稍停片刻；在放肆侵犯住宅的间隙，
出现一阵异样的充满敌意的安静；
我听到远处正有一只歌唱的夜莺。

5月29日于布鲁塞尔

【题解】5月25日,比利时外交部长宣布不准巴黎公社社员进入比利时避难。27日,雨果在《比利时独立报》发表声明:"这个比利时政府拒绝给予失败者的庇护权,我提供",表示将敞开他在街垒广场4号的家门。是夜发生暴徒袭击雨果住宅的事件。本诗写成的29日,正是最后一批公社社员据守的万塞讷要塞失守,正是巴黎公社最后失败的日子。

他们庆贺我仁慈，唱了一支小夜曲

他们庆贺我仁慈，唱了一支小夜曲。
打死他！是甜蜜的浪漫曲里的叠句。
报纸发出可怕的叫嚷，就像是神甫。
——此人竟敢为一个潜逃的敌人辩护！
5　他以为我们老实！狂妄得胆大包天！
主子们火冒三丈，奴才们唾沫四溅。
一大群善男信女，一大群乡绅地主。
砸碎我玻璃窗的可是愤怒的香炉；
出自一件件圣器，出自一声声祈祷，
10　圣水掉在我身上，竟是石头的冰雹；
他们想要害死我，是被除我的妖魔。
总之，要感谢上帝，才把我驱逐出国。
——滚蛋！——乱石飞过来，算得上蔚为大观。
这么多石头，使我都看得眼花缭乱。
15　他们在我的名字上面把警钟狠敲。
——杀人犯！你这凶手！纵火犯！你这强盗！——
经过这一场决斗，我们都不改本色；

他们白得像乌鸦,我呢,黑得像天鹅。

(手稿:7月3日)

【题解】雨果离开比利时,暂时避居卢森堡。由于诗人挺身而出,救援巴黎公社社员,遭到资产阶级舆论的猛烈攻击,一时几乎"威信扫地"。本诗写成的前一天,巴黎举行补额选举,雨果并未参加竞选。结果雨果得票不足6万而落选。对比之下,2月份的议会选举,雨果得票超过21万当选。

谁 的 错 误？

"是你刚才放了火，烧了图书馆？"

"是我。我点的火。"

"可这是令人发指的罪过！
你犯的罪行在害你自己，你好猖狂！
是你刚才扼杀了你心灵中的阳光！
5　被你吹灭的正是照亮自己的火炬！
你狂妄至极，大逆不道，你竟然敢于
烧毁你的嫁妆，你的遗产，你的财富！
书永远站在你的一边，书为你辩护。
书对你有用，书和主子却针锋相对。
10　一座图书馆正是一种信仰的行为，
证明愚昧无知的人们，一代又一代，
在茫茫的黑夜里尊重曙光的到来。
怎么！向这个贮存真理的可敬场所，
向这些雷电交加、光芒四射的杰作，
15　向这历代的坟墓，如今已成为知识，
向以往的各个世纪，向古人，向历史，
向未来当作课本认真学习的过去，

向只有开始、没有结束的大势所趋，
向诗人！怎么，向这名家名作的大成，
20　　向埃斯库罗斯般非凡的书中贤圣，
向荷马、约伯一般顶天立地的精英，
向莫里哀，向伏尔泰，向康德，向理性，
混蛋，你竟然扔进火把的熊熊烈焰！
你把人类的全部思想化成了灰烟！
25　　能够解放你的人，你是否已经忘记，
这就是书？书本在图书馆排列整齐；
书在发光；书消灭绞架、饥馑和战争，
因为书把它们都照亮，如同是明灯；
书在说话；再没有奴隶，再没有贱民。
30　　打开柏拉图、弥尔顿、贝卡略①的作品，
读这些先知，莎士比亚，高乃依，但丁；
他们巨大的灵魂会在你身上觉醒；
书使你沉思，严肃，温和，你一旦入迷，
你就会感到自己和他们一般高低；
35　　你感到这些伟人在你头脑里成长；
他们开导你，如同黎明把回廊照亮；
他们温暖的阳光越深入你的心底，
越使你心情平和，越使你富有生气；
你的心灵和他们会有问，也会有答；

---

① 贝卡略，一译贝卡利亚，是意大利法学家，主张废止重刑。

40　　　你发现自己日益完美，而你的自大，
　　　　你的火气，罪恶，国王，皇帝，偏见种种，
　　　　你会感到如冰雪在火中——消融！
　　　　因为在人的身上首先是知识先行。
　　　　然后是自由来到。所有这一切光明，
45　　　都属于你，要明白：是你把光明熄掉！
　　　　只有书才能达到你所梦想的目标。
　　　　书进入你的思想，就在思想中解除
　　　　谬误横加在真理身上的层层束缚，
　　　　因为，每一颗良心是个费解的难题。
50　　　书是你的向导，你的卫士，你的良医。
　　　　书消除你的疯狂；书治愈你的仇恨。
　　　　你丢掉这一切，唉！你自己要负责任！
　　　　书是知识，又是你自己的宝贵财富，
　　　　书是权利，是真理，又是美德，是义务，
55　　　书是进步，是理性，能驱除一切狂妄，
　　　　你呀，是你毁掉了这一切！"

　　　　　　　　　　　　　　"我是文盲。"

（手稿：1871年6月25日于菲安登）

【题解】诗中的图书馆指卢浮宫临里沃利街一侧的图书

馆。《谁的错误?》就思想观点和艺术风格而论,都是很有雨果特色的作品。通篇的指摘和规劝,经纵火犯一句平平常常的回答,化成对社会的控诉。此外,本诗也是一首很好的"劝学篇"。

在一座街垒上面，在铺路石的中间

在一座街垒上面，在铺路石的中间，
此地被脏血玷污，此地用热血洗遍，
有十二岁的男孩和大人一起被俘。
"你是他们一伙的？"孩子答："同一队伍。"
5 "那可好哇，"军官说，"我们要把你枪毙。
你就等着吧。"孩子望着高大的墙壁，
火光一闪又一闪，伙伴们纷纷倒下。
这男孩对军官说："你能否让我回家？
我回家去把这表交还给我的母亲。"
10 "你想溜？""我就回来。""你的家是远是近？
这些流氓都害怕。""住前面，水池旁边。
我马上回来，队长先生。"他许下诺言。
"滚，太可笑了！"孩子走了。"这也算花招！"
士兵和他们军官都一起哈哈大笑，
15 这笑声和死者的咽气声同时传来；
可笑声停了，因为脸色苍白的小孩
突然又出现，他像维阿拉①一样骄傲，

---

① 维阿拉是法国大革命时期的少年英雄，为保卫共和国在同保王党作战时牺牲。

他走来背靠着墙,对他们说:"我已到。"

死神也感到羞愧,军官免了他一死。

20　这场风暴把一切都已经搅乱,孩子,
善和恶难以区分,也难分英雄强盗,
你为何投入这场战斗,我并不知道,
但你无知的心灵就是崇高的心灵。
你又善良,又勇敢,你向深渊的绝境
25　走了两步:一步向母亲,一步向死亡;
孩子有的是天真,大人则后悔难当,
别人要你做的事,责任不由你承担;
这孩子神气、英勇,他宁可不要平安,
不要生命和游戏,不要春天和朝阳,
30　只要一座朋友们死去的阴暗高墙。
你呀,你这么年轻!光荣吻你的额头,
连斯特西科罗斯①在古希腊,小朋友,
也会请你去守卫阿尔戈斯②的城门;
西内日尔③对你说:"我们俩秋色平分!"
35　提尔泰在迈锡尼,④以及埃斯库罗斯

---

① 斯特西科罗斯是古希腊抒情诗人,常咏唱英雄故事。
② 阿尔戈斯是希腊古代的港口城市,曾受到斯巴达的围攻。
③ 西内日尔是希腊悲剧诗人埃斯库罗斯的弟弟,曾参加马拉松战役,以英勇闻名。
④ 提尔泰,古希腊抒情诗人,曾写有激励斗志的诗篇。迈锡尼,希腊地名。

在第比斯^①也都会承认你少年英姿。
你的名字也会被刻上青铜的圆盘^②；
你也会如同那些俊美的青年一般，
晴天如果向柳荫覆盖的井边走去，
40　在肩上扛着一罐清水的年轻少女，
她前来汲水要喂气喘吁吁的水牛，
她会低下头沉思，并转身凝视良久。

（手稿：6月27日于菲安登）

【题解】本诗是雨果写巴黎公社的名篇之一。1871年6月3日的《费加罗报》曾记述过这位小英雄的事迹。利萨加雷的《巴黎公社史》在第三十一章有比较详细的记载，内容和本诗相符。

---

① 第比斯，又译锡韦，希腊中部地名，古代曾繁荣一时。
② 古希腊将英雄的名字刻于圆形的铜盘上，置于寺庙内或公共建筑物上，以示铭记不忘。

"特罗胥"徒有其表,"脱落虚"才是真名

> "在人们头脑里,对国民自卫军的价值,权限和重要性,确乎有夸大之处……我的老天,你们看到过维克多·雨果戴上军帽,就是这种情况的缩影。"
>
> (1871年6月14日特罗胥将军在国民议会上的演说)

"特罗胥"徒有其表,"脱落虚"才是真名,
集无数的美德于一身,总和等于零,
这士兵勇敢,正直,这士兵虔诚,不打,
是一门好炮,可惜就是后冲力太大,
5　是个勇士,基督徒,两方面都有前途,
既可以报效祖国,也可为弥撒服务,
我说你句公道话;好哇,你对我如何?
你以尖刻能刺人、却还迟钝的风格,
对我进行的攻击,给普鲁士才合理。
10　德国人围城期间,俄国的隆冬天气,

　　　　我承认只是一个手无寸铁的老人，
　　　　和大家关在巴黎，我感到是个福分，
　　　　有的时候，我耳听夜里有大炮轰响，
　　　　趁天色昏暗，登上巴黎高大的城墙，
15　　　我也能报一声"到"，但我并不是战士，
　　　　我毫无用处；可我也没有投降。但是，
　　　　月桂①到了你手里，变成棘手的荨麻。
　　　　怎么，你出城突围，是为了让我害怕！
　　　　在围城期间，我们认为你突围太少。
20　　　好吧，是我们不对；你突围，我应叫好。
　　　　可你每一次出击，到马恩河②边就停，
　　　　你攻击我，为什么？我当时让你安静。
　　　　我戴上蓝呢军帽，怎么会惹你讨厌？
　　　　我的军帽和你的念珠怎么会沾边？

25　　　怎么说！你不高兴！我们忍受了饥馑，
　　　　严寒，整整五个月，深渊在步步逼近，
　　　　我们有信心，团结，激动，不为难于你！
　　　　你自认为是伟大的将军，我也同意；
　　　　但是，如果需要冲向深渊，扑向战壕，
30　　　率领大军上火线，吹响冲锋的号角，

---

① 月桂是胜利的象征。
② 马恩河是塞纳河支流，在巴黎东南部。

　　　　我更喜欢像巴拉①这样的少年鼓手。
　　　　请想想加里波第，卡普雷拉的战友，②
　　　　马宁③在威尼斯城，克莱贝尔④在埃及，
　　　　你放心。了不起的巴黎在奄奄一息，
35　　　因为你缺乏的不是勇气，而是信心。
　　　　有一天，历史对你会有这样的评论；
　　　　感谢他做出贡献，法兰西困难重重。
　　　　不平凡的日子里，在一片焦虑之中，
　　　　这个自豪的国家，流着血，豪情满怀，
40　　　"干必达"⑤，向前行走，"脱落虚"，一瘸一拐。

（手稿：1871年6月于菲安登）

【题解】特罗胥是虔诚的天主教徒，先任巴黎地区司令，后任国防政府总统，曾夸下"决不投降"的海口。雨果批评他消极被动，抗战不力。《凶年集》中从"11月"

---

① 巴拉是法国大革命的少年英雄，出征遇到伏击被捕，保王党逼他喊"国王万岁"，他高呼"共和国万岁"，惨遭屠杀。
② 加里波第是意大利政治家和将军，卡普雷拉岛是他的基地。
③ 马宁是意大利爱国者，威尼斯共和国总统，反对奥地利统治。
④ 拿破仑远征埃及，返回法国之前，把军队的指挥大权交托给克莱贝尔。
⑤ "干必达"是"甘必大"的谐音。甘必大是国防政府成员，积极组织外省对普鲁士入侵的抵抗，是当时威信很高的共和党人。"甘必大"的词源意义是"腿"。

到"6月",共有四首诗抨击特罗脬,本诗是第四首。本诗首尾以文字游戏入诗,讽刺入木三分,最为著名。1872年,在《凶年集》付梓前的4月11日,雨果在给友人默里斯的信中说:"我很高兴这部书中会出现甘必大的名字……"

向革命起诉

法官们，现在你们传革命到庭受审，
革命曾经是多么严酷、野蛮和残忍，
革命竟猖狂透顶，敢把猫头鹰赶走；
革命这群异教徒毫无顾忌地痛揍
5　　教会的神职人员，只要看他们一眼，
吓得耶稣会教士和神甫不敢露脸，
所以，你们在发怒。

　　　　　　　　对，正是这样，可是
称王和称神的人，这些高大的僵尸，
已经消失，好战的幽灵和魑魅魍魉；
10　　有神秘的风吹过这些惨白的脸上；
所以，你们这法庭，你们就大发雷霆。
多么伤心！漆黑的荆棘丛泪水盈盈，
夜里狼吞虎咽的庆宴现在已结束；
罪恶世界在咽气；多少人临终抽搐！
15　　天亮了，这多可怕！蝙蝠的两眼已瞎，
石貂在游荡，一边喊叫得声音嘶哑；

小虫已原形毕露；哎呀，狐狸在哭泣，
晚上觅食的野兽，那时小鸟已休息，
现在被逼得走投无路，陷入了绝境；
20　树林子里充斥了狼群的阵阵悲鸣；
受到压制的鬼魂不知道如何是好；
如果总这样下去，如果这阳光普照，
非要叫那些海雕和乌鸦难受不可，
吸血鬼在坟墓里一定会死于饥饿；
25　阳光无情，把黑暗抓住，并吞吃干净……

法官们呀，你们在审判曙光的罪行。

（手稿：1871年11月11日）

【题解】 在雨果的手稿中，本诗最初题为《听一份公诉状有感》。我们没有找到和这份公诉状相关的线索。手稿的创作日期表明，这是《凶年集》中写巴黎公社的最后第二首诗。雨果从9月25日返回巴黎，至11月11日之间，曾四处奔走，搭救被凡尔赛政府监禁、可能流放或被判死刑的多位巴黎公社活动家，如罗什福尔、青年诗人马洛托和"红色圣女"路易丝·米歇尔。

《祖父乐》

（1877）

打 开 窗 子

——晨睡未起

  我听到有人说话。眼睑透进了亮光。
  铛铛铛是圣彼得①教堂的钟在摇晃。
  游泳的声音。近了！远了！越来越大！
  不！越来越小！小鸟，让娜，都叽叽喳喳。
5   乔治在喊她。公鸡打鸣。有一把镘刀
  刮屋顶。蹄声嘚嘚，几匹马在街上跑。
  嚓嚓嚓，一把长柄镰刀在整修草丛。
  砰。乱哄哄。屋顶上有屋面工在行动。
  海港的声音。机器发动，并尖声鸣叫。
10   军乐队的音乐声不时一阵阵轻飘。
  码头上熙熙攘攘。有人讲法语。再会。
  你好啊！谢谢。时间已肯定不早，因为
  我的红喉雀已到我身边放声歌唱。
  远处打铁铺里的铁锤敲响：当当当。
15   水声噼啪。听得到一艘汽船在喘气。

---

① 圣彼得是雨果当时的流亡地根西岛的首府。

飞进来一只苍蝇。茫茫大海在呼吸。

【**题解**】这首小诗写于雨果流亡生活的末期,估计在1870年7月间。当时诗人住在根西岛的宅邸"高城居"。诗人"晨睡未起",通过敏锐的听觉,听到二十多种动态的声音,给我们描绘了一幅盛夏时节小海港清晨繁忙的景象。这是一首富于现代风格的印象派小诗。

让娜在黑屋子里被罚吃干的面包

让娜在黑屋子里被罚吃干的面包,
反正犯了什么罪。我责任没有尽到,
我这是犯渎职罪,去看流放的女犯,
并且,我暗中偷偷塞给她蜜饯一罐,
5 这可是违法行为。于是在我的城里,
全社会安危赖以维系的大小官吏,
都感到义愤填膺,让娜说得很柔顺:
"我再不用大拇指按鼻子嘲弄大人;
我再也不让小猫把我的皮肤抓破。"
10 可是大家嚷嚷道:"孩子知道你软弱,
她很了解你,你是懦夫,这她也知晓。
别人生气时,她却看到你反而在笑。
还能不能有什么政府?每刻和每时,
你都在扰乱秩序;权力变得很松弛;
15 没有了规章制度,孩子可就会胡来。
是你破坏了一切。"我只好低下脑袋,
我说:"对此我无法否认,这不能原谅,
我是错了。对,老是这样的宽宏大量,

这样，这会让各国人民害苦了自己。
20　　罚我吃干面包吧。""我们要这样罚你，
当然，你活该。"让娜待在黑暗的角落，
抬起她那美丽的眼睛对我轻轻说，
那眼睛里充满了温柔女人的威严，
"好吧，我呢，我一定会来给你送蜜饯。"

【题解】小诗写于1876年10月21日。雨果在写孩子日常生活的诗里，出人意外地插进政治生活的重大主题。1876年5月，雨果在元老院发言，呼吁大赦巴黎公社社员，为此受到资产阶级社会的指责和攻击。诗人通过这首小诗的特殊方式，为巴黎公社社员的大赦制造舆论。

跌碎的花瓶

老天哪!整个中国在地上跌得粉碎!
这花瓶又白又细,像一滴闪光的水,
花瓶上画满花草和虫鸟,妙不可言,
来自蓝色的梦境,有理想依稀可辨,
5　绝无仅有的花瓶,难得一见的奇迹,
虽然是日中时分,瓶上有月色皎洁,
还有一朵火苗在闪耀,仿佛有生命,
又像是稀奇古怪,又像是有心通灵。
玛丽叶特①在收拾房间,出手不小心,
10　碰倒了这个瓷瓶,跌碎了这件珍品!
圆圆的花瓶多美,圆得在梦中难找!
瓶上有几头金牛在啃吃瓷的青草。
我真喜欢,码头是我买花瓶的地方,
有时候,对沉思的孩子我大讲特讲。
15　这是头牦牛②;这是手脚并用的猴子;

---

① 玛丽叶特是雨果家中的保姆。
② 牦牛,疑是水牛之误。西方人对两者可能分辨不清。

这个，是一头笨驴，也许是一个博士；
他在念弥撒，如果不是哼哧地叫喊；
那个，是一个大官，他们也叫作"可汗"；
既然他肚子很大，就应该满腹经纶。
20　　这只藏在洞中的老虎，当心要伤人，
猫头鹰躲在洞里，国王在深宫高楼，
魔鬼在地狱，你瞧，他们人人都很丑！
妖怪其实很可爱，这孩子们都知道。
动物的神奇故事让他们手舞足蹈。
25　　花瓶死了。我非常珍惜这一个花瓶。
我赶来时很生气，我马上大发雷霆：
"这是谁干的好事？"我嚷道，来势汹汹！
让娜这下注意到玛丽叶特很惊恐，
先看看她在害怕，又看看我在发火，
30　　于是，像天使一般瞧我一眼说："是我。"

4月4日

让娜对玛丽叶特还说："我早就知道，
只要说一声'是我'，爸爸①就不了而了。
我一点也不怕他，因为他是我祖父。
你瞧瞧，爸爸想要发火都没有工夫，

---

①　让娜在其父亲 1871 年 3 月逝世时仅两岁。雨果在孙儿孙女眼中，既是祖父，又是父亲，常被呼作"爸爸"。

35　　　他就是不会大发脾气，因为他很爱
　　　去看看鲜花，要是天气热得很厉害，
　　　他就说：'不要光着脑袋在阳光下走，
　　　不要让什么小虫咬了你们的小手，
　　　你们跑吧，可不要去拉小狗的颈圈，
40　　　当心千万别摔跤，上下楼梯要安全，
　　　还有，可不要撞上大理石做的物品。
　　　你们去玩吧。'然后，他就走进了树林。"

4月8日

【题解】雨果欣赏和收藏中国艺术品，在英属根西岛的"高城居"及为情人朱丽叶布置的"中国客厅"里，有很多中国瓷器及其他中国艺术品和工艺品。

放　　鸟

　　经过今年的严冬，只剩下一只小鸟，
　　从前笼子里却有大群的飞禽鸣叫。
　　在高大的铁笼内只留下一片空虚。
　　一只温和的山雀以前生活很有趣，
5　现在是形影相吊，生活是整天回忆。
　　永远有水，有谷子；有饼干可以充饥，
　　有的时候能看到一只苍蝇飞进门，
　　这就是全部幸福。山雀已忍无可忍。
　　一无所有，金丝雀没有，也没有麻雀。
10　鸟笼已经够伤心，沙漠如今更凄绝。
　　伤心的小鸟，独自睡觉，当黎明初照，
　　山雀独自用小嘴搜索自己的羽毛！
　　这可怜的小东西已变得野性又起，
　　所以，总把栖息的空架子转动不息。
15　有的时候，又似乎自己下定了决心，
　　在木棍之间没完没了地攀登频频，
　　幽禁者狂飞乱跳，接着又一声不响，
　　躲在一边，一动也不动，还神色怏怏。

看到它呼吸凄惨，还看到它的眼珠，
20　　看到大白天它的头在翅膀里蜷伏，
猜得到它为亲人伤心，为伴侣失掉，
还为欢乐的百鸟齐鸣消失而苦恼。
今天早晨，我打开铁笼大门的门闩。
我走进去。

　　　　有两根长竿，有一座假山
25　和小林点缀这喷泉轻泻的牢笼，
冬天就披上一块高大的帷幕过冬。

小鸟看到走进来一个阴沉的巨人，
飞上飞下想逃跑，想找个角落藏身，
惶惶不安中还有无法形容的恐怖。
30　弱小者的恐惧里充满无力的愤怒。
山雀在我可怕的大手前飞去飞来。
我为了抓住山雀，爬上了一张高台。
它知道完了，发出几声惊恐的尖叫，
它掉进一个角落，我一把逮住小鸟。
35　唉！小不点儿如何能对付庞然大物？
你又惊慌，又脆弱，被凶神恶煞抓住，
你两手空空，就是再反抗又有何用？
山雀闭上了眼睛，软瘫在我的手中，
张着小嘴，羸弱的颈脖子歪倒一边，
40　翅膀发硬，嘴无声，眼无神，气息奄奄，我感到它小小的心却在怦怦跳动。

四月是多么美丽，曙光是多么鲜红；
四月和曙光可是模样相像的兄弟。
四月就像是有人欢笑醒来的神气。
45　现在可正是阳春四月，我家的草坪，
我和周围的花园，还有无边的远景，
天上地下，一切的一切充满了欢乐，
欢乐使鲜花喷香，使星星光芒四射。
荆豆在张灯结彩，把沟壑染成黄金，
50　蜜蜂的嗡嗡乃是上天低语的声音；
附身水蓣菜上的勿忘草正在品味
一滴又一滴掉在花朵里面的泉水；
小草都十分幸福；寒冬腊月在融化。
大自然万物皆备，有阳光、歌唱、香花，
55　因此感到很高兴，待人更好客宽容。
造化充满了爱情。

　　　　　　　　我这就走出鸟笼，
但始终握着小鸟。我移步走近阳台，
古老的木阳台上已被常春藤掩盖。
太阳啊！万象更新！万物在跳动颤抖，
60　万物是光明。我就松手说："还你自由！"

小鸟马上躲进了飘摇的枝条中间，

躲进了茫茫无边、光辉灿烂的春天。
我看到小小灵魂飞离得很远很远，
飞进了玫瑰色的光明和光焰一圈，
65　　飞进无穷的森林，飞进深邃的天顶，
迎着爱情的召唤、鸟窝的召唤飞行，
向着其他白色的翅膀发狂地翱翔，
它毫不留恋宫殿，奔向枝杈，还奔向
新绿的树林，奔向鲜花，还奔向波浪，
70　　那副惊讶的神情如同飞进了天堂。

于是，为看它这样飞奔着投入光明，
看着一片透明里被解放了的生命，
看着可怜的小鸟飞进海港的大门，
我陷入沉思，自忖："我刚才做了死神。"

【题解】《放鸟》一诗是对自由和解放的讴歌。前七十行写放鸟的经过，后四行又使《放鸟》成为一首寓意诗：肉体是灵魂的羁绊，死亡才能解脱，才是归宿。本诗作于1864年4月27日。

401

《精神四风集》

(1881)

参观苦役犯监狱有感

1

每教好一个孩子，就减少一个败类。
苦役犯的监狱中十分之九的窃贼，
就从来没有进过一次学校的大门，
不会读书和写字，签名时就按指纹。
5　他们是在黑暗中成为罪犯的一员。
无知是漫漫黑夜，黑夜连接着深渊。
理智卑躬屈膝处，诚实会奄奄一息。

一切著作，第一个作者永远是上帝。
他在凡人皆沉醉不醒的这个世上，
10　在每一页书本里放下思想的翅膀。
人人一打开书本，便能把翅膀找到，
并在自由的灵魂翱翔的空中逍遥。
学校和教堂一样，同样是一座圣殿。
在儿童扳着手指拼读的字母中间，
15　每个字母下藏着一种美好的思想；

人心借这微弱的灯光把自己照亮。
所以，请把小书本送给小孩作礼品。
请拿一盏灯前走，让孩子跟你前进。
黑夜会产生谬误，谬误会使人动刀。
20 缺乏教育，会使得并不健全的头脑，
会使得两眼一片漆黑的可悲本能，
这些好似幽灵的瞎子，都面目可憎，
在道德的世界里行走时瞎摸一气，
会使他们陷入于人兽不分的境地。
25 让我们点燃思想，这是首要的法令，
让我们把低劣的羊脂也化成光明。
智慧在这个世上也要求得到启发；
嫩芽有权要开花；谁不在思考观察，
就不在生活。这些窃贼有生的权利。
30 学校能点铁成金，我们可不要忘记，
而无知却把黄金蜕变为烂铁废铜。

我要说，这些窃贼也拥有财富一种：
他们必然有的不灭而尊严的思想；
我要说，他们都在贫困生活里遭殃，
35 有权向阳光之下幸福的你们伸手，
有权向你们结算他们思想的报酬；
他们本是人，却被人变成畜生一伙；
我要说，我怪我们，我同情他们堕落；

我要说，正是他们才被人抢劫一空；
40　我要说，他们犯的罪行又大又严重，
但第一步可不是他们自己的错误；
他们被夺走火炬，还能看得清前途？
第一件罪行先在他们的身上犯下，
别人扑灭了他们身上思想的火把；
45　而社会又偷走了他们身上的灵魂。
他们都是不幸者，他们并不是敌人。

2

古老不变的监狱！你是深渊！你是谜！
多少幽魂已经过这座阴森的墙壁！
此地，奴颜婢膝的愚昧、邪恶和黑暗；
50　而在这条卑劣的绳索的另外一端，
却是天才，是信仰，却是爱情，是真理，
是发明家，思想家，他受上帝的激励，
是先知扫除谬误，信守宗教的遗训，
是圣约翰①在地窖，但以理②身陷狮群，

---

① 圣约翰是耶稣的门徒，传教时曾被流放和囚禁在希腊的巴特莫斯岛。
② 但以理是《圣经》中的先知，曾被流放巴比伦。

55　　　　是伽利略①坐牢房，是哥伦布②作囚徒；

　　　　要是一环扣一环向上往古代追溯，

　　　　这条横贯大地的令人伤心的铁链，

　　　　下自布尔曼③，上和普罗米修斯④相连。

　　　　这六千年的历史，上上下下的范围，

60　　　　无比残忍的链环拴住了整个人类，

　　　　这锁链起自土伦⑤，系在高加索山脉。

　　　　世人竟不分光明和黑暗，同等对待；

　　　　监狱是地狱，它的坟墓中同时接受

　　　　执掌明灯的先驱，持刀杀人的凶手。

65　　　　谁投出一线阳光，驱散我们的昏黑，

　　　　向畏缩的进步说："前进！"谁就会倒霉！

　　　　如果光明能取胜，那谬误就会遭殃。

　　　　发现一个世界和杀死一个人一样，

　　　　同样的十恶不赦，应负同样的罪名，

70　　　　同样的罪大恶极，判处同样的重刑。

---

① 伽利略（1564—1642），意大利物理学家，于1633年被"宗教法庭"判刑。

② 哥伦布（1451—1506），著名航海家，"新大陆"的发现者，曾被西班牙当局革职和拘禁。

③ 布尔曼，法国的苦役犯，因谋杀罪被捕。

④ 希腊神话：普罗米修斯因盗天火给人类获罪，被天神宙斯囚禁在高加索山脉。

⑤ 法国南方港口，曾设有苦役犯监狱。

路济弗尔①是撒旦，雄鹰是妖孽无疑，
谁点亮一座灯塔，谁就是国民公敌。
天使长被绑，竟和杀人犯不加区分！
灵魂套上枷锁，好人坏人，一视同仁！
75　啊，人和人的法律多么盲目和黑暗！

面对先知和贤哲背着十字架受难，
思想怎能不感到震惊？不感到颤抖？
人人在寻找出路，为从生活中逃走，
老天啊，因为我们想到了这些导师，
80　他们之受到惩罚，因为好事是坏事，
他们能高瞻远瞩，思想家反被抓住，
他们和罪犯一起，被并肩绑上刑柱，
被打得血淋淋的烈士都面带笑容，
因为他们是神明，所以被罚做苦工！

【题解】本诗1853年3月6日写于泽西岛。原稿最初题为《免费义务教育》。雨果早在1850年1月15日，即向当时的立法议会呼吁建立"免费义务教育"制度。

---

① 路济弗尔原是天使，因反抗上帝，被斥为魔王，即撒旦。

阿弗朗什^① 附近

漠漠的黑夜正在降临漠漠的水上。

晚风吹起，狂乱地拍击着它的翅膀，
使几点帆影返港，使几只小鸟归巢，
急着越过一座座花岗岩石的海礁。

5　　我注视这个世界，真感到忧心如焚。
啊！大海何其广袤，而脑海何其深沉！
圣米迦勒^② 浊浪中茕茕孑立的风姿，
这大海的金字塔，西方的凯奥普斯^③。

我想起埃及和它不可逾越的沙丘，
10　　想起沙中伟大的孤独者，岁月悠悠，

---

① 阿弗朗什是法国在英吉利海峡边上风光秀丽的城市，居高临下，可以眺望海中胜地圣米迦勒山。

② 圣米迦勒山，法国大西洋边的小岛，退潮时可与大陆相通。岛上有建于12世纪的修道院，教堂塔顶高152米。

③ 凯奥普斯是埃及金字塔中最高最大的一座，又译胡夫金字塔，塔顶高146米。

帝王黑色的帐篷，这一大堆的幽魂
　　正在死亡阴森的营地里睡得安稳。

　　上帝才有权严惩，唉，也才有权宽恕，
　　上帝的浩浩气息在两处沙漠飘忽，
15　凡人在地平线上建造得高而又高，
　　在那边是座陵寝，而此地是座监牢①。

【**题解**】此诗作于1843年5月。1843年，雨果常在诺曼底半岛一带旅行，曾参观访问了法国大西洋中靠近海边的名胜古迹圣米迦勒山，写过游记，并提出保护古迹的具体意见。

---

① 圣米迦勒修道院在19世纪曾改作关押政治犯的监狱。

泽 西 岛

泽西岛躺在海上,波涛在不停责骂,
海岛虽然很渺小,两件东西很伟大,
海岛一旁有大海;大山便是这礁石。
南方可望诺曼底,北边有布列塔尼,①
5 对我们②是法兰西,在百花丛中安睡,
海岛有花的微笑,也会有花的眼泪。

我在岛上已三度见到成熟的苹果。③
啃咬流亡地的是细声细语的海波,
绿岛啊,我祝福你,爱你的波浪汹涌!
10 灵魂在这角地上融化进无限之中,
我也会憧憬羡慕,如果这是我家乡。
生活中落水遇难,清醒的斗士思量,
在上帝的注视下,他让自己的灵魂

---

① 泽西岛在法国近海中,东北邻诺曼底,南近布列塔尼。
② "我们"指和雨果同样流落岛上的政治流亡者。
③ 雨果1852年8月到达泽西岛,本诗作于1854年10月,正好经历了三个秋天。

  在这片光灿灿的海礁上变清变纯，
15 如太阳在草地上晒白洗好的衣服。

  山岩似乎都具有深深沉思的态度；
  仿佛是压榨机的孔里有浆汁淋淋，
  浪花在岩洞沸腾闪光；当夜晚来临，
  风声过处，森林里哼出晦涩的歌词；
20 狰狞古怪的石棚①在山岗顶上沉思；
  黑夜把石棚幻成幽灵；灰白的月华
  又从乱石中呼出高大的凶神恶煞。

  因为有西风劲吹，顺着海滩上望去，
  凡是在岩石之间有一座村庄聚居，
25 海边上渔民家的老屋顶巍巍颤颤，
  紧紧压住茅草的是渔船上的船缆，
  缆绳都用大石头从屋子墙上挂下；
  低垂着眼睛、却是敞开胸怀的奶妈，
  借水手的歌在为吃奶的孩子哼唱；
30 出海的船一回来，立即被拖到岸上；
  青草地多么可爱。

    神圣的土地，致敬！

---

 ①　"石棚"是古代先民用巨石堆成、供殡葬用的"棚屋"，也称"石桌坟"。泽西岛上多石棚。

家家的门槛在笑,如同金色的黎明。
灯塔,致敬!遇难的海船相熟的朋友!
致敬,有鱼燕飞来构筑小巢的钟楼;
35 简陋的供桌上有本地艺人的雕塑;
车轮的声音响彻树林中间的大路;
公园开放蓝色的绣球,粉色的月桂;
大海一边有池塘,上帝身边有智慧!
致敬!

  这三桅战舰正在向天边飞驰;
40 海藻给磨得玛瑙一般光滑的卵石,
布满了羊群似的礁石飘下的长发;
而金星,牵着清晨这孩子的手到达,
听着斑鸫的歌声,正当是晨光依稀,
黑暗中使沉思的老岩石——着迷。

45 荆棘丛啊!普莱岗①,汽船视之为畏途!
库柏勒②的老神庙,散落在海边山麓!
大海以它流动的大理石拥抱山岗!
传来牛鸣声阵阵!树丛下睡得香甜!

小岛似乎在祈祷,像修道士般虔诚;

---

① "普莱岗"是泽西岛西端的海角,景色优美。
② 库柏勒是希腊神话中的"大地之母"。

50 　　　四周围,深渊、海洋唱出激越的歌声,
　　　正在庆祝自己的盛大无比的节日。
　　　飘过的云在哭泣;海礁上面的礁石,
　　　正当大海在海边把舰船撞得粉碎,
　　　却为小鸟留下了一点天上的雨水。

1854年10月8日

【题解】泽西岛是英属英吉利海峡群岛中最大和最近法国的岛屿。雨果在泽西岛流亡的三年间,精神上颇为苦闷,沉重。但这首在写泽西岛大海粗犷一面的同时,也写出岛上景色优美的一面。

刚才一大堆人在沙滩上围着

刚才一大堆人在沙滩上围着，
瞧着地上什么东西。"狗快死了！"
孩子们对我喊。原来事情这样：
他们脚下有条老狗躺在地上。
5　大海向狗打来阵阵浪花白沫。
"它这样躺着已三天，"有妇女说，
"喊它也没用，它眼睛不肯睁开。"
老人说："它主人是水手，已出海。"
有领航员把头伸出自家门窗，
10　说："这狗不见主人，才如此绝望。
正好，那条船才刚刚返回港口。
主人快要回来，但狗活不长久。"
我在可怜的畜生旁停下脚步，
狗无反应，脑袋不动，身子平伏，
15　闭着眼睛，似乎死了躺在路上。
傍晚来临时候，主人赶到现场，
他也年迈，匆匆走来，步履艰难，
他把狗的名字低声轻轻呼唤。

于是，狗张开无神憔悴的眼睛，
望着自己主人，为了表示高兴，
最后一次摇摇可怜的老尾巴，
然后死去。这时，蓝色天幕底下，
如深渊升起火炬——金星在闪耀，
我说："星从何来？狗往何去？"深奥！

【题解】这首小诗是雨果于 1855 年 7 月 12 日根据泽西岛的一则见闻写成的。

开 始 流 亡

我刚刚来到岛上,我认识一处幽谷,
小谷里充满树荫,充满清白和无辜,
山谷也和我一样,喜欢碧波的海岸。
借助同一缕金光,我们俩彼此温暖;
5 我马上有个亲切、可爱的习惯养成:
我常常来和这份谦逊的孤独相逢。
两棵树,有栲树和生机盎然的榆树
经常地争吵不休,在风中足蹈手舞,
像两个律师,唇枪舌战,总不可开交;
10 我每天都去山谷聊一会儿天,遇到
我的好朋友麻雀,我的好朋友蜥蜴;
清泉送水解我渴,岩石为我搬座椅;
我听到,当我独自和这大自然相处,
我的内心向自然把往事轻轻细诉;
15 这些田野是好人,说真心话,我欢喜
田野的温柔,我想,田野爱我的傲气。

【题解】原诗的手稿未注明创作日期。专家估计，此诗应写于1853年和1854年之间。雨果此时在英属小岛泽西岛流亡。小诗只是和大自然接触过程的亲切感悟，但仍透露出诗人内心深处忧国忧民的不平心情。

《全琴集》

(1888,1893)

巾帼胜须眉

见过遍地的屠杀，见过一番番战斗，
人民背负十字架，巴黎卧病在床头，
你说话，话里充满无与伦比的怜悯；
你做事，和超常的大人物同德同心，
5 　你感到斗争、幻想和苦难事事交迫，
你才说：我杀了人！因为你不想再活。

你在撒谎害自己，脱俗超人了不起。
罗马女人阿里雅①，犹太复仇女犹滴②，
如果听到你讲话，肯定都拍手叫好。
10 　你对着谷仓说话：我曾把宫殿焚烧！
你对被人践踏的可怜人讴歌称颂；
你大呼：我杀了人，杀死我吧！而群众
听这高傲的女人在自己控告自己。
你仿佛在把一个亲吻打入了墓地；

---

① 此名不详。
② 犹太民族的女英雄。

15　　　你的眼睛盯住了法官铁青的脸上，
　　　　你像脸色沉沉的复仇女神般思想。
　　　　苍白的死神此时站立在你的身后。

　　　　恐惧的心情充满整个大厅的四周。
　　　　因为，流血的人民憎恨这一场内战。
20　　　外面，从城里传来阵阵喧嚣的呼喊。

　　　　这个女人听得到嘈嘈杂杂的生命，
　　　　却高高在上，态度严峻，并不想再听。
　　　　她似乎听到什么都当作耳边之风，
　　　　只求示众的刑柱，这样才超凡入圣，
25　　　感到酷刑是美丽，感到凌辱是伟大，
　　　　她阴沉沉地加快走向坟墓的步伐。
　　　　法官们窃窃私语：让她死吧。也公平。
　　　　她太无耻了。——否则，她令人肃然起敬，
　　　　他们的良心在说；法官们颇费推敲，
30　　　又是又不是，仿佛左右是两座暗礁，
　　　　望着严厉的女犯，一个个犹豫不决。
　　　　而任何人如同我一样，知道你的确
　　　　具有非英勇、高尚坚决不为的气概，
　　　　知道你如有上帝问你：你从何而来？
35　　　你会回答：我来自受苦的黑夜沉沉；
　　　　主呀，我走出你的深渊一般的责任！

不论谁知道你的神秘、温柔的诗篇，
你所付出的关怀、眼泪、黑夜和白天，
知道你忘却自己，为了对别人有用，
40　知道你讲的话如使徒的烈焰熊熊；
不论谁知你家中没有火，面包，空气，
知道只有帆布床，只有杉木的桌子，
知道你有的爱心，你这民妇的自豪，
知道你在愤怒时包含的心肠真好，
45　你对人间的豺狼射出憎恨的目光，
你的手中在暖和孩子的小脚一双；
这些人，女人，面对你这粗犷的崇高，
他们在沉思，纵然你有尖刻的嘴角，
纵然诅咒者对你拼命地大肆污蔑，
50　把法律的愤恨和叫喊都对你发泄，
纵然你对自己做大声致命的控告，
他们透过墨杜萨①看到天使在闪耀。

你真美丽，在这些辩论中显得古怪；
我们尘世的活人一个个气短力衰，
55　两颗灵魂在一起，最令人惊讶不已：
一颗伟大严酷的心底能看得依稀，

---

① 墨杜萨是希腊神话中的丑陋女怪，满头毒蛇，谁正面见到她，即化为石头。

满天的繁星只是神圣混沌的上苍，
在熊熊燃烧之中望见有光芒万丈。

1871年12月

【题解】这是为法国女革命家路易丝·米歇尔（1830—1905）写的颂歌。雨果在流亡时，她曾有诗作寄赠，又以雨果《悲惨世界》中共和派起义领袖安灼拉自居。雨果1870年9月见到她，12月帮助她出狱。路易丝·米歇尔积极参加巴黎公社的起义，公社失败后被捕。1871年12月16日军事法庭开庭，她拒不为自己辩护，慷慨陈词，怒斥法官："如果你们不是懦夫，杀死我吧。"1873年，被判流放太平洋的新喀里多尼亚岛，1880年大赦回国。这首诗从创作日期和内容看，完全可以收入《凶年集》。

悼泰奥菲尔·戈蒂耶

*

你逃离漫漫黑夜,朋友、诗人和名士。
你撇下了尘世的嚣闹,已流芳百世;
从今后,你的大名在巍巍峰巅照耀。
当年你少年英俊,我曾是你的知交,
5　你我展翅高翔的年代,我兴奋激动,
我和你那颗忠心曾多次患难与共,
我现在一头白发,我已经两鬓霜染,
我回首历历往事,我心中多少慨叹;
曾几何时,升起过你我的两道曙光,
10　有拼搏,也有风暴,铁马金戈的沙场,
有新登场的艺术,人民喊好的呼声,
我又在倾听这阵浩浩荡荡的巨风。

*

你是青年法兰西和古希腊的儿郎,
你对先人的敬仰使人充满了希望;

15　　　　可你对未来却又从来不闭上眼睛。
　　　　　底比斯①的祭司啊,高卢文化的精英,
　　　　　台伯河②畔的教长,恒河之滨的圣贤,
　　　　　你扳动神的大弓,射出天使的飞箭,
　　　　　你借阿喀琉斯③和罗兰④的枕头入睡,
20　　　　你是奇妙有力的铁匠,你挥动铁锤,
　　　　　集合千百束光线,熔铸成一道光芒;
　　　　　夕阳和曙光常在你的心灵中碰撞;
　　　　　昨天和明天常在你的头脑里相连;
　　　　　你以新的艺术为古老的艺术加冕;
25　　　　每当陌生的声音倏忽飞升入云端,
　　　　　对人民说话,你就知道应好好听完,
　　　　　应该接受,应爱护,应开启众人的心;
　　　　　谁对埃斯库罗斯和莎士比亚挑衅,
　　　　　你对卑劣的行径很沉着,不屑一顾;
30　　　　你知道,本世纪的空气是仅有绝无,
　　　　　你知道,艺术日新月异,才能够前进,
　　　　　美只有加上崇高,才美得如花似锦。
　　　　　而当戏剧将巴黎一把攫住的时候,

---

① 底比斯是埃及古城。
② 台伯河是意大利河流。
③ 阿喀琉斯是希腊史诗《伊利亚特》中的英雄。
④ 法国民族史诗《罗兰之歌》的英雄。

当老顽固的严冬被花月驱赶而走，
35 当现代理想这颗意外出现的星星，
突然光临火红的天空里大放光明，
当鹰马①接班，换下飞马②而登上征途，
我们看到你总是发出响亮的欢呼！

*

我在坟墓严峻的门槛旁向你问好！
40 你已经找到了美，现在请把真寻找。
登上陡峭的长梯。爬完了梯级重重，
可以瞥见深渊上那座黑桥的桥拱；
死去吧！最后一刻也就是最后一级。
鹰啊，出发吧！下面处处是深不见底；
45 你将会见到绝对，见到真实和壮美。
你将会感到峰顶有阴森的风在吹，
感到永恒的奇迹灿烂夺目地照耀。
你所憧憬的理想，从天上才能见到，
你将在真的顶峰，俯视人类的梦想，
50 甚至见到约伯③和荷马之梦的真相，
你将会在上帝的上面见到耶和华。

---

① 鹰马是神话中鹰首马身的怪物。此处象征崇尚幻想的现代艺术。
② 飞马是传统诗歌灵感的象征。
③ 约伯是《圣经》人物，代表《圣经》文化。

向上攀登，成长吧！张开翅膀，飞翔吧！

每当有熟人作古，我对他凝神观望；
因为，谁进入死亡，谁就是进入庙堂，
55 每当有人将死去，看到他飘然升天，
我就清楚地知道自己也即将加冕。
朋友，我已经感到命运是劫数难逃；
我孤孤单单，已经尝到死亡的味道，
我看到，我的沉沉黄昏已星光依稀，
60 载你而去的阵风已把我轻轻托起。
我眼看即将是我动身出发的时辰，
我生命之线太长，几乎挨到了刀刃；
我将追随流亡时爱我诸君的脚印。
他们在冥冥之中盯着我，把我吸引。
65 我就来。你们不要关上坟墓的大门。

就走吧；这是法则；没有人能够脱身；
日薄西山；伟大的本世纪光辉灿烂，
也已带我们跨进这片茫茫的黑暗。
为赫丘利①的火堆咚咚砍伐的橡树，
70 啊！在暮色苍茫中一声声听得清楚！
死神拉车的群马已经开始在嘶叫，
在为辉煌的年代行将结束而欢跳；

---

① 赫丘利是罗马神话中的英雄，相传因误穿染有毒血的长袍，自焚身死。

这高傲的本世纪虽战胜恶风险浪，
也在咽气……戈蒂耶！你也是一代文章，
75 如今追随大仲马、拉马丁、缪塞去世。
古代返老还童的泉水已干涸消失；
世上既没有冥河，青春泉也不存在。
无情的死神举着长柄镰刀在走来，
走近剩下的麦子，低着头，脚步不停；
80 该轮到我了；黑夜挡住了我的眼睛，
唉！我完全猜得到白鸽的前途不妙，
我对着摇篮哀哭，我对着坟墓微笑。

1872年11月2日
亡灵节于高城居

【题解】一部19世纪的法国文学史，处处都会有戈蒂耶的名字。雨果浪漫主义剧本《埃尔那尼》的上演成功，戈蒂耶立下过汗马功劳。戈蒂耶日后倡导"为艺术而艺术"，发帕纳斯派之滥觞。波德莱尔的《恶之花》也是献给戈蒂耶的。1872年10月23日，戈蒂耶谢世。雨果、勒贡特·德·李勒、马拉美等撰写挽诗。雨果痛失挚友之余，触景生情，联想到自己来日无多。老诗人心平气和，乐于接受大自然的法则。雨果是年70岁。

致敬，女神，将死之人向你致敬

死亡和美貌，这是深沉的事物两种：
两者都又碧又蓝，两者都虚无缥缈，
仿佛两姐妹，令人骇怕，也令人激动，
具有同样的秘密，谜一般同样玄妙；

5　　女性啊！莺声、秋波和金辫，黑发浓浓，
闪光吧，我将就木！要多情，百媚千娇，
啊！惊涛和骇浪里有颗明珠在水中！
啊！阴暗的森林里飞出绚丽的小鸟！

朱迪特，只要看看你我两人的容颜，
10　　原来你我的命运彼此紧紧地相连；
你眼中现出神明才能窥透的深渊，

我感到我心中的深渊已满天星斗；
既然你那么美丽，既然我那么老朽，
夫人，我们两个人离天国已经不远。

7月12日

【题解】本诗写于1872年,献给戈蒂耶的女儿朱迪特·戈蒂耶(1845—1917)。朱迪特当年是美貌动人的才女,曾译过一册中国诗选《玉书》(1867),诗歌和小说多写中国和东方题材。这是一首写得很见功夫的十四行诗。诗题借用罗马帝国角斗士进入角斗场后献给恺撒皇帝的献词:"将死之人向你致敬"。

二十年后,我狼狈触礁沉没后,重见

二十年后,我狼狈触礁沉没后,重见
　　"十二月"① 把我扔下的小岛。
是这岛! 正是这岛。小岛像一间房间,
　　屋里的一切是本来面貌。

5　　对,小岛还是当年模样;我有此感受:
　　　小岛在欢笑,我举目张望
　　同一只鸟儿在飞,同一朵花在颤抖,
　　　照在林中是同样的曙光;

　　如同有海市蜃楼,我仿佛重又看到
10　　　田野,果园,果实已经成熟,
　　而在苍穹的远处,也有同样的风暴,
　　　同样的青草在墙脚长出,

　　同一座白色屋子在等我,对我关怀,
　　　更在咆哮的波涛的远方,

---

① "十二月"指未来的拿破仑三世在 1851 年 12 月 2 日发动的政变。

15 　　　看到同样的人间乐园的迷人风采。
　　　　　也同样地令人神怡心旷。

　　　　对，我认出来还是这沙滩，景物绝佳，
　　　　　还是我当年看到的本色，
　　　　愉快的海边，寻找阿希斯，该拉忒亚，①
20 　　　　找到的是波阿斯和路得；②

　　　　因为，没有更好的沙滩、岛屿或高山，
　　　　　四周是大海翻腾的海水，
　　　　能够借助这海洋惊恐可怖的悲惨，
　　　　　藏匿田园牧歌里的玫瑰。

25 　　　海阔又天空！正是这片相同的自然，
　　　　　这座深渊，又吵闹，又寂静，
　　　　拔掉无以名状的不可测知的门闩，
　　　　　可通向黑夜，可通向光明。

　　　　对，还是这些茅屋，对，还是这些海水；
30 　　　　还是同样的跃动和翻搅，
　　　　同样野生灌木丛刺鼻呛人的气味，
　　　　　同样的风声不停地喧嚣；

---

① 该拉忒亚是希腊神话中的海中仙女，爱上牧人阿希斯。
② 波阿斯和路得是《圣经》人物，详见《历代传说集》中的《波阿斯入睡》一诗。

还是同样的海浪打从散乱的岩石，
　　抢来同样的银白色花边；
35　同样的巨岩又把同样的阴影投掷
　　在同样永恒的水波上面；

还是海浪未知并侵蚀的同样海岬，
　　因为大海的伤心事太多，
在可怕的海梦中，大海已不再惊讶
40　　于礁石的形象时隐时现；

还是同样的浓云浩浩荡荡地逃遁；
　　在此上帝打雷的山头，
还是同样的树冠晃动，一阵又一阵，
　　永远在没完没了地颤抖；

45　黑麦田里同样的此起彼伏的呼吸，
　　我又在谦逊的草地之上，
见到同样的蝴蝶，而海上无边无际，
　　还是同样的雄鹰在飞翔；

还是同样的白色浪花把小岛喷涂，
50　　如马嘴有白沫不绝如缕；
还是同样的蓝天，还是同样的海雾。
　　唉，多少活人却已经死去！

　　　　　　　　1872年8月8日到达泽西岛时作

【题解】 1851 年 12 月 2 日，路易-拿破仑·波拿巴总统发动政变。雨果被迫出逃，流亡国外。1852 年 8 月 5 日，诗人初次登上英属泽西岛，在小岛蜗居三年余，至 1855 年 10 月 31 日，再次被迫离开泽西岛，去更远更小的根西岛流亡。巴黎公社失败后，雨果仗义执言，被逐出比利时，又辗转卢森堡，1872 年 8 月 7 日决定回根西岛，8 日途经泽西岛。诗人和小岛阔别 17 年，大海不变，景物依然，但其间妻子阿黛尔、长子夏尔及一些当年的难友已经谢世。物是人非，感慨系之。

你会回你伟大的巴黎

你会回你伟大的巴黎，
年岁重重，如同伏尔泰[①]；
你会被人请去又请来，
游乐场所，或出席典礼；

5 你垂死时，会满载荣誉；
在你家里半闭的门口，
有人大清早窃窃私语，
特意加上一句：还没有！

你会是老头，又是儿郎；
10 你会享受正当的福分：
因为善良，以为你愚蠢，
因为愚蠢，以为你善良。

---

① 伏尔泰于 1778 年逝世。是年 2 月，他从瑞士边境小城费尔奈返回阔别 28 年的巴黎，接二连三的荣誉和庆祝，身心疲劳，5 月 30 日病逝。

【题解】这首小诗手稿无创作日期。专家估计，应写于1878年。1878年5月30日，伏尔泰逝世一百周年，雨果主持纪念会，并发表长篇演说。雨果和伏尔泰是法国文学史上唯一可以相互比较的两个作家。两人都多才，多艺，多产。两人长寿，伏尔泰84岁，雨果83岁。两人都因政见被迫长期离开首都巴黎，伏尔泰28年，雨果19年。两人回国、回巴黎时，都载誉而归，都在光荣中死去。两人都在5月下旬离开人间。这首小诗短小精悍，文辞幽默，颇有伏尔泰擅长的讽刺短诗的遗风。

中 国 花 瓶

赠中国小姑娘易杭彩

你来自茶国的小妹,
你做的梦又奇又美:
天上有座大城崔巍,
中国是天城的城郊。

5　　姑娘,我们巴黎昏暗,
你在寻找,天真烂漫,
你金碧辉煌的花园,
园中孔雀开屏美妙;

你笑看我们的天顶;
10　　小矮人,在你这年龄,
会对着瓷白的眼睛,
把纯洁的蓝花轻描。

1851 年 12 月 1 日

【**题解**】这是雨果又一首以中国花瓶为题材的小诗，收入遗著《全琴集》，所以鲜为人知。"易杭彩"为音译。我们在雨果各种传记材料中没有找到有关"易杭彩"的资料。此诗的写作日期引人注目。1851年12月2日，即写此诗的第二天，未来的拿破仑三世发动政变，雨果开始其漫长的流亡生活。所以，这首诗是雨果流亡前写下的最后一首诗。

汉译文学名著

第二辑书目（30种）

枕草子	〔日〕清少纳言著	周作人译
尼伯龙人之歌	佚名著	安书祉译
萨迦选集		石琴娥等译
亚瑟王之死	〔英〕托马斯·马洛礼著	黄素封译
呆厮国志	〔英〕亚历山大·蒲柏著	李家真译注
波斯人信札	〔法〕孟德斯鸠著	梁守锵译
东方来信——蒙太古夫人书信集	〔英〕蒙太古夫人著	冯环译
忏悔录	〔法〕卢梭著	李平沤译
阴谋与爱情	〔德〕席勒著	杨武能译
雪莱抒情诗选	〔英〕雪莱著	杨熙龄译
幻灭	〔法〕巴尔扎克著	傅雷译
雨果诗选	〔法〕雨果著	程曾厚译
爱伦·坡短篇小说全集	〔美〕爱伦·坡著	曹明伦译
名利场	〔英〕萨克雷著	杨必译
游美札记	〔英〕查尔斯·狄更斯著	张谷若译
巴黎的忧郁	〔法〕夏尔·波德莱尔著	郭宏安译
卡拉马佐夫兄弟	〔俄〕陀思妥耶夫斯基著	徐振亚、冯增义译
安娜·卡列尼娜	〔俄〕列夫·托尔斯泰著	力冈译
还乡	〔英〕托马斯·哈代著	张谷若译
无名的裘德	〔英〕托马斯·哈代著	张谷若译
快乐王子——王尔德童话全集	〔英〕奥斯卡·王尔德著	李家真译
理想丈夫	〔英〕奥斯卡·王尔德著	许渊冲译
莎乐美 文德美夫人的扇子	〔英〕奥斯卡·王尔德著	许渊冲译
原来如此的故事	〔英〕吉卜林著	曹明伦译
缎子鞋	〔法〕保尔·克洛岱尔著	余中先译
昨日世界：一个欧洲人的回忆	〔奥〕斯蒂芬·茨威格著	史行果译
先知 沙与沫	〔黎巴嫩〕纪伯伦著	李唯中译
诉讼	〔奥〕弗兰茨·卡夫卡著	章国锋译
老人与海	〔美〕欧内斯特·海明威著	吴钧燮译
烦恼的冬天	〔美〕约翰·斯坦贝克著	吴钧燮译

图书在版编目(CIP)数据

雨果诗选/(法)雨果著;程曾厚译.—北京:商务印书馆,2022
(汉译世界文学名著丛书)
ISBN 978-7-100-20688-4

Ⅰ.①雨… Ⅱ.①雨…②程… Ⅲ.①诗集—法国—近代 Ⅳ.①I565.24

中国版本图书馆 CIP 数据核字(2022)第 025939 号

权利保留,侵权必究。

汉译世界文学名著丛书
雨果诗选
〔法〕雨果 著
程曾厚 译

商 务 印 书 馆 出 版
(北京王府井大街36号 邮政编码100710)
商 务 印 书 馆 发 行
北京市十月印刷有限公司印刷
ISBN 978-7-100-20688-4

2022年3月第1版	开本 850×1168 1/32
2022年3月北京第1次印刷	印张 14½

定价:68.00元